HEYNE <

Zum Buch

Der Broterwerb von Robin Greaves ist bewaffneter Raubüberfall. Als er feststellen muss, dass sein Komplize ein Verhältnis mit seiner Frau hat, wirft er seine professionellen Prinzipien über Bord und heckt einen teuflischen Racheplan aus – doch der nächste Überfall geht auf spektakuläre Weise schief und endet in Gewalt und Geiselnahme. Ab sofort befinden sich das Gangstertrio auf der Flucht vor der Polizei, vor schmierigen Privatdetektiven und einem kaltblütigen Killer, der gerade aus dem Gefängnis entlassen wurde und sich ebenfalls auf einem Rachefeldzug befindet.

»Post Mortem kommt knallhart rüber und bohrt sich dem Buchfreund sofort ins Hirn.« *Weltexpress*

Zum Autor

Allan Guthrie wurde 1965 auf den schottischen Orkney-Inseln geboren. Er lebt mit seiner Frau Donna in Edinburgh und arbeitet als Literaturagent. Seine Kriminalromane wurden für alle namhaften Preise nominiert und machten ihn zum Shootingstar der britischen Krimiszene.
Besuchen Sie den Autor im Internet unter www.allanguthrie.co.uk

Allan Guthrie

Post Mortem

Thriller

Aus dem Englischen
von Gerold Hens

WILHELM HEYNE VERLAG
MÜNCHEN

Die Originalausgabe TWO-WAY SPLIT erschien bei
Polygon, ein Imprint von Birlinn Limites

FSC
Mix
Produktgruppe aus vorbildlich bewirtschafteten Wäldern und anderen kontrollierten Herkünften
Zert.-Nr. SGS-COC-1940
www.fsc.org
© 1996 Forest Stewardship Council

Verlagsgruppe Random House FSC-DEU-0100
Das für dieses Buch verwendete FSC-zertifizierte Papier
Holmen Book Cream liefert Holmen Paper, Hallstavik, Schweden.

Vollständige deutsche Taschenbuchausgabe 02/2010

Printed in Germany 2010
Umschlagfoto: © Reduce / whitelife
Umschlaggestaltung: Nele Schütz Design, München
Druck und Bindung: GGP Media GmbH, Pößneck
ISBN: 978-3-453-40727-5

www.heyne.de

Für meine Frau Donna

TEIL EINS

11. JANUAR 2001
10:23 Uhr

Vier Monate und zweiundzwanzig Tage nachdem er seine Medikamente abgesetzt hatte, zog Robin Greaves den Stuhl unter dem Schreibtisch vor und setzte sich dem Privatdetektiv gegenüber.

Nach der ganzen Zeit wirkte immer noch alles ganz normal.

Während der Detektiv einen Stapel Papiere durchforstete, den er aus einem Plastik-Ablagekorb gehievt hatte, schaute Robin sich im Büro um. Er brauchte nicht lange dazu. Ein Schreibtisch, die Stühle, auf denen sie saßen, ein Aktenschrank, ein einfarbig grauer Teppich mit einem rechteckigen Abdruck links von der Tür (da hatte anscheinend mal ein schweres Möbelstück gestanden) – das war's. Hinter dem Detektiv hing schief an der Wand eine gerahmte Urkunde, und über ihm baumelte eine nackte Glühbirne von der Decke. Das einzige natürliche Licht kam von einem einsamen winzigen Fenster an der rechten Wand.

Okay, dachte Robin, da war er nun also. Und würde es endlich erfahren. Er hatte es doch schließlich nicht anders gewollt, oder?

Die Hände unter dem Schreibtisch verborgen, fing er an, auf den Oberschenkeln das *Italienische Konzert* von Bach zu spielen. Seine Finger machten leise, tappende Geräusche auf seiner Hose. Der Detektiv schaute ihn ein, zwei Sekunden lang an, dann widmete er sich wieder seiner wichtigen Aufgabe der Durchsicht der Papiere.

Robin zuckte zusammen, als ihm ein stechender Schmerz in seinem Handgelenk einen Moment lang die Finger lähmte. Als er nachließ, verschränkte Robin die Hände und presste sie zwischen den Knien zusammen. Er holte tief Luft. Sosehr er die Wahrheit auch erfahren wollte, wollte er andererseits auch lieber weiterhin im Ungewissen bleiben.

Der Detektiv hustete. Nach einer Weile hustete er erneut und fing an, die Blätter einzeln zurück in die Ablage zu legen. Als er damit fertig war, stand er langsam, als müssten seine Knie geölt werden, auf und ging zu dem grauen Aktenschrank mit den drei Schubladen in der Ecke. Er zog an der mittleren Lade. Sie rührte sich nicht. Er öffnete die oberste Schublade, fummelte an einem Riegel an der Seite und versuchte es noch einmal mit der mittleren. Diesmal klappte es.

Mit gespitztem Mund fing er an, in Dutzenden grüner Hängeordner nach den Informationen zu suchen, die Robin haben wollte.

Robin stand auf. »Was dagegen, wenn ich rauche?«

»Ja.«

Robin zuckte die Achseln und ging ans Fenster. Eine Feuerleiter verstellte teilweise den Blick auf eine anderthalb Meter entfernte, mit Kieselsteinen gesprenkelte Steinmauer. Nicht grade die tollste Aussicht in Edinburgh. Er trommelte mit den Fingern gegen die Scheibe und fragte sich bei dem tiefen Geräusch, wieso es so ganz anders klang, wenn Glas zerbrach. »Dauert das noch lange?«

»Ich hab's gleich.«

Robin zwängte die Hände in die Hosentaschen und ging in die Knie. Wenn er den Kopf so weit in den Nacken legte, dass es fast unangenehm war, konnte er einen Streifen grauen Himmel sehen. Er schlurfte zu seinem Stuhl zurück, nahm die Hände aus den Taschen und rieb sich mit dem Handrücken das linke Auge. Eine Weile schaute er reglos dem Detektiv zu. Dann ertönte ein gedämpfter Schrei von draußen, wo eine Krähe auf dem Geländer der Feuertreppe hockte. Sie ruckte nach links, blieb stehen. Sie hüpfte noch zwei Schritte und blieb wieder stehen. Sie blickte Robin direkt in die Augen, öffnete den Schnabel und krächzte.

Als wollte sie ihm damit sagen, dass er seine Zeit verschwendete.

Der Detektiv knallte die Schublade zu und drehte sich um. Mit spitzen Fingern hielt er ein weißes Kuvert wie ein dreckiges Papiertaschentuch. Er warf das Kuvert auf den Tisch.

Robin fing es ab, ließ es dann jedoch liegen, während er aus dem Fenster schaute und die Krähe wegfliegen sah.

»Na los«, sagte der Detektiv. »Machen Sie schon auf.«

Das Kuvert war nicht zugeklebt. Robin griff hinein und holte eine Handvoll Fotos heraus.

»Sie wollten Beweise.« Der Detektiv setzte sich.

Robin sagte kein Wort. Wollte er wirklich Beweise? Wollte er es wirklich wissen? Die Haut auf seinen Wangenknochen kribbelte, als sei er zu lange in der Sonne gewesen.

Beweise. Fotos. Er konnte nicht hinsehen. Wollte nicht hinsehen.

Schau sie dir nicht an. Mach's nicht. Nicht. Ach, Scheiße, jetzt hast du's doch gemacht.

Das erste Foto. Ein Paar stieg in ein Taxi. Für sich genommen überhaupt kein Beweis. Er atmete tief aus. Sie konnten genauso gut in aller Freundschaft einen trinken gehen. Der Umstand, dass seine Hand ihren Ellbogen berührte, na ja … wie leicht legte man viel zu viel in etwas hinein, was total harmlos war.

Es war Robins erster Besuch bei *Eye Witness Investigations*. Er kannte den Namen des Detektivs nicht, und er wollte ihn auch gar nicht wissen. Er war ihm egal. Sein einziger Kontakt mit dem Detektiv hatte bisher nur am Telefon stattgefunden.

»Sie müssen jemanden für mich beschatten«, hatte Robin gesagt.

»Darf ich fragen, warum?«, hatte der Detektiv ihm geantwortet.

»Ich möchte wissen, ob sie … sich mit jemandem trifft.« Robin zögerte. »Können Sie das tun?«

»Durchaus.«

»Wie viel?«

»Dreihundert pro Tag.«

»Wenn Sie mir innerhalb von zweiundsiebzig Stunden Beweise liefern, bekommen Sie fünfzehnhundert. Brauchen Sie eine Anzahlung?«

»Das ist nicht nötig«, sagte der Detektiv. »Nennen Sie mir einfach nur Ihren Namen und eine Nummer, unter der ich Sie erreichen kann.«

»Mein Name ist Robin Greaves. Ich möchte allerdings nicht, dass Sie mich anrufen. Ich werde mich mit Ihnen in Verbindung setzen.«

»Lassen Sie mich ein paar Notizen machen.« Der Detektiv hielt einen Moment inne, bevor er weitersprach. »Wie heißt sie?«

Durch die papierdünnen Wände von Robins Wohnung drangen Laute von Gewehrschüssen. Er hatte sich inzwischen daran gewöhnt, dass sein Nachbar, ein älterer Mann, mit voll aufgedrehter Lautstärke im Fernsehen Western schaute, sonst wäre er aufgeschreckt. Mann, war das schwer. Schließlich antwortete er. »Carol«, sagte er. »Meine Frau.« Er nannte dem Detektiv ihre Adresse.

Innerhalb von zweiundsiebzig Stunden, hatte er gesagt. Er konnte sich nicht beklagen. Er bekam, was er verlangt hatte.

Er klatschte das Foto mit dem Gesicht nach unten auf den Tisch. Seine Handflächen waren schweißnass. Auf dem nächsten Bild hatte der Fotograf sie von hinten beim Händchenhalten erwischt.

»Tut mir leid«, sagte der Detektiv.

Wofür hielt der Kerl sich? Wieso tat es ihm leid, verflucht? Als Robin das dritte Foto anschaute, merkte er, dass seine Hand zitterte. Das Bild zeigte das Paar beim Betreten eines Nachtklubs. Auf der nächsten Aufnahme lachten sie beim Herauskommen. Auf der fünften hatte Eddie den Arm um sie gelegt. Auf der sechsten hatte Carol ihre Finger in seine Gesäßtasche gesteckt. Insgesamt waren es zehn Fotos. Die übrigen vier zeigten die gleiche Szene: seine Frau und sein guter Freund Eddie vor seiner Wohnung, die Körper aneinandergeschmiegt, er hatte die Arme um sie geschlungen, ihre Augen waren geschlossen.

Robin steckte die Fotos zurück in den Umschlag.

»Glücklich?« Der Detektiv musste wieder husten. »Ist ja vielleicht nicht das richtige Wort. Zufrieden?«

Glücklich? Zufrieden? Wer war dieser Witzbold? Am Rand von Robins Gesichtsfeld zeigten sich schwarze Flecke.

Der Detektiv blickte ihn grinsend an.

Robin hatte eine Vision davon, wie er einen Satz über den Schreibtisch machte und der Drecksau den Handballen in die Nase rammte, dann zurücktrat und zuschaute, wie das Blut herausströmte. Er stellte sich vor, wie der Verletzte sich aufrappelte und hinter der Hand, die er über die wahrscheinlich gebrochene Nase gelegt hatte, stöhnte, und wie sich der Kragen um seinen Hals rot färbte. Robin zog seine Brieftasche und zählte fünfzehnhundert in Fünfzigern ab, sein letztes Geld, das er vor einer knappen Stunde von der Bank abgehoben hatte. Er beugte sich vor.

Der Detektiv prallte mit einem Schrei zurück. Seine Hand sank von seinem Gesicht herunter und hinterließ auf der fahlen Tapete hinter ihm eine rote Spur. Er ließ sich gegen die Wand fallen, schniefte und spuckte sich in die Hand. Sein Mund klappte auf, und seine fleckigen Zähne klapperten. Er blinzelte ein paarmal und fragte dann mit dünner, belegter Stimme: »Was sollte das denn?«

Robin konnte nur noch ganz flach atmen. Er ließ das Geldbündel in die Plastikablage auf dem Schreibtisch fallen. Seine Lungen rasselten. Er wühlte in seiner Jackentasche und fand seine Zigaretten und ein Wegwerffeuerzeug. Er klemmte sich eine Zigarette zwischen die Lippen. Hatte er den armen Mann etwa geschlagen? Unmöglich. Aber außer ihm war niemand im Zimmer, und der Detektiv hatte sich wohl kaum selbst vermöbelt. Robin zündete die Zigarette an. »Entschuldigen Sie«, sagte er zu der zusammengekauerten Gestalt, steckte Zigaretten und Feuerzeug ein und nahm den Umschlag an sich. »Ich weiß nicht, was in mich …«

Er musste sofort von hier verschwinden. Wer weiß, was passieren würde, wenn er blieb?

10:25 Uhr

Der Winter in Schottland war viel zu kalt, um mit nacktem Oberkörper herumzulaufen. Deshalb hatte Pearce ein T-Shirt angezogen. Er ballte die Fäuste, lockerte sie und ballte sie wieder. Seine Unterarmmuskeln spielten unter der Gänsehaut. Er klatschte die Hände zusammen.

Wer wollte schon in einem Hochhaus wohnen? Es waren zehn Jahre vergangen, seit er zum letzten Mal hier gewesen war. Wester Hailes, eine Sozialsiedlung knapp sechs Meilen westlich der Stadt, war der Schuttabladeplatz für alleinerziehende Mütter, Alte, Arbeitslose, Säufer, Nutten, Studenten, Ausländer, Verrückte, Exsträflinge, Junkies und lesbische Sozialarbeiterinnen. Die Wohnungen waren feucht. Die Heizung funktionierte nicht. Es gab Probleme mit der Wasserleitung. Die Aufzüge waren ständig kaputt.

Vor zehn Jahren war Wester Hailes Edinburghs Drogenzentrum gewesen. Junkies aus der ganzen Stadt hatten sich hier versammelt, um in den Dutzenden leer stehenden Wohnungen ihre Spritzen zu teilen.

Wie die Schwester von Pearce gesagt hatte: »Die Aussicht vom Dach ist ziemlich cool. Hochgehen zum Highwerden, weißt du? Schon mal die schneebedeckten Berge auf H gesehen? Und auf der andern Seite seh ich manchmal die Streben der Railway Bridge zittern – seh'n aus wie meine Adern, wenn ich mir 'nen Schuss gesetzt hab.«

Das letzte Mal, als er hier gewesen war, war er allerdings zu spät gekommen. An der Fußleiste lag eine Spritze, war vom Arm seiner Schwester runtergefallen. Sie selbst lag auf dem Rücken, nackt, mit dem Blick auf ein Netz aus Rissen an der Zimmerdecke. Sie war schon zwei Tage tot gewesen.

Vielleicht hatte sich ja wirklich alles verändert, wie es hieß, obwohl es mehr brauchte als ein bisschen frische Farbe, um ihn davon zu überzeugen. Auf Straßenhöhe versperrten ihm mehrstöckige Blocks die Aussicht. Er fühlte sich beengt, wie in einem Käfig. Er wischte sich die Handflächen an der Hose ab.

Die Tür in dem Gebäude, das er suchte, wurde von einem umgestürzten Einkaufswagen offen gehalten.

»He!«

Er legte den Kopf in den Nacken. Im obersten Stock beugte sich ein Jugendlicher in einem grauen Kapuzenshirt über den Balkon und winkte. Er hielt etwas in der Hand. Ohne Warnung ließ er es fallen. Pearce machte einen Schritt zur Seite. Das Ding prallte einen halben Meter von da, wo er eben noch gestanden hatte, auf den Boden auf, hüpfte einmal und rollte weiter, bis es liegen blieb. Eine Spritze. Durchsichtiges Plastik mit einem Sprung in der Mitte, der Kolben heruntergedrückt, die

Nadel hatte sich im Fallen gelöst. Er stieß den Einkaufswagen beiseite und zwängte sich durch den Eingang. So viel zum Thema Veränderung.

Links das Treppenhaus. *Treppe raufgestürmt. Völlig außer Puste. »Muriel!«* Aufzug direkt vor ihm mit weit klaffender Tür. Beklommen und schwer atmend trat er in den Lift, dessen zerkratztes, stahlgraues Maul ihn verschluckte. Die Tür schloss sich mit einem Scheppern, bei dem ihm der Schweiß auf die Stirn trat. Abgestandene Luft stieg ihm in die Nase. Mit zittriger Hand drückte er den Knopf für den achten Stock.

Er war zu spät gekommen. *Hör auf!* Er hatte sie nicht beschützt. Vergiss es. *Sie ist tot. Ich hab nicht auf sie aufgepasst. Hör auf. Denk an was anderes. Konzentrier dich auf den Job. Tu das, wozu du hier bist. Konzentrier dich auf den Alten.*

Der Alte hieß Willie Cant, und die Mutter von Pearce war mit ihm zur Schule gegangen. Einmal hatten sie sich sogar geküsst, wie sie ihm erzählt hatte. Sie hatte ihn gebeten, den alten Burschen nicht zu hart ranzunehmen. Pearce schaute hinunter auf die Stahlkappen seiner hellbraunen Stiefel. Die konnten schon einigen Schaden anrichten. Seine Stiefel würde er also nicht einsetzen. Der Aufzug kam ratternd zum Stehen, und die Tür öffnete sich widerwillig.

Zwei junge Burschen versperrten Pearce den Weg. Fünfzehn, sechzehn Jahre alt. Der eine in dem grauen Kapuzenshirt richtete ein Messer gegen ihn.

Das Messer ließ Pearce völlig kalt. »Verzieht euch«, sagte er nur.

Die Hand des Jungen war unsicher. Grinsend schaute er seinen Kumpel an. Er hatte gelbe Zähne.

Pearce trat einen Schritt zur Seite, der Junge folgte ihm. »Aus dem Weg«, sagte Pearce.

»Wo ist denn die Party? Sind wir auch eingeladen?«

Pearces Augen bohrten sich in die des Jungen. Stumpfes Braun. Kein Funkeln. Zappelig, der Kleine. Das Schweigen zog sich in die Länge. Nach kurzer Zeit sprach der ohne Messer, und seine Stimme ließ Pearce zusammenzucken. Sie gehörte einem Mädchen.

»Komm, wir hauen ab, Ross«, sagte sie. »Das ist 'n Verrückter.«

Pearces Blick glitt über ihren hellbraunen Pullover, dann wieder zu Ross. »Hör auf deine Freundin«, sagte er.

Sie wollte weg. Sie zog Ross am Ärmel. Ihre Haare waren so kurz wie die von Pearce.

Ross leckte sich langsam über die Unterlippe, sorgsam, als sei seine Zunge ein teurer Lippenstift. Irgendwo da unten fing ein Hund an zu bellen. Ross ließ die Hand sinken, und seine Zunge zuckte zurück in den Mund. »Das nächste Mal«, sagte er mit gespielter Selbstsicherheit und wirbelte herum.

Pearce sah sie über die Betontreppe nach oben verschwinden. Das Mädchen rief etwas, das er nicht genau verstand, und gezwungenes Gelächter hallte durchs Treppenhaus. Cants Name prangte in Handschrift über der grellrosa Farbe seiner Wohnungstür. Das *a* war durchgestrichen und durch ein *u* ersetzt worden. Pearce spürte, wie seine Mundwinkel zuckten. Er schob den Fingernagel unter eine aufgesprungene Farbblase, die sich abschälen ließ wie verbrühte Haut.

Mit der Handkante schlug er gegen die Tür. »Aufmachen!« Er wartete eine geschlagene Minute, bevor er erneut an die Tür hämmerte. Dann wartete er exakt eine weitere Minute ab. »Letzte Chance, Cant.«

Von der anderen Seite der Tür kam eine leise Stimme: »Was wollen Sie?«

Okay, mal sehen. Ich will den Riesen zurückzahlen, den ich Cooper schulde. Und ich will, dass Mum eine andere Arbeit kriegt. Es ist heutzutage nicht sicher, hier zu arbeiten. Zu Cant sagte er: »Ich glaube, das wissen Sie.«

»Das weiß ich nicht«, greinte der Alte.

»Machen Sie auf.«

»Ich will Ihnen nichts tun«, flüsterte Cant nach einer Weile.

»Das ist sehr nett von Ihnen«, sagte Pearce. »Und jetzt machen Sie auf.«

Schweigen.

»Aufmachen.«

»Verpiss dich«, rief der Alte.

Joe Hopes Rat befolgend, versuchte Pearce es mit einer anderen Strategie. »Meine Mum erinnert sich an Sie«, sagte er und presste das Ohr an die Tür. »Hilda Pearce. Zu Ihrer Zeit hieß sie Hilda Larbert. Sie sind zusammen in die Schule gegangen. Na, klingelt da was?«

Eine kleine Pause. Dann: »Was haben Sie vor?«

»Machen Sie auf, dann reden wir.«

»Sagen Sie mir, was Sie vorhaben?«

»Jetzt werd ich aber gleich sauer. Machen Sie die Tür auf, Mr. Cant.« Er wartete. »Na los. Geben Sie sich schon einen Ruck.«

»Sagen Sie ihm, er kriegt sein Geld morgen.«

»Ich red nicht vor verschlossener Wohnungstür über Geschäfte.«

»Morgen. Versprochen.«

Pearce holte tief Luft. Scheiß auf Joe Hopes Ratschläge. Was wusste der schon? Der war doch auch nur so ein gemieteter Schläger von Cooper. Pearce legte im Kopf einen Schalter um, und sofort kamen die Sätze aus seinem Mund gerattert wie Geschosse aus einem Maschinengewehr. »Wenn du die Scheißtür nicht sofort aufmachst, du Stück Scheiße, dann kann ich für nichts mehr garantieren, wir ziehen das jetzt durch, verstehst du, oder muss ich dir's noch mal erklären?« Er wartete einen Augenblick, trat einen Schritt zurück, zielte auf eine Stelle rechts von der Türklinke und trat mit dem Absatz gegen die Tür. Sein Stiefel ging glatt durch das Holz und blieb stecken. Er musste ein paarmal hüpfen, um wieder ins Gleichgewicht zu kommen. In seinem Stiefel steckten Splitter, als er den Fuß herausriss.

Aus der Tasche holte er ein Paar OP-Handschuhe. Sie passten wie eine zweite Haut. Er zwängte die behandschuhten Finger durch das Loch und tastete nach dem Schlüssel. Er strich über das leere Schlüsselloch aufwärts und drehte am Knopf des Sicherheitsschlosses. Gesperrt. Er legte den Schalter um und versuchte es erneut. Die Tür öffnete sich, aber nur so weit, wie die Kette es zuließ. Er warf sich gegen die Tür und riss die Kette aus der Wand.

In Cants Wohnung roch es nach eingetrockneter Kotze. Eine Staubwolke stieg vom Teppichboden im Flur auf, als Pearce das Zuhause des alten Mannes betrat. Die Wand links war mit kaffeebraunen Flecken übersät. An der rechten waren Regale angebracht. Zwei Regale. Auf jedem eine eingegangene Pflanze.

Der Alte war geflüchtet.

Aber irgendwo musste er ja sein. Pearce stapfte ans

Ende des Flurs. Die Tür vor ihm war zu. Eine andere Tür, links von ihm, war einen Spalt offen. Er trat dagegen.

Ein Einzelbett stand an die Wand gerückt. Er hob die Überdecke an und schaute darunter. Dutzende identischer Socken – grau mit parallelen Streifen aus roten Rauten – lagen auf dem Boden verstreut. Er ließ die Decke fallen und war mit zwei Schritten am Kleiderschrank. Messinggriffe. Dunkles, an vielen Stellen verkratztes Holz. Er öffnete beide Türen. Leer, bis auf einen einzelnen Kleiderbügel und noch mehr Socken. Die rechte Tür quietschte beim Schließen.

Er warf einen letzten Blick durch den Raum, dann drehte er sich um, ging zurück in den Flur und griff nach der Klinke der anderen Tür. Es klickte, und sie öffnete sich knarrend.

Cant hatte sich in die gegenüberliegende Ecke seines Wohnzimmers verkrochen. Sein Oberkörper schwankte leicht. Er schaute nicht hoch. Mit kritischem Blick folgte Pearce der Maserung eines unlackierten Bodenbretts. Das Wohnzimmer ging in die Küche über. Der Wechsel war nur durch ein ausgefranstes Stück Linoleum zu erkennen. Er schüttelte den Kopf. Die Arbeitsflächen der Küche waren dreckverkrustet. Ein Berg aus schmutzigem Geschirr stand neben der Spüle, und weiteres Geschirr schwamm in einem Becken voll Dreckbrühe. In der offenen Schublade neben der Spüle hatte der Alte vermutlich das Messer gefunden, das er sich gegen die Brust drückte.

So hätte Pearce nie leben wollen. Lieber vorher sterben. Er fragte sich, was seine Mum wohl in Cant gesehen hatte. Na ja, bei der Jugend wusste man nie. Ob sie ihn auch geküsst hätte, wenn sie gewusst hätte, dass er so erbärmlich enden würde? Wahrscheinlich schon. Mum war eine Seele von Mensch. Schon immer. Sie verstand, wieso er Priestley hatte umbringen müssen.

»Fünfzig Pfund.« Er blickte den Alten starr an.

Cants Lippen bewegten sich. Er murmelte etwas. Betete vielleicht. Wenn es denn half.

»Gestern fällig«, fuhr Pearce fort.

Cant hielt einen Moment inne, dann fing er wieder an zu schwanken und vor sich hin zu brummeln.

Pearce ging auf ihn zu.

»Nicht näher«, kreischte Cant. Seine knochigen Finger krallten sich mit weißen Knöcheln um den Messergriff. Auf seinem Handrücken spannte sich die Haut. Seine Schultern hoben und senkten sich, als er verzweifelt nach Luft schnappte. »Nicht näher, du Schwein.« Er wischte sich die Nase mit dem Handrücken. Sein Blick traf kurz den von Pearce, dann senkte er ihn zu Boden.

»So wie ich das sehe«, sagte Pearce, »tu ich Ihnen einen Gefallen. Sie sollten im Krankenhaus betreut werden. Essen umsonst. Keine Rechnungen. Und wenn Sie rauskommen, haben Sie genug gespart und können Mr. Cooper bezahlen.«

»Nein, nein«, sagte der Alte und fing an zu stöhnen. Er fiel auf die Knie. »Gehen Sie.« Er ließ das Messer fallen. »Bitte.« Mit geschlossenen Augen rollte er sich auf die Seite und zog die Beine an die Brust.

Pearce hob das Messer auf. Er brachte es in die Küche und legte es in die offene Schublade zurück, die er anschließend zuknallte. Er gähnte. »Entschuldigung«, sagte er mit vorgehaltener Hand, während er wieder zu Cant hinüberschlurfte. Mit der Fußspitze stupste er gegen Cants dürren Arm.

Der Alte riss die Augen auf. Er zog den Arm zurück und steckte ihn zwischen die Beine. Seine dunklen Wimpern flatterten. Ein dicker Spuckefaden tropfte aus seinem Mundwinkel zu Boden.

»Ich gebe Ihnen noch mal vierundzwanzig Stunden«, sagte Pearce. »Aber fünfzig Pfund reichen dann nicht.« Er rieb sich mit dem Daumen übers Kinn und freute sich an dem Raspelgeräusch. »Sie sind mit der Zahlung im Verzug. Das macht zehn Pfund Standardstrafe. Meine Zeit macht noch mal zehn. Zinsen, macht noch mal zehn. Und noch mal, sagen wir, zwanzig dafür, dass ich nichts kaputt gemacht habe. Was macht das? Hundert?«

Cant hob den Kopf. Er schniefte und stützte sich auf einen Ellbogen auf. »Sie sind ein netter Kerl«, sagte er.

Pearce nickte und warf einen Blick auf Cants Socken. Grau mit roten Rauten.

10:44 Uhr

»Scheiße.« Kennedy hielt in beiden Händen einen Becher Kaffee, und das Handy klingelte. Direkt vor ihm bildeten die Salisbury Crags eine gezackte Wand, hoch genug, um den massigen Hügel von Arthur's Seat zu verdecken. Vom Anblick allein wurde ihm schon schwindlig. Er suchte nach einer Möglichkeit, wo er die Pappbecher abstellen konnte. »Scheiße«, sagte er noch mal. Wenn nur nicht jemand schon wieder den Getränkeautomaten in Beschlag genommen hätte. Er bückte sich und stellte die Becher auf die Erde.

In Erwartung, dass der Anrufer auflegen würde, sobald er antwortete, fischte er sein Handy aus der Tasche. »Kennedy«, sagte er.

Er hatte sich geirrt. »Wo bist du?«, fragte der Anrufer.

Die Stimme kam ihm bekannt vor, obwohl sie seltsam näselnd klang. »Bist du das, Boss?«, fragte er.

»'türlich bin ich das. Wo bist du?«

»Gegenüber vom Büro.«

»Er müsste jetzt aus dem Haus rauskommen.«

»Wer müsste? Hast du dir 'ne schwere Erkältung eingefangen, seit ich losgegangen bin? Oder trägst du 'ne Nasenklammer? Um Gottes willen. Du hast doch nicht etwa mit Synchronschwimmen angefangen, oder?«

»Halt die Klappe, und hör zu.«

»Wenn du mich so höflich bittest.«

»Ungefähr eins fünfundsiebzig, eins achtundsiebzig. Kurze braune Haare. Schwarze gefütterte Jacke. Siehst du ihn?«

Der Lebensmittelhändler unter dem Büro hatte eine Markise aufgespannt, als vor zwei Monaten die Besitzer gewechselt hatten. Zwei an der Wand angebrachte Heizstrahler bewahrten die Gemüsestände auf dem Gehsteig vor dem Einfrieren. Das heutige Sonderangebot war Kohl: zwei Köpfe zum Preis von einem. Kennedy schaffte es nicht, auch nur einen einzigen aufzuessen, bevor er verfaulte, von zweien ganz zu schweigen. Mit Brot war es das Gleiche. Selbst kleine Laibe waren zu groß. Genau genommen wurde die Hälfte von dem, was er einkaufte, schlecht oder verfaulte und landete im Mülleimer. Wenn man bloß einzelne Brotscheiben kaufen könnte. Oder zwei, falls man mal ein Sandwich machen wollte. Vielleicht war es Zeit, dass er sich einen Kühlschrank anschaffte.

Dazu musste er allerdings zuerst sein Geld bekommen. Oder einen neuen Job. Von dem hier hatte er allmählich die Nase voll. Gott, war ihm langweilig.

Wieder die Stimme von seinem Boss: »Kannst du ihn sehen?«

Links von dem Laden führten sechs schmale Stufen zu einer lachsrosa Tür. Sie war geschlossen. »Nein.« Während er noch sprach, öffnete sich die Tür. »Moment. Ich hab ihn, glaub ich. Dunkelgrüne Hosen?«

»Genau. Leg nicht auf. Steig ins Auto, und fahr ihm nach.«

»Und was ist mit dem Kaffee?«

»Scheiß auf den Kaffee.«

»Würd ich ja machen, aber ich steh nicht auf die Brocken.«

»Sehr witzig. Jetzt schwing gefälligst die Hufe.«

Kennedy ließ den Kaffee auf dem Gehsteig stehen und überquerte die Straße. »Er steigt in sein Auto. Willst du das Kennzeichen?«

»Lies vor.«

Er las es vor. »Wer ist das?«

»Robin Greaves.«

»Ist das nicht ein Klient?«

»Gewesen.«

Robin Greaves' metallicgrüner Renault Clio quietschte beim Anfahren am Bordstein.

»Er ist losgefahren. Bis gleich.« Kennedy warf das Handy auf den Beifahrersitz, ließ zwei Autos vorbeifahren und hängte sich dann an einen silbernen Nissan Micra. Mit einer Hand am Steuer griff er wieder nach dem Handy und sagte: »Hatte nicht Greaves' Frau was nebenher laufen?«

»Genau.« Sein Boss schniefte. »Ich hab ihm die Fotos gezeigt.«

»Und wie hat er's aufgenommen?«

»Er hat mir die Scheißnase eingeschlagen.«

»Verdammte Scheiße!« Kennedy musste sich auf die Lippen beißen, um nicht laut loszuprusten. Nach einer Weile räusperte er sich und sagte: »Eingeschlagen, hm? Ohne Scheiß?«

»Ohne Scheiß.« Nach einer Pause sagte sein Boss: »Und dein Mitgefühl wird gebührend zur Kenntnis genommen.«

Er wollte Mitgefühl? »Es tut mir ehrlich gewaltig scheißleid, Sir.«

»Benimm dich nicht wie das letzte Arschloch, Kennedy.«

Eine Weile sprach keiner von beiden.

Schließlich beendete Kennedys Boss das Schweigen. »Wenn er da ankommt, wo er hinwill, dann ruf mich an.«

»Solltest du nicht besser ins Krankenhaus fahren und deine Nase behandeln lassen?«

»Ich bleibe, wo ich bin. Und, Kennedy? Ich brauch deine beschissenen Ratschläge nicht.«

Die Verbindung brach ab.

Robin Greaves führte Kennedy durch leichten Verkehr in Richtung Innenstadt und bog dann nach Osten in die Leith Street ab. In Greenside wurde gebaut. Das Gerüst stand inzwischen und war schon braun vor Rost. In der Zeitung gestern hatte ein Journalist gemeint, dass die sechzig Vorführsäle in Edinburghs acht existierenden Kinos für eine Bevölkerung von nicht mal einer halben Million eigentlich ausreichen müssten. Ein weiteres

Multiplex in Greenside zu bauen, so der Verfasser, sei eine skandalöse Geldverschwendung. Kennedy hätte es nicht ganz so drastisch ausgedrückt, teilte jedoch seine Meinung, dass es übertrieben erschien. Komischerweise hatte der Schwachkopf sich dann allerdings auch noch darüber beschwert, dass Edinburgh doppelt so viele Buchläden habe wie Glasgow. Was dem ganzen Artikel eine neue Tendenz verliehen hatte. Kennedy stopfte die Zeitung in den Abfalleimer, denn offensichtlich stammte der Journalist von der Westküste, und damit war alles, was er von sich gab, reiner Blödsinn.

Mit Kennedy zwei Autos hinter sich, bog Greaves auf den Leith Walk ab. Er parkte in der Iona Street, stieg aus und betrat einen Wohnblock in einem Gebäudekomplex, über den sich Gerüste ausgebreitet hatten wie Efeu mit einem Sinn für Geometrie. Kennedy war beeindruckt. Die Gerüstbauer hatten tolle Arbeit geleistet. Kennedy war nicht schwindelfrei. Als er im letzten Monat seine Decke gestrichen hatte, war er fast von der Trittleiter gefallen.

Er fand eine Parklücke und rief seinen Boss an. »Was macht die Nase?«

»Wo ist er?«

Kennedy spähte durch die Gerüstlatten und las die Nummer von der Tür ab.

»Aha, er ist an den heimischen Herd zurückgekehrt«, sagte sein Boss.

»Das hätte ich mir vermutlich auch selber denken können. Der Schlüsselbund hat's verraten.« Keine Antwort. »Was soll ich jetzt machen?«

»Ich denke nach«, sagte sein Boss.

Mit dem Handy noch am Ohr stieg Kennedy aus

und ging hinüber zu dem Eingang, in dem Greaves verschwunden war. »Bist du noch dran?«, sagte er ins Handy.

»Na klar.«

An der Wand links vom Eingang befand sich eine Klingelleiste, und neben jeder Klingel stand ein Name. Der sechste von oben, unter Hewitt und über Law, war Greaves. »Sieht aus, als würde unser Mann im zweiten Stock wohnen«, sagte Kennedy. »Soll ich mal raufgehen und guten Tag sagen?«

»Bleib vorläufig lieber unsichtbar. Und behalt ihn im Auge, bis ich was anderes sage.«

»Und wenn er weggeht?«

»Dann geh ihm nach.«

10:57 Uhr

Seit zwei Monaten wohnte Pearce im freien Zimmer bei seiner Mutter. Es war nicht toll, aber es war ein Zuhause, und es war tausendmal besser als das Loch, in dem er in den vergangenen zehn Jahren gewohnt hatte.

Eines Abends bei einer Dose Bier und Songs von Burt Bacharach hatte er seiner Mutter von Julie erzählt. Es war nicht einfach gewesen.

»Wie konntest du nur so dumm sein?«, hatte sie gesagt.

»Lass es gut sein, Mum.« Er schaute sie an und ließ die Schultern hängen und sagte nichts mehr.

Sie stieß einen langen, tiefen Seufzer aus. »Komm her, du Dummi. Es ist schön, dass du wieder da bist.«

Er hatte Julie gerade mal zwei Wochen gekannt. Im

Rückblick war es vielleicht zu früh, sich zu verloben, und seine Mutter war garantiert dieser Ansicht. Aber damals hatte er es für eine gute Idee gehalten. Wie naiv konnte man eigentlich sein? Bei Frauen hatte er noch nie Glück gehabt. *Sollen wir uns nicht verloben, Pearce?* Nichts Besseres vor am Samstagmorgen. *Klar, Julie, und wo ist der Haken?* Julie wollte einen Diamantring, und bei Jenners hatte sie einen gesehen, der ihr gefiel. Wenn er das Geld auftrieb, würde sie es ihm zurückzahlen, sobald am Montag die Bankschalter öffneten.

»Ich lass dich doch nicht deinen eigenen Ring bezahlen«, sagte er.

»Ich will's aber. Ich bestehe sogar darauf. Außerdem kannst du ihn dir gar nicht leisten.«

Er dachte keine Sekunde darüber nach. »Da hast du allerdings recht«, sagte er. »So viel Geld hab ich nicht.«

»Und was ist mit deinem Freund Cooper?«

»Cooper ist nicht mein Freund. Und außerdem will ich keine Schulden bei dem haben.«

»Hast du etwa Angst vor ihm?« Sie berührte seinen nackten Arm.

Pearce ging zu Cooper, lieh sich einen Riesen und kaufte Julie den Ring. Nach dem Mittagessen trennten sie sich um halb zwei, und das war das letzte Mal, dass er sie gesehen hatte. Sie waren für später am Abend verabredet, aber sie tauchte nicht auf. Als er ihr Handy anrief, war es ausgeschaltet. Er hinterließ eine Nachricht. Bald danach ging er zu der Adresse, die sie ihm genannt hatte, eine Doppelhaushälfte in Gilmerton. Als er dort ankam, behauptete der Eigentümer, er hätte noch nie von ihr gehört. Pearce beschrieb sie: klein, zierlich, dunkelhaarig, blass. Der Eigentümer schüttelte den Kopf.

Pearce vergewisserte sich, dass er die richtige Adresse hatte, was der Eigentümer bejahte. Und dann machte er ihm einfach die Tür vor der Nase zu. Pearce versuchte es noch mal übers Handy und hinterließ eine weitere Nachricht.

Am Sonntag kreuzte er wieder bei der Adresse auf. Diesmal war der Eigentümer nicht sehr hilfsbereit. Er schlug Pearce die Bitte ab, sich mal umsehen zu dürfen, worauf Pearce ihn unsanft zur Seite schob und sich auf die Suche nach Julie machte. Im Wohnzimmer dröhnte der Fernseher. Ansonsten war es leer. In der Küche brodelte ein Topf mit Suppe auf dem Herd. Im oberen Stockwerk schaute er in beiden Schlafzimmern nach. Keine Julie. Er kam sich schon bescheuert genug vor, sonst hätte er noch unter den Betten nachgesehen. Noch eine Möglichkeit. Er klopfte an die Tür zum Bad und trat ein, als niemand antwortete. Er zog den Duschvorhang zurück, für den Fall, dass sie sich in der Badewanne versteckte. Wieder nichts.

Er entschuldigte sich bei dem Eigentümer für sein Eindringen und versprach, sich nicht wieder blicken zu lassen.

Seinen Besuch bei Cooper schob er eine Woche lang auf. Inzwischen war jede Hoffnung auf das wundersame Wiederauftauchen seiner Verlobten ebenso dahin wie der Tausend-Pfund-Verlobungsring. Er wusste, wenn er noch länger wartete, würde Cooper jemanden zu ihm schicken, und daher ging er zu Cooper und erzählte ihm, was passiert war.

»Ich hab mir gedacht, ich könnte die Schulden vielleicht abarbeiten.«

»Ich denk drüber nach.« Cooper begleitete ihn hinaus.

Zwei Tage darauf bekam Pearce einen Anruf. »Folgender Deal«, sagte Cooper. »Deine Schulden stehen zurzeit bei zwei Riesen.«

»Wir hatten zwölfhundert abgemacht.«

»Wir sprechen hier über einen Kompromiss. Willst du mit mir rumstreiten, oder willst du dir anhören, wie du vielleicht deine Beine behalten kannst?«

»Reden Sie weiter«, sagte Pearce.

»Den Fälligkeitstermin hast du schon überzogen, und du erzählst, das Mädel, das deine Sicherheit war, ist mit dem Ring abgehauen, der dein einziger Aktivposten war. Deshalb hat sich deine finanzielle Situation geändert. Entsprechend habe ich unsere ursprüngliche Vereinbarung revidiert, und infolgedessen schuldest du mir jetzt zwei Riesen. Ich bin allerdings bereit, dich die Summe abarbeiten zu lassen. Ist das nicht nett von mir?«

»Wie viel zahlen Sie?«

»Was?«

»Ich will wissen, wie lange es dauert, bis ich alles zurückbezahlt habe.«

»Das hängt von dir ab. Das hier ist nicht Burger King. Du arbeitest nicht für 'nen Stundenlohn, genauso wenig wie ich deine Scheißsozialversicherung zahle oder wie einer von uns Steuern zahlt.«

»Und wie soll ich's Ihnen dann zurückzahlen?«

»Kommission. Du verdienst zwanzig Prozent von dem, was du eintreibst. Das Geld zieh ich von deinen Schulden ab. Je mehr du also aus meinen Klienten rausholst, desto reicher und glücklicher werden wir beide dabei.«

»Niemand von diesen Leuten, Ihren *Klienten*, hat Geld, Mr. Cooper.«

»Man staunt, wie oft die doch noch was *finden*.«

»Scheißkerl.«

»Meinst du? Wir benutzen wohl verschiedene Wörterbücher. Also, Tommy Greg, der war 'n Scheißkerl.«

Jeder wusste über Tommy Bescheid. Er hatte groß rumgetönt, wie wenig Angst er vor Cooper hätte. Eines Nachts war Cooper mit einem seiner Schläger und bewaffnet mit einer Kaffeemühle zu Tommy nach Hause gekommen. Heute zog Tommy das Bein nach.

»Das ist das einzige Angebot, das ich dir mache«, sagte Cooper. »Es ist großzügig und nicht verhandelbar. Schwer zu glauben, aber Tommy hat sich immer für 'nen harten Burschen gehalten.« Er lachte. »Schau ihn dir jetzt an, Pearce. Wenn ich dem sage, er soll mir den Schwanz lutschen, dann liegt der dreckige Krüppel ohne Zehen auf den Knien und lässt die Zunge raushängen wie 'ne Hundert-Pfund-Nutte, noch ehe ich den Scheißreißverschluss unten habe. So möchtest du doch nicht enden, oder?« Er machte eine kurze Pause. »Also, was meinst du?«

Pearce sagte: »Okay«, und Cooper sagte, er würde ihn morgen besuchen. Einer seiner Jungs würde ihm beibringen, wie der Hase läuft.

Als Pearce es seiner Mutter erzählte, sagte sie: »Mach es nicht. Ich leih dir das Geld.«

»Und woher willst du zwei Riesen nehmen?«, fragte er sie.

»Ich schätze, ich könnte sie von Cooper leihen.«

»Spitzenidee, Mum.«

Pearce holte den Zettel aus der Tasche, den Cooper ihm gegeben hatte. Vier Namen, vier Adressen, vier ausstehende Schuldbeträge. Der Erste auf der Liste war nicht zu Hause. Cant war der Zweite gewesen. Die Frau,

Ailsa Lillie, war Nummer drei. Sie schuldete Cooper dreihundert Pfund. Pearce fragte sich, wie viel sie wohl geliehen hatte. Er hasste diesen Job jetzt schon. Er überprüfte die Hausnummer, faltete den Zettel zusammen und steckte ihn wieder ein.

Autos schlängelten sich zwischen Parkbuchten und Verkehrsinseln durch die Easter Road. Busse fädelten sich durch Lücken im fließenden Verkehr bis zur nächsten Haltestelle oder zum nächsten Zebrastreifen. Er quetschte sich durch eine Lücke in der Schlange vor einem Geldautomaten und trat dabei um ein Haar einem Hund auf den Schwanz, der vor einem Zeitungsladen angeleint war. Beim ersten Stocken des Verkehrs überquerte er die Straße.

Das Haus, in dem Ailsa Lillie wohnte, befand sich direkt neben einem Wettbüro. Die Außenwand war schwarz vor Dreck und Abgasen. Die Eingangstür stand offen, aber er drückte die Klingel und wartete. Höflichkeit hatte noch nie geschadet.

10:58 Uhr

Und schon ging's wieder los. Peng. Peng. Scheißpeng.

Robin konnte nicht einfach zu Hause sitzen und nichts tun, nicht bei diesem Krach, der ihn zum Wahnsinn trieb. Seit mindestens einer Woche schaute sein stocktauber Nachbar nun pausenlos John-Wayne-Filme bei voll aufgedrehter Lautstärke. Gewöhnlich revanchierte sich Robin mit einer CD mit einem späten Beethoven-Streichquartett oder etwas mit starker Blechbesetzung – Janáček war gut – oder einer Barockoper, die er so laut abspielte, dass die Fenster klirrten. Oft sang er auch aus vollem Hals mit. Aber heute nicht. Heute war es anders.

Noch zwei Stunden. Er war total verspannt. Konnte nicht hier eingesperrt bleiben. Musste raus.

Als ob es nicht schon deprimierend genug gewesen wäre, wieder Mieter zu sein, war ihre Wohnung auch nicht so schön wie die alte. Zum Beispiel hatten sie keine separate Küche mehr, und bei den seltenen Gelegenheiten, wenn er oder Carol kochten, blieb der Geruch in sämtlichen Möbeln im Wohnzimmer hängen. Die Couch stank dann tagelang nach Fisch oder Steak oder Speck oder sonst was. Auf dem Boden lag ein Omateppich – Blumen in Rosa und Dunkelrot. Das Klavier war viel zu oft herumgerückt worden und musste dringend gestimmt werden. Das spielte allerdings keine Rolle, da er kaum darauf spielte. Ab und zu fünf Minuten, einmal pro Woche vielleicht, wenn die Schmerzen nicht zu stark waren. Sein Robinson-Klavier war mal ein Musikinstrument gewesen, jetzt fungierte es vor allem als Möbelstück.

Wenn er rausging, musste er die Tasche mitnehmen.

An drei Wänden des Schlafzimmers hingen gestreifte Tapeten, die einen wahnsinnig machten, und trotz der Illusion von Tiefe, die der Spiegelschrank an der vierten Wand hervorrief, wirkte das Zimmer vollgestopft. Auf der Kommode, die zwischen Bett und Tür gequetscht war, standen zwölf gerahmte Fotos von Carol. Als er sich im Spiegel betrachtete, fegte er sie mit dem Arm zu Boden.

Wie konnte sie ihm das nur antun? Er konnte es nicht fassen, dass sie sich von Eddie betatschen ließ.

Er beobachtete sich im Spiegel, während er vorwärtsschlurfte. Er bewegte langsam die rechte Hand, so als würde er unter Wasser winken. *Dirigieren natürlich. Wer wollte das wissen?* Klar, er würde weitermachen wie immer. *Ein Orchester. Was sonst?* So tun, als wüsste er nichts. Zu einem imaginären Auftakt stieg er auf die Zehen und beschleunigte das Tempo. Seine Hand schnitt durch die Luft. Nach ein paar Takten stocherte er mit einem Kreis aus Daumen und Zeigefinger der linken Hand in Richtung der Blechbläser. Kopfschüttelnd ließ er die Arme sinken. »Wieder zu spät«, sagte er. »Einfach nicht gut genug.«

Andernfalls gefährdete er alles. Und das hier war persönlich. Hatte nichts mit dem Geschäft zu tun. Morgen war noch genug Zeit, um zu entscheiden, was zu tun war. Erst würde er sich um Carol kümmern und anschließend um Eddie.

Die Tasche lag unter einem Haufen Schmutzwäsche. Robin zog sie darunter hervor und warf sie sich über die Schulter. Wenn Eddie wüsste, was er vorhatte, würde ihn der Schlag treffen. Bei dem Gedanken musste er schmunzeln.

Die Außentemperatur lag nur knapp über dem Gefrierpunkt. Aber es war trocken, und er hatte es nicht weit. Umso besser, da er nicht riskieren konnte, das Auto zu nehmen. Er trat unter das Vordach aus Pfosten und Brettern, das nach dem Unfall vor etwa einem Monat aufgestellt worden war, als eine Fenstereinfassung aus dem zweiten Stock heruntergefallen war und einen Passanten am Hals erwischt hatte. Tags darauf waren Arbeiter gekommen und hatten das halbe Haus eingerüstet. Seitdem hatten sie sich nicht wieder blicken lassen.

Er kam an Mrs. Henderson vorbei, einer alten Dame, die in einer Wohnung im Erdgeschoss wohnte. Sie zog einen Einkaufstrolley hinter sich her. Sie blickte ihn durch ihre dicke Brille an und nickte ihm mit ihrem wirren, weißen Haarschopf zu.

Er bog um die Ecke und überquerte die Straße. Seine Handkante kribbelte. Er fragte sich, wie sich wohl die Nase des Detektivs anfühlte.

*

Zwei frei stehende Warenständer, die die Mitte des überfüllten Postamts einnahmen, drängten die Warteschlange zur Seite an die Wände. Weitere Ständer, mit Prospekten vollgestopft, nahmen die gesamte näher liegende Wand in Beschlag. Gegenüber versahen, geschützt durch eine durchsichtige Anti-Überfall-Scheibe (so heißen die, hatte Eddie gesagt), zwei Kassiererinnen mit unerschütterlicher Seelenruhe ihren Dienst. Robin beobachtete die Fette, die wie ungefähr sechzig aussah. Wenn sie mit ihrer Kollegin redete, schwabbelte ihr Dreifachkinn.

Als er endlich an die Reihe kam, sagte er: »Eine einfache Briefmarke, bitte.« Ihre Haarspray-Ausdünstungen gelangten ihm irgendwie in die Kehle, und er musste husten, ehe er Zeit hatte, sich die Hand vor den Mund zu halten.

»Und dann, na ja, ich sollte ja nichts sagen«, erzählte sie, während sie eine einzelne Marke aus einem Block riss. Er schob ein Fifty-Pence-Stück durch die Lücke unten am Gitter. »Aber das könnte noch einigen Ärger geben«, plapperte sie weiter, während sie sein Wechselgeld von ordentlichen Stapeln in einem samtbeschlagenen Kästchen abzählte. Ihre weißen Wurstfinger schoben ihm die Münzen entgegen.

»Bis später dann«, sagte er. Erst jetzt gewann er ihre volle Aufmerksamkeit.

»Was haben Sie gesagt?«

Er lächelte sie an und klaubte sein Wechselgeld zusammen.

»Kenne ich Sie?«

»Noch nicht«, sagte er und ging. Allerdings würde sie ihn schon bald kennenlernen.

10:59 Uhr

Ailsa Lillie ließ Pearce ohne ein Wort mit dem Summer ins Haus. Als er bei ihr anklopfte, öffnete sich die Tür einen Spalt. Sie ließ die Kette eingehakt.

»Wer ist da?« Ihre Stimme war tief und kehlig. Sie war nicht aus Edinburgh. Ihrem Akzent nach zu urteilen, stammte sie aus dem Nordosten.

»Darf ich reinkommen?« Er lächelte dem Gesichtsausschnitt zu, der zwischen Tür und Türrahmen erschienen war. Es sah aus, als hätte ihr jemand den Kopf in einen Sack Mehl gesteckt. Ihre Haare waren grau, das Gesicht blass, bis auf eine rote Prellung über einem Auge.

»Warum?« Sie schüttelte den Kopf. Sie war so etwa um die vierzig.

Er senkte die Stimme. »Sie schulden einem Freund von mir Geld.«

»Wem?«

»Sie wissen, wem, Ailsa. Lassen Sie mich rein.«

»Sie machen einen netten Eindruck«, sagte sie. »Aber ich bin keine gute Menschenkennerin. Sie könnten genauso gut ein Serienkiller sein.«

»Sie schulden Mr. Cooper dreihundert Pfund. Denken Sie, ein Serienkiller wüsste so was?« Er zögerte, bevor er fortfuhr: »Ich möchte nur, dass wir uns auf eine für beide Seiten akzeptable Rückzahlungsweise einigen.«

Sie senkte den Blick. Ohne den Kopf zu heben, sagte sie: »So, so, für beide Seiten akzeptabel, ja?«

Er nickte langsam. Die Tür ging mit einem Klicken zu. Sekunden darauf öffnete sie sich vollständig, und Ailsa Lillie stand vor ihm.

»Machen Sie die Tür hinter sich zu.« Lautlos wandte sie sich auf dem Teppichboden von ihm ab. »Zum Schlafzimmer geht's da lang.«

»Moment.« Er trat in den Flur und schloss sachte die Tür. Sie beachtete ihn nicht. Er sah sie im Schlafzimmer verschwinden. Sie bewegte sich wie eine weitaus jüngere Frau. Er legte die Kette wieder vor. »Ailsa«, sagte er, dann: »Ms. Lillie.« Nach einem Augenblick ging er ihr nach.

Sie lag bäuchlings auf dem ungemachten Bett. Ihr linkes Bein baumelte über die Kante, und sie scharrte mit den Zehen über einen ausgebleichten Teppich, der an den Ecken ausgefranst war.

»Ailsa.«

»Sie sagen dauernd meinen Namen.«

»Ich versuche, Ihnen begreiflich zu machen …«

»Wie ist Ihrer?«

»Mein Name spielt keine Rolle.«

»Ich würd ihn gern wissen.« Sie drehte sich in den Hüften und schaute ihn, die Arme über den Kopf gestreckt, an. »Ach, bitte, wenigstens das. Schließlich …«

»Pearce«, sagte er.

»Sie *sind* nett.« Ihre grünen Augen leuchteten. »Setzen Sie sich zu mir, Pearce.«

Er ging zum Bett und ließ sich auf der Bettkante nieder.

»Wie wollen Sie's haben?«, sagte sie.

»Was ist mit Ihnen passiert?« Er streckte die Hand nach ihr aus. Als er mit den Fingerspitzen noch zwei Zentimeter von ihrem Gesicht entfernt war, wandte sie den Kopf ab.

Sie lachte, aber in dem rasselnden Geräusch, das aus ihrer Kehle kam, lag kein Fünkchen Humor.

»Was ist mit Ihrem Gesicht passiert?«

Sie murmelte etwas ins Kissen.

»Ich hab Sie nicht verstanden.« Er beugte sich zu ihr.

»Was kümmert Sie das?« Mit einem Mal setzte sie sich auf und zielte mit einer Pistole auf ihn. Sie hielt sie, als würde sie ihr die Handfläche versengen. Sie zitterte heftig.

»Wenn Sie mich erschießen, schickt Cooper einfach jemand anders.« Er streckte die Hand aus. »Jemand, der vielleicht nicht so nett ist wie ich.«

»Haben Sie 'nen kleinen Schatten, Pearce?« Sie schlug eine Hand um die, mit der sie die Kanone bereits umklammerte, und versuchte sie ruhig zu halten. »Wenn ich Sie erschieße, komm ich ins Gefängnis. Dann ist Cooper die geringste meiner Sorgen. Dann bin ich sicher.«

»Mein Schatten ist vielleicht nicht so groß, wie Sie denken. Wieso erzählen Sie's mir nicht?«, sagte er. »Sie haben das Geld von Cooper geliehen, um die Kanone hier zu kaufen, stimmt's?« Ihr Blick flackerte, und er fuhr fort. »Ich schätze mal, dass Sie an eine bestimmte

Person dachten, als Sie sich das Ding angeschafft haben. Hab ich recht? Vielleicht ist diese bestimmte Person ja dieselbe, die Sie verprügelt. Wie bin ich bis jetzt?«

Ihre Lippen zuckten. »Nicht schlecht«, sagte sie.

»Und könnte vielleicht er das sein?« Er deutete auf die gerahmte Fotografie an der Wand über ihrem Kopf. Sie schaute nicht hin, nickte aber. »Ehemann?«, fragte er sie, dann stellte er fest, dass an den Fingern, die die Pistole umfassten, kein Ring war. Sie hatten zu zittern aufgehört, aber die Knöchel traten schneeweiß hervor. »Nur ein Freund?«, sagte er. »Wieso verlassen Sie ihn nicht?«

Als sie erneut lachte, klang es, als sei ihre Luftröhre in Sandpapier gewickelt. »Das hab ich versucht«, sagte sie.

Er zog die Augenbrauen hoch. »Und dann sind Sie zu ihm zurückgegangen?«

»Er fand's nicht gut.«

»Wen schert es, was er gut findet und was nicht?«

»Wenn das mal so einfach wäre, Pearce«, gluckste sie und ließ die Hände sinken. »Solange es nur um mich ging. Solange er sonst niemanden anfasste, hätt ich's mit ihm aufgenommen.«

Behutsam löste Pearce einen ihrer Finger von der Pistole.

»Das hier ist gar nichts.« Ihre Hände fielen auseinander, und die Pistole rutschte auf das Bett. Sie berührte ihr verletztes Auge. »Verglichen mit dem, was er Becky angetan hat.«

»Ihrer Schwester?« Er griff nach der Waffe. Sie war schwerer, als er erwartet hatte.

Ailsa Lillie schüttelte den Kopf. Ihre Augen glühten. »Rebecca ist meine Tochter.«

Er untersuchte die Pistole. Nickel, vermutete er. CCCP war auf dem Griff eingraviert. »Wie alt?«

»Achtzehn.« Sie hielt inne, dann fügte sie hinzu: »Alt genug.«

»Wozu?«

»Für 'nen gebrochenen Wangenknochen und 'nen angeknacksten Kiefer.«

»Sie wohnt nicht hier?«

»Machen Sie Witze? Becky ist von zu Hause weg, als sie sechzehn war.« Sie lächelte. »Sie ist Friseurin«, sagte sie.

»Ist sie seine Tochter?«

»Nein, Gott sei Dank.«

»Die ist nicht geladen.« Er zeigte ihr das leere Magazin.

»Mann, wem sagen Sie das?«

Er schob das Magazin wieder hinein.

»Nachdem ich die Pistole bezahlt hatte«, sagte sie, »hatte ich nicht mehr genügend Geld, um Kugeln zu kaufen. Ich hab nicht gewusst, dass 'ne Schachtel Munition halb so viel kostet wie die Kanone.«

»Das ist ja 'ne tolle Gewinnspanne.« Er schaute sie an und fing an zu lachen. Sie stimmte ein, und diesmal klang es echt. »Wie heißt Ihr Freund?«, fragte er.

»Wieso wollen Sie das wissen?«

»Sie sitzen in der Tinte, Ailsa. Wenn Sie da rauswollen, dann machen Sie Folgendes: Sie sagen mir, wie er heißt und wo ich ihn finden kann.«

Sie sagte es ihm. »Er ist gefährlich«, fügte sie hinzu.

»Ich werde mich sehr in Acht nehmen.« Er reichte ihr die Waffe. »Bringen Sie die dem, dem Sie sie abgekauft haben, und verlangen Sie Ihr Geld zurück. Alles werden Sie nicht kriegen, aber bestehen Sie auf der Hälfte. Das ist ein vernünftiger Deal. Genug, damit es Ihnen was nützt, aber nicht so viel, dass er sein Gesicht verliert. Er wird es einsehen, wenn Sie ihm klarmachen, dass er die Kanone ja weiterverkaufen kann. Wollen Sie das machen?«

Sie nickte.

Er stand auf. »Ich komme morgen vorbei und hole das Geld ab.«

Sie griff nach seiner Hand. »Was haben Sie vor?«

Er zuckte die Achseln. »Ich red mal 'n Wörtchen mit Ihrem Freund. Sag ihm, dass es aus ist. Dass Sie ihn nicht mehr sehen wollen.« Er entzog ihr seine Finger und rieb sich das Kinn.

»Er wird sie umbringen.« Sie packte seine Hand von neuem. »Er wird Becky umbringen.«

»Sie braucht sich keine Sorgen zu machen.«

Sie glaubte ihm nicht. Auf ihre Stirn traten Falten, und in beiden Mundwinkeln zeigten sich Runzeln.

»Ich verspreche Ihnen«, sagte er, »dass weder Sie noch Becky ihn je wiedersehen werden.«

Ihre Stirn wurde wieder glatt, und sie sah beinahe schön aus. »Ich schulde Ihrem Boss Geld. Wieso machen Sie das? Wieso helfen Sie mir? Sind Sie so 'ne Art Bürgerwehr oder was?«

»Wissen Sie noch, was ich gesagt habe?« Er schaute auf sie hinab. »Dass ich eine für beide Seiten akzeptable Rückzahlungsweise aushandeln möchte? Na ja, genau das haben wir gerade getan. Ich wollte nie damit andeuten, dass ich ...« Er machte eine Kreisbewegung mit der Hand. »All das jedenfalls. Es ist rein geschäftlich, Ailsa. Sie sind eine Investition, und ich schütze Sie, so wie ich jede andere Investition schützen würde.«

Sie zielte mit der Pistole auf ihn, schloss ihr geschwollenes Auge und sagte: »Ich sollte Sie erschießen, dafür, dass Sie so ein grottenschlechter Lügner sind.«

Er drehte ihr den Rücken zu. »Ich finde alleine raus.«

»He«, sagte sie. »Da ist so ein großer Typ, der bei Pete arbeitet. Er heißt Tony. Der ist auch nett. Genau wie Sie. Richten Sie ihm einen schönen Gruß von mir aus.«

11:15 Uhr

»Jetzt nicht, Mum.« Pearce legte auf und schaltete sein Handy aus.

»Mütter, hm?«

Er empfand die Männerstimme als unpassend, auch wenn er nicht genau wusste, warum. Es fiel ihm kein zwingender Grund ein, weshalb bei einer Sauna eine Frau am Empfang sitzen müsste, aber genau das hatte er erwartet. Vielleicht war der Typ ja gleichzeitig für die Sicherheit zuständig. Pearce hob den Kopf. Diese Theorie hatte sich schon mal erübrigt. Man kriegte nicht oft einen Wächter unter eins fünfzig zu sehen. Die Gesichtszüge des kleinen Wichts hinter dem halbrunden Tresen waren ziemlich angespannt. »Wo ist Pete?«, fragte er ihn.

»Pete?« Der Wicht schürzte die Lippen und lockerte und schürzte sie wieder. Man konnte nicht sagen, ob er sich die Zehe angestoßen hatte oder ob er augenblicklich in hysterisches Gelächter ausbrechen würde.

»Wie viele Petes arbeiten hier?«

Der Wicht zuckte die Achseln.

»Von den Mädels heißt doch keins Pete, oder?«

Die Lippen des Wichts zuckten.

»Thompson«, sagte Pearce mit geschlossenen Augen. »Thompson«, sagte er noch einmal. Er öffnete die Augen und starrte den Mann hinter dem Empfangstisch durchdringend an. »Ich möchte Pete Thompson sprechen.«

»Ah.« Der Kopf des Wichts hüpfte auf und ab. »Mr. Thompson.« Er spannte die Lippen, und sein Kiefer verkrampfte sich, und er sagte: »Haben Sie einen Termin?« Pete sagte nichts, und der kleine Mann fuhr fort, mit dem Kopf zu nicken. »Sie brauchen einen Termin, wenn Sie Mr. Thompson sprechen wollen.«

Pearce hakte sein Handy an den Gürtel. Ein Muskel zuckte in seiner Wange.

»Einen Termin.« Der Wicht nickte schnell und heftig.

»Pass auf deinen Kopf auf«, warnte ihn Pearce. »Bei dem ganzen Gewackel reißt der sonst noch ab.«

Der Wicht wurde blass und zog die Augenbrauen hoch. Mit reglosem Kopf nahm er den Telefonhörer ab, drückte ein paar Tasten und sagte: »Tony, wir haben hier draußen 'nen Witzbold.« Er ließ den Hörer fallen. Er sprang aus der Gabel und landete klappernd auf dem Schreibtisch. Der Wicht brummelte etwas, als ihn aus dem umgedrehten Hörer das Freizeichen anplärrte. Er hob ihn gerade wieder auf, da wurde die Tür am anderen Ende des Flurs aufgerissen und ein massiger Mann mit Popeye-Armen platzte in den Empfangsbereich.

Mit finsterem Blick auf Pearce kam der Koloss durch den kurzen Flur gestapft. Er rieb sich die Knöchel der einen Hand mit der anderen. »Kann ich Ihnen helfen?« Er war viel größer als Pearce. Und viel breiter. Sein Jackett behinderte seine Arme beim Schwingen. Einen halben Meter vor Pearce blieb er stehen und zog seine

Krawatte gerade. Platte Nase. Blumenkohlohren. Er sah der Fotografie von Ailsas festem Freund nicht einmal ansatzweise ähnlich.

»Sie müssen Tony sein«, sagte Pearce. »Freut mich, Ihre Bekanntschaft zu machen.«

»Kann Ihnen egal sein, wer ich bin. Wer sind Sie?«

»Ich suche Pete.«

»Ich hab nicht gefragt, wen Sie suchen. Ich hab gefragt, wer Sie sind.«

»Fünf Minuten. Mehr nicht.«

Tony wechselte die Hände und rieb seine Knöchel, als wollte er sie am Schleifstein seiner Handfläche wetzen. »*Pete* will Sie aber nicht sehen.«

Pearce krümmte die Finger. »Ich muss wahrscheinlich darauf bestehen.«

Tony gluckste. »Okay. Dann bestehen Sie mal drauf.«

»Sie sind Bodybuilder, stimmt's?«, sagte Pearce.

»Und ob.«

»Und das heißt, wenn ich stillstehe, können Sie mich vermutlich hochheben.«

Tony schätzte ihn kurz ab. »Mit einer Hand.«

»Na schön«, sagte Pearce. »Doch genau da liegt Ihr Problem.«

Tony verlagerte das Gewicht von einem Fuß auf den anderen. Nach einer Weile sagte er: »Reden Sie weiter.«

»Ich hab nicht vor, stillzustehen.«

Tony seufzte. »Na, dann gehen Sie doch einfach an mir vorbei, wenn Sie so ein harter Bursche sind.«

»Das tu ich auch«, sagte Pearce. »Aber zuerst muss ich Sie was fragen. Ich bin ein bisschen durcheinander, wissen Sie.« Er packte die Kante des Empfangstresens mit beiden Händen. »Pete weiß nicht, wer ich bin, richtig?«

Er ließ den Tresen los und drehte sich um. »Woher, verflucht noch mal, will er dann wissen, dass er mich nicht sehen will?«

»Danach hab ich nicht zu fragen.«

»Fünf Minuten.« Pearce schlug mit der flachen Hand auf den Tresen.

»Schlagen Sie nicht gegen's Mobiliar.«

»Fünf Minuten«, sagte Pearce und schlug erneut auf die Platte.

»Hören Sie schlecht?« Tony durchbohrte Pearce mit Blicken. »Oder sind Sie einfach nur bescheuert?«

»Alle denken heute, ich hätte 'nen Schatten. So hat es Ailsa Lillie ausgedrückt.«

»Sie kennen Ailsa?«

»Ihretwegen bin ich hier.«

»Warum haben Sie das nicht gleich gesagt?«

»Hab mir 'nen Spaß gemacht«, sagte Pearce. »Genauer gesagt, habe ich sogar eine Nachricht von Ailsa für Pete.«

»Ich geb sie weiter.«

»Ich muss sie persönlich ausrichten.«

Tony schüttelte den Kopf und hörte auf, die Hände gegeneinander zu reiben. Er drehte sich um und ging den Weg zurück, den er gekommen war. Die Tür zum Büro schloss sich mit einem Knall hinter ihm.

Pearce schaute nach dem Wicht. »Finden Sie irgendwas komisch?«

Der kleine Mann reckte den Kopf. Sein Mund war eindeutig zu einem Grinsen verzogen. »Und wenn?«, sagte er.

Die Tür öffnete sich wieder. »Sie haben fünf Minuten«, sagte Tony.

Pearce ging durch den rot ausgelegten Korridor und betrat Thompsons Büro. Ailsas Freund saß hinter einem riesigen Schreibtisch und fingerte an seinem Schnauzer. Er stand nicht auf, um Pearce zu begrüßen. Schaute ihn nicht mal an.

Pearce folgte Thompsons Blick. Seinem Schreibtisch vis-à-vis übertrug eine Reihe von stummen Monitoren, was sich in den Hinterzimmern der Sauna abspielte. Auf vier Bildschirmen tat sich nichts, aber trotz der frühen Stunde gab es in zwei anderen Anzeichen von Aktivität. Unten links walkte eine Oben-ohne-Masseuse den fleischigen Hintern eines anonymen Kunden, der ausgestreckt neben einem Whirlpool auf einem Handtuch lag. Auf dem nächsten Bildschirm, dem, von dem Thompson den Blick nicht losreißen konnte, lag die Masseuse nackt auf den Knien, und der Schwanz des Kunden glitt in ihren Mund rein und raus. Irgendwie schaffte sie es, gelangweilt dabei auszusehen.

»Erstaunlich, dass jetzt schon Freier kommen«, sagte Pearce.

Thompson schaute ihn nicht an. »Haben seit ’ner halben Stunde offen.«

Pearce blickte zu Tony, wieder zu Thompson, wieder zum Monitor. »Möchten Sie, dass ich warte, bis die fertig sind?«

Thompson wirbelte in seinem Stuhl herum. »Wer sind Sie eigentlich, verflucht noch mal?«

»Ich hab ’ne Nachricht für Sie.« Pearce wandte sich ihm zu. »Von Ailsa.«

»Ach ja?« Thompson warf Tony einen Blick zu und verzog den Mund. »Ach ja?«, wiederholte er.

»Sie will Sie nie mehr wiedersehen.«

»Ach wirklich?« Thompson machte große Augen. Sie wurden noch größer. »Will sie nicht, was?«

»Wenn Sie ihr oder ihrer Tochter noch mal zu nahe kommen, mache ich etwas noch Schlimmeres als das, was ich jetzt gleich machen werde.«

»Echt?« Thompson fing an zu lachen. Mit einem Mal brach er ab. »Wie haben Sie das gemeint?«

Pearce wandte sich an Tony und sagte: »Sie können gehen, wenn Sie wollen.«

»Wieso sollte ich?«, sagte Tony.

»Sie haben gefragt, ob's Ailsa gut geht. Sie sorgt sich um ihre Tochter.« Pearce machte eine Kunstpause. »Becky ist gegen 'ne Wand gelaufen. 'n dickes, fettes Scheißding. Hat sich den Kiefer gebrochen.«

»Pete?«, sagte Tony. »Aber du hast's versprochen, du Wichser.«

Auf Thompsons Stirn trat Schweiß.

»Ailsa hat Angst bekommen«, fuhr Pearce fort. »Hat sich 'ne Pistole gekauft. Irgendwie denkt sie, dass Pete was mit Beckys kleinem Unfall zu tun hat.«

Thompson öffnete den Mund und schloss ihn wieder. Er schüttelte den Kopf. »Das war ich nicht, du Scheißkerl. Sag's ihm, Tony, du nutzloses Arschloch. Und außerdem sag nicht noch mal Wichser zu mir. Okay? Sag's ihm.«

»Nicht zu fassen«, sagte Tony. »Scheiße noch mal. Bring ihm 'n paar Manieren bei, Pearce, ja?«

Pearce hörte, wie Thompson hinter ihm zur Tür schlich. »Sie war drauf und dran, dir 'ne Kugel reinzujagen, Pete. Bis ich sie überzeugt habe, dass es vielleicht 'n bisschen übertrieben wäre, dich gleich kaltzumachen.« Pearce zog sich einen Stuhl heran. »Ich dachte mir, wir könnten reden. So von Mann zu Mann.« Er setzte sich. Ihm war klar, dass Thompson über seine Schulter schaute. Hoffte wohl immer noch, dass Tony eingreifen würde. »Sei vernünftig.«

»Tony? Wo gehst du hin?« Thompsons Adamsapfel hüpfte auf und nieder, als hätte er etwas Lebendiges verschluckt. »Du bist gefeuert.« Die Tür schloss sich. »Tony?«, sagte Ailsas Freund mit gepresster Stimme. »Scheißschwuchtel.«

»Hör auf«, sagte Pearce. »Das ist nicht nett, Pete.« Er rieb mit den Fingerrücken über sein Kinn.

»Was wollen Sie?«, sagte Thompson.

»Das, was Tony gesagt hat«, antwortete Pearce. »Dir ein paar Manieren beibringen.«

11:27 Uhr

Das Auto fuhr astrein, und Eddie hatte Zeit zum Nachdenken.

Zwei vollkommen Irre, die sich gegenseitig für übergeschnappt hielten.

Der erste Eindruck von Robin war, dass er, na ja, ein bisschen neurotisch war. Durchgeknallt, zweifellos, weil sein Bruder so jung gestorben war und alles. Wenn man Carol glauben durfte, hatte er bis dreizehn ins Bett gepisst. Und dann war da noch die Sache mit der Wasserpistole. Ein Riesenwitz vielleicht, aber da konnte man sehen, was passierte mit so einem Vater und den kaputten Händen und der Enttäuschung über die Karriere als Musiker. Da konnte man sehen, wie man von so was einen Hau abbekam.

Carol war ihrerseits natürlich auch nicht gerade Miss Geistige Gesundheit persönlich. Eine Folge ihrer, wie sie es nannte, »verkorksten« Jugend. Sie war auf einer Farm in den Borders aufgewachsen, Einzelkind, die Eltern nicht mehr die Jüngsten und ohne direkte Nachbarn. Sie hatte tote Tiere in Frischhaltefolie gewickelt und auf ihrem Privatfriedhof an einem brachliegenden Acker beerdigt. Nur keine Wiesel. Diese genossen das Privileg, dass ihre getrockneten Knochen und winzigen spitzen Zähnchen gesammelt und in Marmeladegläsern unter ihrem Bett aufbewahrt wurden. Was Eddie daran störte, war, dass sie mit Tieren angefangen hatte, die von ihren Hunden oder anderen wilden Tieren getötet worden waren, und dann dazu überging, selbst auf Jagd zu gehen. Fallen aufzustellen. Kaninchen und ähnliches Viehzeug zu fangen. Nichts zu Großes.

Die Frage war, machte sie das schon zur Verrückten? Wer wollte behaupten, dass Eddie sich unter vergleichbaren Umständen nicht auf ähnliche Art amüsiert hätte? Er kannte sie jetzt schon lange, und wenn sie eine Irre war, hätte er es gemerkt. Ganz dicht war sie offensichtlich trotzdem nicht, denn sonst wäre sie ja nicht in der Psychiatrie gelandet, wo sie Robin kennengelernt hatte. Aber jeder ist schließlich mal depressiv, oder? Zwischen bedrückt und verrückt ist schon noch ein Unterschied. Na ja, das war jedenfalls seine Meinung.

Bis letzte Nacht. Inzwischen zweifelte er kaum noch daran, dass Carol so irre war wie eine gehirnamputierte Klapperschlange. Er hätte sich gern mit Robin darüber unterhalten. Es war pervers, doch ihr Mann war der einzige Mensch, der etwas zu ihrem Geisteszustand hätte sagen können. Aber wenn der wüsste, dass Eddie und

Carol miteinander … na ja, daran wollte Eddie nicht mal denken.

»Lass das.«

»Was?«

»Auf deiner Lippe rumzukauen.«

Eddie hörte auf, an seiner Lippe rumzukauen, und erinnerte sich an die Nacht, die sie miteinander verbracht hatten.

Sie hatte ihn mit ihrem Geschrei geweckt. Er hatte sich umgedreht und ihr einen Arm um die Hüfte geschlungen.

Sie schüttelte seinen Arm ab und kroch aus dem Bett. Sie hörte nicht auf zu schreien. Er zog sich die Decke über den Kopf, aber das nützte nichts. Er konnte sie immer noch hören. Er schob die Decke wieder von sich und gähnte und knipste fluchend die Nachttischlampe an. Im Schlafzimmer war es kalt, und er hatte einen Geschmack im Mund wie von faulen Eiern. Er rieb sich die Augen. Sein Blick fiel auf das Bücherregal, an dem das Zyperngras lehnte. Auf dem Teppich lagen Kleider verstreut. Carol stand, die Hände vors Gesicht geschlagen, in der Ecke und schwankte vor und zurück wie, na ja, wie jemand, der aus der Klapse entsprungen ist. Ihr Nachthemd war nass und klebte an ihrem linken Bein.

Er schwang die Füße aus dem Bett und taumelte auf sie zu. Er trat auf eine Haarbürste und fluchte. Als er bei ihr war, packte er sie an den Handgelenken und zerrte sie nach unten. Sie wand ihre schmalen Hände aus seinem Griff und schlug sie sofort wieder vors Gesicht. »Was ist denn?«

Sie stampfte mit den Füßen auf wie ein trotziges

kleines Kind. Er umklammerte beide Handgelenke mit einer Hand und drückte zu, bis sie aufschrie. Er ohrfeigte sie. Er tat es nicht gern, aber ihm fiel nichts anderes ein, um sie zu beruhigen. Als er ihre Hände losließ, legte sie sofort wieder ihr Gesicht hinein. Er streckte die Hand aus und fasste nach ihr. Ihre Hände waren glitschig.

Er brauchte etwa zehn Minuten und ebenso viele Ohrfeigen, um sie zu beruhigen.

»Was ist denn?«, fragte er sie wieder.

»Es hat mich angefasst.« Ihr Atem kam stoßweise. Die Worte kamen als sechs separate Silben heraus, durch scharfe Atemzüge voneinander abgesetzt. Sie sagte es noch einmal. *»Es hat mich an-ge-fasst.«* Sie blickte ihn aus ihren rauchgrauen Augen an. »Es hat mich aufgeweckt. Mir Angst gemacht.«

»Was hat dich angefasst?«

Ihr Gesicht sah aus, als würden sich Finger hineinkrallen und Löcher hineinschlagen, aus denen Tränen strömten.

Dem Wecker nach war es 02:31 Uhr.

Um 02:54 Uhr hatte er eine Antwort.

Folgendes war passiert: Er hatte sich im Schlaf an sie gekuschelt. Er schlief nackt. Irgendwann in der Nacht hatte er eine Erektion bekommen. Sie war aufgewacht, hatte seinen Penis gespürt, der sich an sie presste, und hatte sich nassgemacht.

Keine große Sache. Die Berührung seines Pimmels hatte ihr eine solche Angst eingejagt, dass sie sich vollgepinkelt hatte. Wieso eigentlich? Er kapierte es nicht mal ansatzweise. Und sie wollte nicht drüber reden. Trotzdem, immer noch keine große Sache, hm?

Die Persönlichkeit, die Carol nach außen zeigte und in die er sich, wie er glaubte, verliebt hatte, war so falsch wie die blau lackierten Fingernägel der Hand, die nun um das Steuer des geklauten Autos lagen. So falsch wie die zwei blau lackierten Fingernägel, mit der Zigarette dazwischen, die sie gerade an die Lippen hob. Die wirkliche Carol war eine Irre mit Penisphobie. Mein Gott, aber Eddie war verrückt nach ihr. Das Blut schoss in seinen Schwanz. Wenn er nur die Hose aufknöpfen und ihn rausholen könnte, genau, seinen Schwanz rausholen und sie auffordern, die Lippen um ihn zu schließen. Der Gedanke machte ihn ganz fickerig. Oh, heilige Mutter Gottes. Aber sein Schwanz war ja ekelhaft, nicht wahr? Augenblicklich schrumpfte sein Penis. Er kurbelte das Fenster herunter und ließ kalte Luft an seine Wange. Nach kurzer Zeit war seine gesamte Gesichtshälfte taub. Er schloss das Fenster, und das Auto füllte sich im Nu mit Rauch.

»Wie fährt er sich?«, fragte er sie.

»Gut.«

»Dachte ich mir, dass er dir gefällt«, sagte er. »Mit dem Sierra, den wir letztes Mal hatten, bist du gut zurechtgekommen.« Eddie hatte falsche Nummernschilder angeschraubt und würde später noch das Taxischild auf dem Dach anbringen. Sie fuhren in westlicher Richtung. Er schaute auf die Uhr. Keine anderthalb Stunden mehr.

»Meinst du, wir sollten zurück in die Stadt fahren?«

Eddie ließ sich in seinen Sitz sinken und schloss die Augen. »Du nimmst mir das Wort aus dem Mund«, sagte er. »Weck mich auf, wenn wir da sind.«

11:42 Uhr

Pearce ging zum Fenster. Thompson drehte sich in seinem Sessel. Pearce steckte die Hand in die Lücke in der Jalousie und spreizte die Finger.

Von Thompsons Büro aus schaute man auf eine leer stehende verlassene Kirche. Hinter einer niedrigen Mauer, die mit spitzen schwarzen Gittern besetzt war, flankierten Disteln einen zementierten Pfad, der zu einer Eichentür führte. Das Buntglasfenster über der Tür war eingeworfen und später mit Brettern wieder zugenagelt worden. Alles was vom ursprünglichen Bild übrig geblieben war, war eine einzelne Glasscherbe mit einem kreisförmigen Objekt, einem Heiligenschein möglicherweise. Auf einer Steinstufe unter dem Fenster hatten sich zwei Säufer hingesetzt, die erschauerten, wenn sie sich abwechselnd einen Schluck aus einer Bierdose genehmigten.

Thompson hustete.

Pearce fuhr fort, den Säufern zuzuschauen. Einer der beiden stand auf und pisste an Ort und Stelle. Die Fersen fest in die Erde gerammt, bewegte er die Füße hin und her und verteilte seinen Urin in der Gegend, bis seine Blase geleert war. Er schüttelte ab, setzte sich und griff nach seinem Bier. Seine Schultern bebten, als sein Freund auf seinen Schoß zeigte und er merkte, dass sein Pimmel noch heraushing. Er stand wieder auf und richtete sich.

Von den Säufern im Kirchhof abgesehen, war die Gegend menschenleer.

»Ist still hier«, sagte Pearce.

»Stimmt«, erwiderte Thompson mit einem Bibbern in der Stimme. »Ist es.«

»Hast du's eilig?« Pearce trat von dem Fenster zurück.

Thompson schüttelte den Kopf und wischte sich mit dem Handrücken die Nase.

Pearce klappte sein Handy auf und wählte Nummer zwei im Kurzwahlverzeichnis. Nummer eins war der Festnetzanschluss seiner Mutter. Nummer zwei war ihre Nummer auf der Arbeit. Ihre Chefin, Denise, nahm ab und ging sie holen.

Kurz darauf hörte er die atemlose Stimme seiner Mutter. »Wir haben Hochbetrieb.«

»Lass dich nicht herumscheuchen.«

»Was willst du?«

»Nur zurückrufen.«

»Ach.« Sie machte eine Pause. »Hatte ich ganz vergessen. Es war eigentlich gar nichts«, sagte sie. »Nur so ein Gefühl. Ach, ich weiß auch nicht.« Sie machte wieder eine Pause. »Jetzt kommt mir's ganz albern vor. Wahrscheinlich gar nichts. Du hast Willie Cant doch nicht wehgetan, oder?«

Er sah ihr Gesicht vor sich. Die Stirn gerunzelt, Lippen aufeinandergepresst. Der Ausdruck, den sie hatte, wenn er ungezogen gewesen war. Wie damals, als er das Mädchen in der Schule gewürgt hatte. Isla Dingsbums. Obwohl das ein Unfall gewesen war. Sie hatten ein Spiel gespielt. Küssen, Knuddeln oder Quälen. Er hatte sie gefangen, sie auf die Erde gedrückt und versucht, sie zu küssen. Sie wehrte sich. Um sie nicht entkommen zu lassen, hatte er es hingekriegt, sie halb zu ersticken. Jetzt im Rückblick war das vermutlich der Augenblick gewesen, in dem er sich seiner Kraft bewusst geworden war.

Ein Unfall. Niemand glaubte ihm. Nicht mal Mum.

Thompsons Sessel quietschte.

Pearce schaute nach ihm, und der armselige Wichser zuckte zusammen. »Können wir uns zum Mittagessen treffen?«, fragte Pearce seine Mutter.

»Das wär schön. Ich hab grade Frühschicht. Komme also gegen eins hier weg. Wo wollen wir uns treffen?«

»Ich komm vorbei und hol dich ab.«

»Hör zu, ich muss auflegen. Denise ist für mich eingesprungen, und das mag sie gar nicht.« Sie machte ein Kussgeräusch und legte auf.

Pearce steckte die Hand in seine Gesäßtasche und zog den Zettel heraus, den Cooper ihm gegeben hatte. Von den vier Namen war nur noch einer übrig. Corrigan, Domenic war nicht zu Hause gewesen, bei Cant, Willie war er gewesen. Dito bei Lillie, Ailsa. Blieb noch Muirton, Jack. 'ne Adresse in Sighthill. Keine Telefonnummer.

Thompson knabberte an seinem Daumen.

»Hast du 'n Telefonbuch?«, fragte ihn Pearce.

Der Saunabetreiber fiel vor Diensteifer fast aus dem Sessel. Nacheinander riss er alle vier Schreibtischladen auf. »Sicher, da ist irgendwo eins«, sagte er, nachdem er zu dem Schluss gekommen war, dass die letzte Schublade leer war. Er knallte sie zu, öffnete die oberste und fing erneut zu suchen an.

»Spielt keine Rolle«, sagte Pearce und wählte die Auskunft.

»Aber es ist da.« Thompson zog die Schublade ganz heraus und schüttete den Inhalt auf den Boden. Mit einem dumpfen Geräusch landete eine Hotelbibel auf der Erde. Der Inhalt einer Schachtel Streichhölzer fiel heraus. Eine Packung Kaugummis rollte unter den Sessel. Diverse weitere Gegenstände verschwanden unter dem Schreibtisch.

»Muirton«, sagte Pearce ins Handy. Zu Thompson sagte er: »Kann ich mal den Stift da haben?«

Thompson bückte sich nach dem Kugelschreiber, der vor Pearces schweren Stiefeln liegen geblieben war, und reichte ihn ihm.

»42 Sighthill Drive West.« Mit dem Stift tippte Pearce gegen die zweite Schublade. »Papier bitte, Pete.«

Thompson zog die Schublade heraus und riss ein Blatt von dem Notizblock, den er darin fand. Pearce nahm es entgegen und notierte Jack Muirtons Telefonnummer. Er war nicht zu Hause. Pearce hinterließ eine Nachricht auf dem Anrufbeantworter und kündigte ihm an, was passieren würde, wenn er morgen nicht zahlte. Als das Band zu Ende war, legte er auf.

Thompson kratzte sich den Handrücken.

Pearce legte sein Handy auf den Tisch. »Zieh die Hose aus«, sagte er.

»Moment.« Thompson schluckte. »Können wir das nicht klären?«

»Ich weiß nicht. Können wir?«

»Wollen Sie Geld? Ich gebe Ihnen Geld.« Thompson wühlte in seiner Tasche, fand sein Portemonnaie und präsentierte es mit triumphierendem Blick. Er klappte es auf und holte ein Bündel Scheine heraus. »Hier.« Er wedelte mit dem Geld. »Nehmen Sie's.«

»Ich will dein Geld nicht.«

»Nehmen Sie's«, bettelte Thompson. »Alles. Das sind tausend Pfund.«

»Das ist 'ne Menge Geld.«

»Man weiß nie, wann man's mal brauchen kann.«

»Danke«, sagte Pearce und stopfte sich das Geld in die Gesäßtasche. Tausend Pfund. Genau der Betrag, den er sich von Cooper geliehen hatte. Inzwischen grade mal genug, um die Hälfte der Schulden zu begleichen. »Zieh die Hose aus.«

»Kommen Sie schon«, sagte Thompson. »Lassen Sie uns doch wie zivilisierte Menschen benehmen.«

»Bitte schön«, sagte Pearce. »Wie wär's damit? Zieh *bitte* die Hose aus.«

Thompson warf sein leeres Portemonnaie zu Boden. Er sprach ganz leise. »Was haben Sie vor?« Seine Finger wanderten zu seinem Gürtel und blieben auf der Schnalle liegen.

»Mach ein bisschen zu«, sagte Pearce, »dann findest du's raus.«

»Kann ich mein Geld zurückhaben?«

»Was meinst du wohl?«

Langsam öffnete Thompson den Gürtel, zog ihn aus der Hose und legte ihn in der Hälfte zusammen. Er strich mit dem Daumen über den Lederriemen, fasste beide Enden und zog ihn straff. Er wirbelte herum und schlug zu. Der Riemen traf Pearce am linken Oberarm. Thompson brüllte auf und schwang den Gürtel erneut. Pearce fing ihn ab, hielt ihn fest und riss Thompson an sich. Thompson hörte auf zu schreien und ließ den Gürtel los. Pearce musterte das rosa Mal auf seinem Arm, dann richtete er den Blick auf Thompson.

Wortlos knöpfte dieser die Hose auf, zog den Reißverschluss herunter und ließ die Hose fallen.

»Ganz«, sagte Pearce.

Thompson schnürte seine Schuhe auf, schlüpfte heraus und stieg aus der Hose. Obwohl sein Hemd über seinen Schritt hing, legte er beide Hände vor seine Boxershorts. »Und jetzt?«

»Zieh die Unterhose aus.«

»Sie machen Witze.«

»Müssen wir das alles noch mal durchziehen?«

»Leck mich. Willst du meinen Schwanz sehen, du Schwuchtel? Na schön, leck mich.«

Die Gürtelschnalle traf Thompson knapp über der Augenbraue. Mit schreckgeweiteten Augen taumelte er zur Seite. Er fing an zu stöhnen. Eine Hand hob er vom Unterleib und legte sie an die Wange.

»Ich werde Ailsa in Ruhe lassen«, sagte er nach einer Weile.

Pearce beobachtete ihn einen Augenblick und ließ den Gürtel sinken. »Ich weiß.«

»Und Becky auch. Ich lass beide in Ruhe.«

»Ich weiß.«

»Ich verspreche es.« Er hob den Kopf. »Ich mache alles, was Sie wollen.« Er wischte sich die Nase. In seinem Schnauzer hing Rotz.

»Das ist gut«, sagte Pearce. »Ich will, dass du die Unterhose ausziehst.«

11:50 Uhr

Noch knapp über eine Stunde.

Robin saß an einem Fenstertisch für vier Personen. An jedem Platz stand ein Halter mit einem Stück weißer Pappe, auf das beidseitig in fetter roter Schrift das Wort RESERVIERT gedruckt war. Draußen auf dem breiten Bürgersteig sollten kleine Bäumchen in Drahtgeflechten einen Pariser Boulevard vortäuschen. Pseudokanonenkugeln – in Anspielung an den traditionellen Ein-Uhr-Kanonenschuss von der Burg – lagen verstreut auf dem Pflaster der langen Verkehrsinseln des Leith Walk.

Im Café dröhnte Musik. Schlagzeug- und saxophonlastiger Jazz, leise untermalt von einem Klavier. Er spreizte die Finger und griff ein paar Akkorde auf der Tischplatte.

Mit dreizehn hatte Robin bei drei der angesehensten Musikschulen in ganz Großbritannien vorgespielt: bei St. Mary's in Edinburgh, der Douglas Academy in Glasgow und bei Chetham's in Manchester. Alle drei hatten ihm einen Platz angeboten. Er hatte sich für Chetham's entschieden, denn die hatten damals den besten Ruf.

Kurz nach seinem vierzehnten Geburtstag fuhr sein Dad ihn zu dieser neuen Schule im Süden. Robin saß auf dem Beifahrersitz und erzählte seinem Vater, wie sehr er sich darauf freue, seine Technik zu verbessern, damit er es mal mit der b-Moll-Sonate von Liszt versuchen konnte, einem der schwersten Stücke der Klavierliteratur. Zu dieser Zeit bestand sein Problem mit den Händen in einer gelegentlichen Versteifung, die sich leicht dadurch beheben ließ, dass er sie ein paar Minuten lang in eine Schüssel mit warmem Wasser tauchte.

Dad holte eine kleine Flasche Whisky aus dem Handschuhfach. Er nahm einen ausgiebigen Schluck. »Ist mir scheißegal, deine verkackte *Technik*.«

Robin zuckte zusammen. Er wartete darauf. Es kam.

»Du bist 'n Blutegel.«

Die Lieblingskränkung seines Vaters. Sie war fast schon zum Spitznamen geworden. Blutegel. Mein Sohn, der Blutegel. »Entschuldige, Dad.«

»Werd nicht frech, du kleiner Scheißer.« Er nahm noch einen Schluck. »Blutegel.« Ein Muskel zuckte in seiner Oberlippe. »Blutsauger.« Er bleckte die Zähne. »Parasit.«

»Ich wünschte, du wärst nicht so zu mir, Dad.«

Das Gesicht seines Vaters war wutverzerrt. Er wurde so, wenn er trank, was in letzter Zeit so oft passierte, dass es schon ganz normal zu sein schien. So normal, dass Robin gar nicht auf den Gedanken kam, dass sein Vater besser nicht fahren sollte.

Robin summte in sich hinein. Chopins Nocturne in cis-Moll. Er spielte die Noten auf seinem Oberschenkel.

»Das Geld, das der Beirat dir geschenkt hat«, sagte sein Vater.

Robin brach mitten im Takt ab. »Das Stipendium?« Das Schulgeld betrug fünf Riesen pro Jahr, eine Summe, die die Mittel seiner Eltern weit überstieg.

»Du bist vier Jahre lang dort. Das macht zwanzig Riesen. Du saugst uns Steuerzahlern also zwanzig Riesen raus, stimmt's?«

Robin wollte nicht wieder eine Tracht Prügel. Er sagte nichts, sondern setzte stattdessen erneut an, den Chopin zu spielen.

»Zusätzlich zu dem Geld, das wir schon für die Scheißklavierstunden ausgegeben haben. Siehst du, du saugst mir schon für den größten Teil von deinem Leben das Blut aus dem Leib. Und für was? Für diesen ganzen hochgestochenen Scheißdreck, auf den du und deine Mutter so abfahrt.« Er schlug aufs Lenkrad. »Rausgeworfenes Scheißgeld. Mein Scheißgeld.«

»Dad, du musst …«

Bei der ersten Ohrfeige brannte seine Wange. Bei der

zweiten blutete seine Lippe. Er schützte das Gesicht mit der Hand und schmeckte warmes, salziges Blut.

»Armselig«, sagte sein Dad. »Vierzehn Jahre alt und schau dich mal an, flennt wie 'n kleines Mädchen.«

»Tu ich nicht.« Er nahm die Hand herunter, damit sein Vater seine trotzigen, trockenen Augen sehen konnte.

»Kann nicht mal 'nen Fußball gradeaustreten.«

Den Rest der Fahrt über herrschte Schweigen. Dad süffelte seinen Whisky, und Robin versuchte, nicht zu weinen. Als sie bei seiner neuen Schule ankamen, half sein Dad, Robins wenige Habseligkeiten in den Schlafsaal im oberen Stock eines einstöckigen Fertigbaus zu tragen. Das Palatine House gegenüber im Schulhof erinnerte immer noch ein bisschen an das viktorianische Eisenbahnhotel, das es früher gewesen war. Drinnen drang, wie Robin sich von der Führung nach dem Vorspielen erinnerte, eine Kakophonie aus vier Etagen mit Übungsräumen, die alle identisch mit einem Notenständer und einem Daneman-Klavier ausgestattet waren. Rechts führte ein Kreuzgang zur Baronial Hall, dem Schauplatz der öffentlichen Mittagskonzerte. Über dem mit spitzen Stangen eingezäunten Krocketrasen ragte majestätisch die Manchester Cathedral in den Himmel.

Er wandte sich an seinen Dad und sagte: »Ich hab wirklich gedacht, du wärst stolz auf mich.«

»Stolz auf dich wär ich, wenn du aufhören würdest, ins Bett zu pissen, verflucht noch mal. Das wär was, auf das man stolz sein kann. Aber ich schätze mal nicht, dass du das *legato* im Dreivierteltakt hinkriegen würdest, hm?«

Sein Dad verschwand, ohne auf Wiedersehen zu sagen.

Das Einzige, was Robin wollte, war Klavierspielen. Es scherte ihn nicht, was sein Vater dachte. Der Mann war ein Kulturbanause und Säufer und war der Tränen nicht wert. Schon als Robin noch im Mutterleib war und sich wie ein Parasit in ihrem Körper festkrallte, hatte er es geschafft, seinem Vater das Leben auszusaugen. Wenigstens sah Dad das so.

Früher mal wäre Dad gern Jazz-Schlagzeuger geworden. Einmal hatte Robin ihn spielen gehört, in einem Musikladen, als sie nach einem neuen Klavier für Robin geschaut hatten. Und so ungern Robin es auch zugab, die Wahrheit war, dass sein Dad recht talentiert gewesen war. Als Mum dann aber mit Donald schwanger geworden war, hatte Dad seine musikalischen Ambitionen zugunsten eines regelmäßigen Einkommens in der Backabteilung einer fleischverarbeitenden Fabrik aufgegeben. Als Robin seinem Bruder zwei Jahre später in die Welt gefolgt war, sah Dad keinen Ausweg mehr aus seinem geisttötenden Job. Laut Mum hatte damals das Trinken begonnen, und nach dem Unfall war es rasch schlimmer geworden.

Das Komische war, dass Robin in seiner neuen Schule – obwohl die Häufigkeit seiner Albträume sogar noch zunahm – nie mehr ins Bett gemacht hatte.

Vier Jahre später war die Musikschule vorbei. Seit Beginn des Colleges hatte er täglich acht Stunden geübt. Eines Tages, etwa einen Monat nach Beginn des ersten Semesters, fing es an: Blitze aus Feuer schossen ihm durch die Arme. Seine Finger schmerzten, wenn er sie bewegte, und seine Handgelenke brannten, sobald er sie beugte. Der Arzt diagnostizierte Sehnenscheidenentzündung und verordnete Physiotherapie. Da es ihm nach drei Monaten – drei Monate, in denen er nicht üben konnte – nicht besser ging, verschrieb der Arzt Entzündungshemmer, die es Robin ermöglichten, zwei Stunden täglich schmerzfrei zu spielen. Dieser erfreuliche Zustand hielt eine ganze Woche an, worauf er eines Tages aufwachte und feststellte, dass seine Arme taub waren. Er hatte Mühe, die Finger auch nur leicht zu bewegen, und seine Handgelenke waren stark angeschwollen. Die nächsten anderthalb Jahre suchte er alle möglichen Spezialisten auf, die sich nur in einem Punkt einig waren: Er litt an einem der schwersten Fälle von Neuropathie des Unterarms, der ihnen in ihrer Praxis je begegnet war. An guten Tagen versuchte er zu spielen. Meistens trieb ihm schon so etwas Anspruchsloses wie Zähneputzen die Tränen in die Augen. Nachdem fünfzehn unterschiedliche Behandlungen, darunter zwei Operationen zur Verlegung des Ulnarnervs, zu keiner Besserung geführt hatten, verließ er das College. Seiner Mutter brach das Herz, als klar wurde, dass er nicht der große Konzertpianist werden würde, von dem sie immer geträumt hatte. Sein Vater meinte, das sei alles nur psychosomatischer Quatsch, um Aufmerksamkeit zu erregen, und der Junge solle sich einen anständigen Job suchen, Scheiße noch mal, und aufhören herumzuflennen wie 'n warmer Bruder. Aber inzwischen scherte sich sein Blutegel von Sohn nicht mehr darum, was Daddy dachte.

»Sir.«

Robin hörte die Kellnerin deutlich über das Plärren des Tenorsaxophons, aber aus irgendeinem Grund gab er vor, sie nicht zu hören.

»Sir?«

Noch mal? Nein. Er drehte den Kopf.

»Würde es Ihnen was ausmachen, sich hierher zu setzen, Sir?« Ihre Arme waren nackt und die Haut blass mit leichten Sommersprossen. In der linken Hand hielt sie einen Notizblock, und mit der rechten klopfte sie mit einem Bleistift gegen ihre Zähne. Sie war keine zwanzig.

»Welche Farbe haben Ihre Haare?«

»Entschuldigung, was …?

Er lächelte sie an. »Darf ich Sie mal was fragen? Sie sehen aus wie 'ne Rothaarige. Aber ich kann's nicht erkennen.« Sein Blick ging nach oben. »Wegen dem Hut.«

»Wir müssen Haarnetze und die blöden Dinger tragen.« Mit ihrem Bleistift schob sie das blöde Ding, einen Hut, zurück und entblößte einen weiteren Millimeter feuchter Stirn. »Damit keine Haare ins Essen kommen.«

»Vorschrift, was?«

»Sie sagen es.«

»Wissen Sie was?«, sagte er. »Der Hut steht Ihnen irgendwie.«

»Echt?« Sie lachte. »Stimmt.«

»Ihre Augenbrauen sind blond. Aber ich wette drauf, dass Sie 'ne Rothaarige sind.« Er nickte. »Na, helfen Sie mir raus aus meinem Elend?«

Sie klemmte den Stift zwischen die Zähne.

»Meine Frau hat rote Haare«, fuhr er fort. Sie hätte ihn abgeknallt, wenn sie das gehört hätte. Carols Haare waren nicht rot oder auch nur rötlich braun oder, Gott bewahre, kupferrot. »Sie nennt es rostrot.«

Die Kellnerin runzelte die Stirn, kaute an ihrem Stift, zog ihn aus dem Mund und wedelte beim Sprechen damit. »Ich finde meine Haare irgendwie einfach braun, wissen Sie. Hellbraun. Aber es sind rote Strähnen drin. Bei 'nem bestimmten Licht wirkt es manchmal rostrot.« Sie nickte. Zeigte mit dem Stift auf ihn. »Eindeutig.«

»Sheila.« Die Stimme gehörte einem fettleibigen Kellner, der ein Tablett mit verschiedenen Getränken über dem Kopf balancierte, während er sich durch eine enge Lücke zwischen zwei Stühlen zu zwängen versuchte. Unter der Achsel seines roten Hemds war ein Schweißfleck zu sehen. »Kannst du Tisch sieben bedienen, wenn du mit dem Herrn fertig bist.« Er senkte das Tablett und fing an, die Getränke an eine große Familie an einem Nebentisch zu verteilen.

Sheila schnalzte mit der Zunge.

»Boss?«, fragte Robin.

»Genau«, sagte sie. »Ich nehm jetzt besser Ihre Bestellung auf.«

»Muss ich umziehen?« Robin machte Anstalten aufzustehen. Er zog die Füße an und stemmte eine Hand auf die Tischkante. »Es ist so, meine Frau kommt in ein paar Minuten, und ich hab ihr gesagt, ich würde uns einen Tisch am Fenster besorgen. Sie bringt noch einen Freund mit, und ich möchte sie nicht enttäuschen. Ich nehme nicht an, dass ich …«

»Bleiben Sie sitzen.« Die Kellnerin steckte Notizblock und Stift in die Tasche ihrer Schürze, streckte die Hand aus und nahm zwei der »Reserviert«-Schilder weg. Robin reichte ihr die beiden anderen, die sie an die Brust drückte. »Möchten Sie was trinken, solange Sie warten?«

»Einen doppelten Espresso«, sagte er und setzte sich wieder. »Danke.« Er schaute ihr nach bis in die Mitte des Raums, wo sie die Schilder auf einen der beiden leeren

Tische warf. Sie stellte sie hastig auf, drehte sich um und lächelte ihn an. Er winkte ihr zu.

»'ne neue Freundin?« Mit ihren blauen Fingernägeln äffte Carol sein Winken zu der Kellnerin nach. Er hob nicht den Kopf. Konnte ihr nicht ins Gesicht sehen. Er hatte das Gefühl, gleich in Tränen auszubrechen. Das Gesicht der Untreue. Das Gesicht einer Lügnerin. »Nervös?« Sie setzte sich ihm gegenüber, zündete eine Zigarette an und schob ihm die Packung zu. Er beachtete ihr stummes Angebot nicht. Sie zuckte die Achseln. »Drüber reden hilft, Robin.«

»Nicht in aller Öffentlichkeit«, sagte er.

Er drehte den Kopf und schaute aus dem Fenster. *Drüber reden hilft. Sag was. Sag nichts.* Ihre Augen machten sich über ihn lustig. Ihr Mund war spöttisch verzogen. Was sie sagte, triefte vor Ironie. Sie schlief mit Eddie. Eddies Hände hatten ihre Brüste betatscht. Er hatte sie geschmeckt, war in ihr drin gewesen. Robin blickte zu ihr. Sie zog an der Zigarette, die Lippen verzerrten sich, als sie aus dem Mundwinkel den Rauch ausstieß. Er hatte noch nie etwas so Hässliches gesehen. Er hasste sie. Er hasste sie so sehr, dass ihm die Scheißzähne wehtaten.

Sie fing seinen Blick auf und brachte ein knappes Lächeln zustande. Genauso gut konnte sie ihm alle Füllungen mit den Fingernägeln rauskratzen. Ihr Gesicht war weiß und kalt wie Porzellan. Sie und Eddie. Robin hatte den fotografischen Beweis. Mann, am liebsten hätte er die Hand ausgestreckt und ihre Wange gestreichelt, ihre Lippen berührt, die gerade Linie des einzigen Teils ihres Körpers, den sie mochte, nachgezeichnet. Aber er konnte nicht. Stattdessen stellte er sich vor, wie er die Faust auf den feinen Rücken ihrer ach-so-wertvollen Nase krachen ließ. Wamm. Ihr verblüffter Blick. Wamm. Blut, das ihr aus den verkniffenen Nasenschlitzen geschossen kam. Wamm. Blut, das ihr übers Gesicht strömte, wamm, durch die Finger, wamm, über die Lippen, wamm, in den Mund, wamm, wamm, wamm, verflucht. Und noch mal wamm. Und noch mal. Wamm. Wamm.

Wie bei dem Detektiv. Oh, Scheiße. Er stöhnte laut und kaschierte das Geräusch mit einem Husten. Das Hemd klebte ihm am Rücken. Mit einem Mal war die Musik viel zu laut, die gehetzten Läufe des Saxophons wie das Heulen eines gemarterten Tieres. Ihn fröstelte. Er schaute Carol an, und sie lächelte; ihre Nase war so makellos wie immer.

Jemand haute ihm locker auf die Schulter und sagte: »Robin.«

Carol rückte zur Seite, und Eddie setzte sich neben sie. Hätte Eddie nicht zu viele Zähne gehabt, hätte man ihn für gut aussehend halten können. Mit seinen kornblumenblauen Augen und den blonden Locken sah er mindestens fünf Jahre jünger aus als dreißig. Ohne zu fragen, zog er eine Zigarette aus Carols Schachtel auf dem Tisch und sagte: »Was war denn so los?«

Carol fing an zu erzählen. Lass sie, dachte Robin. Das machte sie seinetwegen. *Als ob sich die beiden nicht gerade erst um den Verstand gevögelt hätten.* Sie erzählte Eddie, was sie gemacht hatte, seit sie sich das letzte Mal gesehen hatten. Genau. Eddie tat so, als würde er zuhören, und begleitete ihren Monolog ab und zu mit einem Knurren, zog in gespieltem Staunen die strohblonden Augenbrauen hoch, jetzt saugte er Luft durch die Zähne und schüttelte langsam den Kopf.

Rauchwolken stiegen zwischen ihnen auf.

Eine Kellnerin – nicht Sheila – kam an ihren Tisch, und Robin bestellte noch einen Kaffee. Einen einfachen, diesmal. Carol wollte einen Käse-Tomaten-Toast und Mineralwasser mit Eis. Eddie hatte keinen Hunger, war aber einverstanden, als Carol meinte, er hätte vielleicht Lust auf was Leichtes, ein Mandelcroissant etwa. »Und einen Latte«, fügte er hinzu.

Robin sah, wie es sie in den Fingern juckte, den Mantelärmel ihres Freundes anzufassen. Spielten sie ihm was vor? Wollten sie am Ende, dass er was ahnte, war es das? Und wie scheißfreundlich sie ihn anlächelte. Robin schaute weg. Die Leute draußen waren gegen die Kälte so dick eingepackt wie Weihnachtsgeschenke. Der Verkehr floss den Leith Walk auf und ab. Der schwer verhangene Himmel hatte das gleiche schmutzige Grau wie Carols Augen. Er drehte sich um und sagte mit beherrschter Stimme: »Und, bist du bereit, Eddie?«

»Immer doch«, sagte Eddie und klopfte gegen seine Manteltasche.

12:07 Uhr

Nichts erinnert einen so sehr an den Knast wie der Anblick eines nackten Mannes. Zehn Jahre Gemeinschaftsdusche. Zehn Jahre die lüsternen Blicke ausgehungerter Mitgefangener. Als Pearce vor zwei Monaten entlassen worden war, hatten ihm die einfachsten Sachen eine Riesenfreude bereitet. Aufstehen, wenn er Lust dazu hatte, zum Beispiel, das Licht ausmachen, wenn er Lust dazu hatte, essen, wozu er Lust hatte, und ganz alleine scheißen.

Er ertappte sich, dass er Thompson auf den Schwanz glotzte. Er war sehr blass, fett und hatte eine wahnsinnig lange Vorhaut. »Dreh dich rum«, sagte Pearce. »Leg die Hände auf den Rücken.«

Thompson drehte sich um und drückte die Oberschenkel vorne gegen die Tischkante. Langsam gingen seine Hände an die Seiten und verharrten dort. Pearce riss dem Mistkerl die Handgelenke auf dem Rücken zusammen. Thompson jaulte auf. Pearce hielt beide Gelenke mit einer Hand fest und tastete mit der anderen auf dem Fußboden nach dem Hemd des nackten Mannes. Als er es fand, stopfte er sich einen Ärmel in den Mund und riss ihn entlang der Schulternaht ab. Mit dem Stoffstreifen fesselte er Thompson die Hände.

Thompson heulte auf. »Das tut weh!«

Es reichte. Pearce drehte ihn um und verpasste ihm einen Kopfstoß. Thompson schwankte, er sperrte den Mund auf, und als seine Beine nachgaben, schubste Pearce ihn nach hinten. Er plumpste auf den Tisch und sein Kopf krachte auf die polierte Tischplatte. Seine Augen rollten in ihre Höhlen, und flatternd schlossen sich seine Lider. Er lag reglos da, den Kopf zur Seite, mit offenem Mund, die Zunge zwischen den Zähnen. Langsam hob und senkte sich sein Brustkorb. Beim Ausatmen gab es ein Geräusch irgendwo zwischen einem Keuchen und einem leisen Pfeifen. Die auf den Rücken gefesselten Hände zwangen seine Hüften nach oben. Sein Schwanz schmiegte sich in die Falte zwischen seinen Eiern.

Pearce nahm sein Handy und wählte Julies Nummer, obwohl er sich sicher war, dass sie ihres weggeschmissen hatte. *Hast du Lust dich zu verloben, Pearce?* Die

Hoffnung konnte einen total fertigmachen, was? Eine ausdruckslose Stimme mit englischem Akzent forderte ihn auf, eine Nachricht zu hinterlassen. In dem künstlichen Falsett, das er schon ein Dutzend Mal benutzt hatte, sagte er: »Willst du dich verloben?« Er fühlte sich beengt und atmete schwer. Vielleicht hatte sie ihr Handy ja doch behalten. Sicher wusste er es nicht. Seine Stimme jammerte. »Hast du Lust, dich zu verloben, Pearce? Willst du dich verloben?« Das Handy krachte in seiner Hand, und das Gehäuse splitterte am unteren Ende. Der haarfeine Riss sah aus, als hätte jemand eine Wimper auf das Plastik gemalt. Er lockerte den Griff.

Er legte den Schalter im Kopf um, und sein Zorn war sofort verraucht. Wenn er jetzt die Augen schloss, würde er seinen Hund sehen, Angus, der, mit einem leuchtend rosa Bein, von dem bis hinauf zur Schulter Fell und Haut abgerissen waren, unter einem Schulbus kauerte. Pearce hielt die Augen offen und sagte mit normaler Stimme: »Wieso ist die Welt nur so voll von Abschaum?« Thompson stöhnte. Pearce befestigte das Handy wieder am Gürtel. Mit seinem Kopfstoß hatte er Thompson zwischen die Augen getroffen, die bereits zuschwollen. Er stöhnte erneut. Seine Augen waren offen, und er sabberte aus dem Mundwinkel. Er sah aus wie betrunken.

»Kannst du mich hören?«, fragte Pearce ihn. Thompson versuchte sich aufzurichten, fiel aber sofort wieder zurück. Die auf dem Rücken gefesselten Hände konnten ihn nicht halten. Pearce beugte sich über die daliegende Gestalt. »Das wird jetzt gleich wehtun«, sagte er.

Mühsam hob Thompson den Kopf vom Tisch. »Ich fass sie nicht wieder an.«

»Genau.« Pearce trat vom Schreibtisch zurück, um die Schublade aufzuheben, die Thompson auf der Suche nach dem Telefonbuch hatte fallen lassen.

»Sie brauchen mich nicht mehr zu schlagen. Ich werd Ailsa in Ruhe lassen. Und Becky auch.« Thompsons Stimme klang schrill. »Ich werd keine von ihnen anrühren.« Wieder versuchte er den Kopf zu heben. »Mann, ist mir schwindlig.« Ein paar Sekunden lang schaffte er es, halb aufgerichtet zu bleiben, bevor er zurücksank.

»Fast fertig.« Pearce setzte die Schublade richtig an und schob sie ein paar Zentimeter hinein.

»Was machen Sie da?« Thompson rollte auf die Seite und stieß mit dem linken Fuß zu.

Pearce packte ihn am Knöchel und quetschte ihn zwischen den Fingern. Thompson stieß einen Schrei aus und hörte auf zu treten. Sein ganzer Körper wurde schlaff. Pearce ließ nicht los. Er spürte, wie seine Fingernägel sich ins Fleisch bohrten. »Warum machst du das, Pete?« Pearce griff nach dem anderen Fuß und fing an, Thompson auf sich zuzuziehen. Thompsons nackter Arsch quietschte auf der glatten Tischplatte. »Warum schlägst du Frauen?« Thompsons Hinterbacken waren an der Tischkante, die Eier baumelten über der leeren Schublade. Er brüllte auf, als ihm klar wurde, was Pearce vorhatte. Pearce musste gegen das Gebrüll anschreien. »Denkst du wirklich, du kommst ungeschoren davon?« Thompsons Beine strampelten wirkungslos in Pearces Griff. Er hörte auf zu schreien, um Luft zu holen. »Ich kann so was auf den Tod nicht ausstehen«, sagte Pearce.

»Was geht Sie das überhaupt an?« Thompson versuchte sich aufzusetzen. »Stehen Sie auf die? Sie können sie haben.«

»Darum geht's nicht.« Pearce ließ einen Knöchel los, um ihn zurückzustoßen.

»Was dann? Hat Ihr Dad Ihre Mum verdroschen oder was?«

Pearce griff wieder nach Thompsons Knöchel und fing an zu lachen. »Zum Verdreschen ist er nie nahe genug an sie rangekommen.«

»Tun Sie's nicht.« Thompson versuchte sich wieder aufzusetzen.

»Was meinst du denn, was ich vorhabe?«

»Wahrscheinlich mir die Scheißeier in der Schublade zerquetschen.«

»Okay.« Pearce ließ Thompsons Knöchel los und packte ihn an den Knien.

»Was?«

»Du hast genug gelitten.« Pearce half ihm auf, bis seine Füße zu beiden Seiten der Schublade fest auf dem Boden standen.

»Versprochen«, sagte Thompson. »Ich rühr die beiden nicht an.«

Pearce grinste und sprang. Seine Absätze quetschten Thompsons nackte Zehen auf den Fußboden.

Thompson schrie auf und versuchte zu entkommen. Sein Kopf streifte Pearces T-Shirt. Die Hände konnte er nicht bewegen, und Pearces Stiefel zermalmten seine Zehen. Thompson zappelte. Dann saß er still, erschauerte und blickte sich zwischen die Beine.

Pearce hörte Wasser auf Holz plätschern. Er legte die flache Hand vorne an die Schublade und zählte: »Eins, zwei ...«

12:32 Uhr

»Das ist der Typ auf den Fotos.« Kennedy presste sein Handy fest ans Ohr. Bei dem Rauschen des Verkehrs auf dem Leith Walk fiel es ihm schwer, den eindeutig nasalen Ton der Stimme seines Chefs zu verstehen. Kennedy wich zwei Männern aus, die einen Herd von der Ladefläche eines falsch geparkten Kombis in einen Second-Hand-Laden für Elektrogeräte trugen. »Ja, der, der die Alte von Greaves vögelt.« Er erschauerte. Aus Greggs kam der Duft von Frischgebackenem. Am liebsten wäre er auf einen Sprung reingegangen und hätte sich so ein Käse-Zwiebel-Teil geholt. Aber das ging nicht, weil er sie beschatten musste. »Edward Francis Soutar? So heißt er?« Er hielt inne, bevor er weitersprach: »Sie ist auch dabei.«

Robin Greaves hatte eine blaue Sporttasche über der Schulter hängen und ging dicht hinter seiner Frau und ihrem Freund. Kennedy lauerte sechs Meter hinter ihnen mit dem Handy in der steifgefrorenen Hand. Er nahm es in die linke Hand, in der, momentan jedenfalls, noch ein bisschen Gefühl war. Die Ampel auf der eigenen Straßenseite wurde Rot. »Du brauchst nicht zu brüllen«, sagte er zu seinem Boss. Sein Boss behauptete, er würde nicht schreien, und fragte genau in gleichem Ton und gleicher Lautstärke, wo Greaves' Trupp hinginge. *Trupp.* »Woher soll ich denn das wissen?« Kennedy hielt das Handy auf Armeslänge von sich und starrte es an. Nach einer Weile hob er es wieder ans Ohr und sagte ruhig: »Er hat nicht das Auto genommen. Er ist gelaufen.«

Die Stimme seines Chefs plärrte ihm weiter ins Ohr. Kennedy steckte die taube Hand in den Mantel. Die drei vor ihm bogen in eine Seitenstraße ein. Er ging schneller, als die Kälte durch seine Stiefel drang. Bei jedem Schritt hatte er das Gefühl, als würde ihm jemand eine Holzlatte gegen die Fußsohlen schmettern. »Ich muss los«, sagte er ins Handy. Er legte auf, steckte das Handy in die Manteltasche und bog um die Ecke.

Er brauchte ein paar Sekunden, bis er sie entdeckt hatte. Im Schutz einer langen Mietskaserne stand dicht zusammengedrängt eine Reihe von Autos. Aus einem Überlaufrohr im ersten Stock tropfte Wasser. Auf dem Pflaster hatte sich eine Pfütze gebildet, die nun vom Bordstein auf die Straße rann und am Vorderrad eines zwei Jahre alten Ford Sierra leckte, auf dessen Dach ein Taxischild befestigt war. Die Frau setzte sich hinters Steuer. Edward Francis Soutar kuschelte sich in den Beifahrersitz. Im Fond zusammengekauert hob Robin Greaves den Kopf, als Soutar die Tür zuknallte.

Kennedy kramte erneut sein Handy hervor und rief im Büro an. Es war besetzt. Als Nächstes wählte er die Handynummer seines Chefs.

Nach dem vierten Klingeln sagte sein Boss: »Bleib dran. Ich spreche auf dem Festnetztelefon.«

»Deshalb ruf ich dich ja auf dem Handy an.« Aber niemand hörte ihm zu. Kennedy steckte sich eine Zigarette an und wartete.

Als er sie ausdrückte, kam sein Boss wieder ans Telefon. »Was ist los?«

»Kannst du mal in deinem Bericht nachsehen, ob die Frau von Greaves Taxifahrerin ist?«

»Ist sie nicht.«

»Sicher?«

»Die arbeitet als Aushilfe.«

»Bist du dir da absolut sicher?«

»Die Nase haben sie mir eingeschlagen. Mein Gehirn ist in Ordnung.«

»Das ist wichtig. Würd's dir was ausmachen, noch mal nachzugucken?«

»Noch mal nachgucken?« Kennedy hörte das Scharren von Stuhlbeinen, als sein Boss aufstand. »Noch mal nachgucken?« Es schepperte beim Öffnen der Schublade des Aktenschranks. »Wenn's dich glücklich macht, dann guck ich noch mal nach, verdammt.«

»Danke.«

»Keine Ursache.« Er seufzte. »Okay. Hier haben wir's. Bereit?« Kennedy sagte nichts. Sein Boss räusperte sich und fuhr fort: »Carol Wren ist registriert als ...«

»Ist das ihr eigener Name?«

»Sie benutzt ihren Mädchennamen, ja. Kommt vor bei manchen Frauen. Darf ich weitermachen?« Sein Boss überprüfte Carols Wrens Arbeitsvermittlung. Sie war auf Büropersonal spezialisiert. Es gab keinerlei Hinweis darauf, dass sie ein Taxi besaß, fuhr oder auch nur je gefahren hatte. »Was hat das denn mit unserer Sache zu tun?«

»Sag ich dir später.« Kennedy unterbrach die Verbindung. Er blieb an der Ecke stehen und lehnte sich an die Mauer. Er zündete sich noch eine Zigarette an. Im Auto regte sich kaum etwas. Ein paar Minuten später drückte er die Zigarette aus und steckte sich eine neue an. Inzwischen waren beide Hände eiskalt. Er stampfte mit den Füßen und zuckte zusammen, als sich hundert winzige Dolche in seine Ferse bohrten. Im Auto passierte noch immer nichts. Was machten die Arschlöcher da? In ihrer Scheißkarre rumsitzen, das machten sie. Bewegten sich nicht. Sagten nichts. Hockten nur so rum. Hörten Radio oder so. Soutar hatte sogar die Augen geschlossen. Vielleicht war er ja eingeschlafen. Carol glotzte stur geradeaus. Greaves war vornübergesunken, hatte das Kinn auf die Brust gelegt und beäugte die Knöchel seiner verschränkten Finger.

Kennedy schaute auf die Uhr und fragte sich zum wiederholten Mal, wieso er das hier eigentlich machte, freiwillig in der Kälte herumzustehen, während ihm sämtliche Glieder einfroren. Er war Detektiv geworden, weil er Aufregung suchte, Abenteuer, Gefahr. Er machte Hammett verantwortlich. Chandler konnte man entschuldigen. Aber Hammett? Was für ein Arschloch!

Alex Kennedys Jugend war mit Krimis gespickt gewesen. Vom Augenblick an, als er seinen ersten Chandler gelesen hatte, hing er am Haken. Er las alles von Chandler, dann Hammett, danach Ross Macdonald. Und die ganze Zeit über häufte er einen Stapel von billigen Krimiheftchen aus den Fünfziger- und Sechzigerjahren aus Ramschläden und Flohmärkten an. Seine Lieblingsdetektive waren Max Thursday und Johnny Killain. Männer, deren täglich Brot Abenteuer und Gefahr waren. Männer, die Zwei gegen Einen für eine ziemlich faire Chance hielten. Männer, die es mit einem Kleiderschrank aufnehmen und ihn innerhalb kürzester Zeit in ein wimmerndes Häufchen Elend verwandeln konnten. Kennedy blies sich in die Hände. Hammett war selbst Detektiv gewesen und hätte es besser wissen müssen. Er hatte keine Ausrede dafür, dass er so einen Scheißjob als interessant darstellte. Nichts passierte. Nix. Null.

Nada. Niente. Im Büro telefonierte man rum und surfte im Internet. Man schrieb einen Bericht, telefonierte noch mehr und surfte noch ein bisschen. Draußen saß man stundenlang in der Karre und starrte Löcher in die Luft. Manchmal, so wie heute, hatte man nicht mal den Luxus, im Auto zu sitzen. Man musste in der Kälte rumstehen und zusehen, wie aus fast nichts gar nichts wurde. Wenn man so richtig angeödet war, konnte man von dem Moment, in dem nichts passierte, einen Schnappschuss machen, was Kennedy auch gemacht hätte, wenn er seine Scheißkamera nicht im Auto vergessen hätte. Er klaubte noch eine Zigarette aus der Packung. Als er sie ansteckte, fiel ihm eine Bewegung in dem Sierra auf. Passierte jetzt endlich was? Er ließ das Feuerzeug in die Tasche fallen und sah, wie Soutar sich umdrehte und Greaves etwas gab. Greaves wog es in der Hand und hielt es mit einer Drehung der Hand Soutar an den Kopf.

Kennedy griff nach seinem Handy und wählte das Büro. Diesmal war die Leitung frei.

»Was?«

Kennedys Kehle war ausgetrocknet. Er schluckte. »Wie schnell kannst du herkommen?«

»Schaffst du's nicht alleine?«

Er schluckte noch einmal. »Das könnte weitaus ernster werden als die Sache mit deiner Nase.«

»Wovon redest du da eigentlich, Scheiße noch mal?«

»Die können jeden Moment losfahren. Ruf mich mit deinem Handy an, sobald du unterwegs bist.«

In dem weißen Ford Sierra reichte ein grinsender Robin Greaves die Pistole an Edward Francis Soutar zurück.

»Ich kann das Büro nicht unbesetzt lassen«, sagte Kennedys Boss.

»Das willst du dir garantiert nicht entgehen lassen«, sagte Kennedy. »Glaub mir.«

12:40 Uhr

»Ich habe den Morgen damit verbracht, einen langen Schraubenzieher mit einer Feile anzuspitzen«, erzählte Pearce Thompson.

Thompson weinte wie ein kleiner Junge, dem der Schulrowdy den Lutscher zertreten hat.

»Meinst du, du kannst 'ne Minute lang ruhig halten?« Pearce kniete nieder und band Thompsons Hände los. »Ich hab gewusst, wo Priestley, der Dealer von meiner Schwester, wohnt.«

Thompsons Schultern zuckten mit jedem Ausatmen.

»Ich hab ihm 'nen Besuch abgestattet.« Pearce erinnerte sich an ein Schild an der Wand. »Blacket Neighbourhood Watch«. Er hatte darüber gelacht, als er an der Reihe leicht zurückgesetzter Villen entlangging. Einige hatten steinerne Balkone. Alle hatten eigene Gärten, und vorne an jedem Haus steckten Bewegungsmelder, ein sicheres Zeichen dafür, dass es drinnen etwas gab, was sich zu klauen lohnte.

Thompson machte Anstalten, unter den Tisch zu kriechen. Er stöhnte, und seine Zähne klapperten gegen seine Unterlippe.

Pearce hatte ein gusseisernes Tor geöffnet und ging einen Pfad entlang, der sich auf eine weiße Holzveranda mit Schieferdach zuschlängelte. Sehr hübsch. Er hatte geklingelt und den Rasen bewundert, während er wartete. Als Priestley aufmachte, trat Pearce ein und schloss die Tür. Kein Theater.

Thompson blinzelte schnell.

»Ich hab ihm den Schraubenzieher reingerammt«, sagte Pearce. »Sechsundzwanzigmal. Einmal für jedes Lebensjahr von ihr.«

Thompson gab ein ganz komisches Geräusch von sich. Es klang, als würde er gleich anfangen zu singen.

Pearce beachtete ihn nicht. Gerechtigkeit hatte ihren Preis. Es stimmte, dass Pearce die Rechnung mit zehn Jahren seines Lebens bezahlt hatte, aber er bereute es nicht. Die Drecksau hatte es verdient. Trotzdem wusste Pearce nicht, ob er es noch einmal tun würde, nun, da er wusste, wie sehr zehn Jahre sich in die Länge ziehen können.

Er warf das, was von Thompsons Hemd noch übrig war, auf dessen nackten Körper. »Zieh dich an, wenn du willst. Ich gehe jetzt.«

Thompsons Körper unter dem Tisch wurde von Krämpfen geschüttelt, als würden ihm elektrische Schläge durch die Brust gejagt. Er hatte die Hände zwischen die Beine gesteckt, um die Eier zu schützen, die Pearce in der Schublade zu zerquetschen gedroht hatte. Sein zerknittertes Baumwollhemd blieb, wo Pearce es hingeworfen hatte, über seinem linken Knie hängen. Ein leises Stöhnen entfuhr seinem seltsam grinsenden Mund, und die Spuckeblase zwischen seinen Lippen platzte, als Pearce sich über ihn beugte und sachte die Schublade schloss.

»Du bist gewarnt.« Pearce stupste Thompson mit dem Stiefel an. »Und wenn du nicht den brennenden Wunsch hast, 'nem Mädchenchor beizutreten, lass Ailsa in Ruhe. Wenn nicht, dann versprech ich dir, dass du das hohe C erreichst. Es sei denn, ich habe grade schlechte Laune. Dann mach ich nämlich 'n Nadelkissen aus dir. Hörst du, Pete?«

Thompson nickte heftig und schrie auf, als er mit dem Hinterkopf gegen die Tischkante schlug.

»Ich prüf's nach. Kann ich mich auf dich verlassen?«

Thompson schniefte. »Ich lass sie in Ruhe.«

»Okay.« Pearce hielt ihm die Hand hin.

»Nicht.« Thompson kreuzte die Arme vor dem Gesicht. »Bitte.«

Pearce berührte Thompsons Ellbogen leicht mit dem Handrücken. »Gib mir die Hand.«

Langsam senkte Thompson die Arme. Seine roten Augen waren nass. Sein Gesicht glänzte vor Tränen. Seine Lippen bebten, als er die Hand ausstreckte.

Pearce nahm sie und drückte zu. Rasch machte er kehrt und ging. Hier war er fertig, und er wollte seine Mutter nicht warten lassen.

12:51 Uhr

Greaves, Soutar und Wren waren immer noch in dem Sierra. So weit, so gut.

Kennedy sprach in sein Handy: »Hier drüben ist ein Parkplatz.«

»Wo ist hier drüben?«

»Am Ende vom Leith Walk, an der Ecke.« Kennedy stellte sich auf die Zehenspitzen. »Soll ich winken?«

»Lass nur, ich sehe dich.«

Kennedy steckte sein Handy weg, als er den roten Saab seines Chefs auf sich zurollen sah. Er klemmte die kalten Hände unter die Achseln und schlenderte auf den leeren Parkplatz gegenüber dem Sierra zu. Der Saab war zuerst da und kam rutschend zum Stehen. Kennedy öffnete die Beifahrertür und stieg ein. Der Motor lief noch. Demonstrativ rieb er die Hände aneinander und blickte seinen Boss an. Ein halbes Dutzend Heftpflaster klebte kreuz und quer auf seiner bandagierten Nase. »Wer hat dich denn verbunden?«, fragte ihn Kennedy.

»Was zum Teufel haben die vor?«

»Okay. Beachte mich gar nicht.«

»Sind dir irgendwelche anderen Waffen aufgefallen?«

»Außer der Kanone?« Kennedy fand, dass sein Job ja vielleicht doch nicht so übel war. Wenigstens passierte hier 'ne große Sache, und er war mittendrin. »Nichts Besonderes. 'n paar Handgranaten, 'n Flammen- und 'n Raketenwerfer.«

»Diesen Scheiß hab ich jetzt grade nötig.«

»Hast du das selber gemacht? Hab gar nicht gewusst, dass wir 'nen Verbandskasten haben.«

»Ist Vorschrift.«

»Und wo ist der?«

»Im Aktenschrank. Dritte Schublade von unten. Ganz hinten.«

»Greaves hat sich die Fingernägel mit 'nem Messer sauber gemacht«, sagte Kennedy.

»Mit was für 'nem Messer?«

»'nem scharfen.«

»Was für 'n Messer?«

»Weiß nicht.« Kennedy hielt die Hände etwa dreißig Zentimeter weit auseinander. »'n großes.«

»Ein Brotmesser?«

»Kleiner.« Seine Hände rückten ein Stück zusammen. »Mit Zacken.«

»'n Jagdmesser vielleicht.«

»Willst du nichts über die Kanone wissen?«

»Mit Kanonen kenn ich mich nicht aus. Du etwa?«

»Nicht so richtig. Hätte allerdings nichts dagegen, eine zu haben.«

»Was willst du denn mit 'ner Kanone anstellen?«

Arschlöcher wie dich abknallen. »Keine Ahnung.«

»Na, ist ja toll.«

»Greaves hat sie Soutar zurückgegeben. So viel weiß ich.« Er hielt inne. »Sie ist schwarz.«

»Schwarz. Soutar hat 'ne schwarze Kanone. Na ja, die jagt ja auch viel mehr Angst ein als eine rosafarbene, meinst du nicht?«

12:57 Uhr

Robin drehte sich der Magen um, als Carol zu schnell über eine Bodenschwelle fuhr. Als Eddie ihm vorhin die Pistole gegeben hatte, hatte er gefragt, ob sie geladen sei. Eddie hatte genickt, und die Versuchung, den Abzug zu drücken und zu sehen, wie Eddies Kopf vom Hals flog, war gewaltig. Aber er hatte widerstanden. Er machte sich einen Spaß daraus, mit der Kanone auf Eddie zu zielen, bevor er sie ihm wie ein braver Bub zurückgab.

»Hoppla«, sagte Carol.

»Willst du, dass wir in den Knast kommen?«, sagte Eddie.

»Du kannst mich mal, Soutar.«

Was Carol anging … Robin zerquetschte fast die Lederscheide des Jagdmessers in seiner Tasche, während er aus dem Fenster schaute. *Vorbeugen. Sie am Kinn packen. Den Kopf zurückziehen. Kehle aufschlitzen. Eine Sache von Sekunden.* Hinter einem Zaun spielte eine Meute Kinder Fußball auf einem Schotterplatz. Vor einer Kirche, die ihren Morgenkaffee anpries, trotzte ein Dudelsackspieler im Kilt der Kälte. Robin erhaschte ein paar Takte des gedämpften Brummers des Dudelsacks, des leicht verstimmten Fiepens der Spielpfeife, der schnellen Koloraturen, die die Melodie ausschmückten.

Carol bremste fast auf null ab, als das Auto sich einer weiteren Bodenschwelle näherte. »Besser so?« Eddie schüttelte den Kopf. »Na?«

»Willst du wechseln? Soll ich fahren?« Eddies Augen traten aus den Höhlen, und einen Moment lang dachte Robin, der Liebhaber seiner Frau wollte sie schlagen. Vielleicht hätte Eddie es auch gern getan. Womöglich verschränkte er deshalb die Arme. »Willst du mit Robin reingehen? Ich kann draußen warten, weißt du? Ich kann im Auto sitzen bleiben und den Motor laufen lassen, *gar* kein Problem.«

Sie hörten sich an wie ein altes Ehepaar. Robin öffnete den Reißverschluss der Sporttasche und tippte Eddie auf die Schulter. Der Dudelsack war jetzt nur noch aus der Ferne zu hören.

Eddie beachtete ihn nicht und redete weiter: »Willst du die Knarre haben, Carol? Hm? Meinst du, du hast genug Mumm dazu?« Er steckte die Hand in die Tasche.

»Hier, Eddie, nimm das mal«, sagte Robin. Eddie wurde nervös und das nicht zum ersten Mal. Beim letzten Coup hatte er am Schluss fast die Nerven verloren, und Robin war gezwungen gewesen, die Führung zu übernehmen und Eddies Fehler wieder auszubügeln. Manchmal erinnerte er Robin an seinen Bruder. *Erinnerst du dich an Mrs. Strang?*

»Ein Kinderspiel.« Carol bog nach rechts in die Easter Road ab. »Ist gar nichts dabei«, sagte sie. »Zielen. Abdrücken. Peng.«

Weißt du noch, wie wir ihr nachspioniert haben?

»Denkst du, mehr gehört nicht dazu, wenn du auf jemanden schießt?« Eddie verrenkte den Hals, um zu sehen, was Robin ihm hinhielt. »Zielen, abdrücken, peng? So als würdest du dich einfach an irgendein Scheißrezept halten oder so?« Seine Hand kam leer aus der Tasche.

»Oder 'nen Tanzschritt«, fügte Robin hinzu.

Eddie nahm Robin die Skimaske aus der Hand. »Du kennst dich natürlich total gut aus mit Pistolen. Ratzfatz.«

Nicht beachten. Wo war er gewesen? Genau, Mrs. Strang. Nachspionieren. Bevor er auf die Musikschule ging, hatte er das immer mit Don gespielt. Die alte Nachbarin ging früh schlafen. Mann tot, beide Söhne aus dem Haus. Sie wohnte in einem kastenförmigen, dreistöckigen Haus am Ende der Straße. Um halb neun schlichen sie den Gartenweg ums Haus herum, linsten durch den Spalt in den Gardinen des Schlafzimmers im Erdgeschoss und hauten wieder ab, wenn sie schlafen ging. Sie hatten sie nie nackt gesehen, obwohl sie sie einmal in Unterwäsche erwischten. Eines Abends im Schutz des von einem hohen Zaun umgebenen Gartens hinter dem Haus merkte Don, dass Mrs. Strangs Hintertür offen stand. *Was taten wir also?* Sie schlüpften ins Haus und schlichen durch die Küche der alten Dame in den hell erleuchteten Flur. Die Wände des Wohnzimmers dämpften den Lärm von einem Fernseher. Links befand sich eine Treppe mit einem begehbaren Schrank darunter. Don öffnete die Tür, hinter der ein Staubsauger, ein Mopp in einem Eimer, eine Nähmaschine, Töpfe auf einem langen Regal und auf einem kleineren Regal darunter eine Reihe Kinderbücher – aus denen allen rosa Lesezeichen ragten – zum Vorschein kamen.

Die Stufen knarrten. Don verkroch sich in dem Schrank und zog die Tür hinter sich zu. Robin hörte, wie sich ein Schlüssel im Schloss drehte. Robin blieb ganz ruhig, als Mrs. Strangs Schritte sich langsam die Treppe herab auf ihn zubewegten. Sie war alt und schwerhörig. Blieb ihm noch Zeit? Ja, falls er nicht stehen blieb und lange überlegte. Er rannte zurück durch den Flur, durch die dunkle Küche, zur Hintertür hinaus, über den Weg rund ums Haus und ließ den Briefkasten klappern. Sein einziger Gedanke war, seinen Bruder zu beschützen. Als Mrs. Strang an die Tür kam, sprach er sie übertrieben laut an. Obwohl sie ihm mehrmals sagte, sie sei nicht taub, schrie er weiter, um sicherzugehen, dass Don ihn hörte und wusste, dass es sicher war, rauszukommen. Er dachte schon, Don würde es nie kapieren, aber nach einer Weile öffnete sich hinter Mrs. Strang die Schranktür, und sein Bruder schlich auf Zehenspitzen durch den Flur. Als Don schließlich bis zur Küche gekommen war, hatte Robin alle Arbeiten aufgezählt, die ihm einfielen und die Mrs. Strang, die gemeine alte Kuh, ihn nicht machen lassen wollte. »Du müsstest längst im Bett liegen. Was spielst du mir da eigentlich vor, hm?« Fast hätte sie ihre Zähne ausgespuckt. »Den Wagen waschen? Abends um Viertel vor zehn? Scher dich nach Hause, oder ich red mal ein Wörtchen mit deinem Vater.«

»Entweder man drückt ab«, sagte Carol gerade, wobei sie ihre schmalen Schultern hochzog. Robin fing ihren Blick im Rückspiegel auf. »Oder man lässt es«, sagte sie, immer noch mit Blick auf ihn, während sie zu Eddie sprach. Sie ließ die Schultern wieder sinken. »Wo ist da das Problem?«

»Ich hab kein Problem.«

»Hab ich auch nicht gesagt.«

Robin räusperte sich. Sein Mund war ausgetrocknet. »Wir sind fast da.«

»Also, soll ich's machen?«, sagte Carol. »Dann her mit der Knarre.«

»Ich geh da nicht mit dir rein«, sagte Robin. »Kannst du vergessen.«

»Sie blufft doch nur«, sagte Eddie. »Stimmt's, Carol?«

Carol bog nach links ab, bremste kurz und setzte erneut den Blinker. Keine drei Meter vom Eingang des Postamts entfernt hielt sie an und sank über dem Steuer zusammen. Über das Brummen des Motors sagte sie: »Macht, dass ihr rauskommt, bevor ich euch beide erwürge.« Eddie öffnete den Mund, um etwas zu erwidern, doch Carol sagte: »Raus.« Immer noch übers Steuer gekauert wiederholte sie: »Raus, raus. Macht, dass ihr rauskommt.«

»Willst du uns kein Glück wünschen?« Eddie stieß die Tür auf und stieg aus. Robin folgte seinem Beispiel. »Bereit?«

Eddie knallte die Tür zu. »Sekunde.« Er holte tief Luft und atmete geräuschvoll aus. Der Knall der Ein-Uhr-Kanone vom Schloss scheuchte eine Krähe auf. Krächzend ließ sie sich zurückfallen und hockte sich auf eine Fensterbank zwei Stockwerke über dem Eingang zur Post.

»Los«, sagte Eddie.

»Nach dir«, sagte Robin und hakte die Daumen in seine Skimaske.

13:00 Uhr

Robin zählte schnell durch. Sechs Männer und acht Frauen in einer Schlange an den eierschalenfarbenen Wänden des Postamts. Sechzehn Geiseln, einschließlich der Kassiererinnen, das sollte genügen. Einer der männlichen Kunden war gebaut wie ein Kleiderschrank. Ihn musste man im Auge behalten. Trotzdem bestand für Robin kein Anlass zur Sorge. Die Leute in Schach zu halten, war Eddies Job. Eddie hatte die Kanone, und das war, wie er bei jeder sich bietenden Gelegenheit gern betonte, keine Wasserpistole.

Diese spezielle Stichelei war eine Anspielung darauf, dass Robin vor fünf Jahren eine Tankstelle mit einer Wasserpistole überfallen hatte. Er erinnerte sich nicht mehr so genau an die Sache. Es war alles so schnell passiert. Aber er wusste noch, dass er wild herumschrie und irgendwann den Angestellten nassspritzen musste, damit der sich bewegte. Hatte allerdings nicht funktioniert. Der Idiot war einfach nur mit offener Klappe dagestanden. Den Richter schien das alles durchaus zu amüsieren, auch wenn er das nie so sagte.

Ein Jahr später, nach seiner Entlassung aus dem Sicherheitstrakt des psychiatrischen Krankenhauses hatte Robin kein Zuhause, in das er zurückkehren konnte. Carol überredete daher Eddie, der gerade seinen Job verloren hatte, ihn aufzunehmen, und als sie sechs Wochen danach entlassen wurde, stieß sie zu ihnen. Eine Weile ging das gut. Mit ihrem Wohngeld halfen sie Eddie, seine Hypotheken zu bezahlen, bis er wieder auf eigenen Beinen stand.

Aber im Leben geht es um mehr als darum, die Miete zu bezahlen.

Kurz nach Carols Entlassung stahl Robin die Schublade einer Registrierkasse und flüchtete mit ihr unter dem Arm, wobei er Dutzende von Drähten hinter sich herschleppte. Carol wartete in einem Auto um die Ecke in der Castle Street. Es war ihre Idee gewesen, ihre Bewährungsprobe. Als Robin die hintere Tür aufriss, warf sie die Zigarette aus dem Fenster und er die Schublade auf den Rücksitz und stieg ein. »Fahr los«, rief er.

Als sie nach Hause kamen, wartete Eddie schon auf sie. Er half ihnen, die Schublade aufzubrechen. Sie enthielt vierundsechzig Pfund und siebzehn Pence.

Und da machte Eddie seinen Vorschlag.

»Es gibt zwei Arten von Dieben«, behauptete er (und er musste es schließlich wissen, erinnerte Robin sich, gedacht zu haben. In dem einen Jahr bei der Polizei musste er ja was über Verbrecher gelernt haben). »Solche, die reich werden, und solche, die gefasst werden.« Er machte eine Kunstpause. »Die Planer werden reich«, fuhr er fort. »Die, die es auf gut Glück machen und leichtsinnig sind, wie ihr zwei Versager, die werden gefasst. Und diesmal schicken sie euch nicht in die Klapse. Wenn ihr nicht anfangt, euren Kopf zu gebrauchen, dann steckt ihr schneller im Knast, als euch lieb ist. Seht euch das an.« Er nahm eine Handvoll Münzen und ließ sie wieder in die Kassenschublade fallen. Sein Kopf ging hin und her. »Seht's euch an.«

»Du hast recht«, sagte Carol. »Hast du an was Bestimmtes gedacht?«

Er öffnete den Mund und zeigte ihr seine schiefen Zähne. »Kennt ihr die zwei Merkmale der meisten erfolgreichen Raubüberfälle?« Sie kannten sie nicht.

»Geiselnahme«, verriet Eddie ihnen. »Das ist Nummer zwei. Habt ihr damit irgendwelche Probleme?«

Robin schaute Carol an. Sie schüttelte den Kopf und schaute Eddie an. »Und was ist Nummer eins?«, sagte sie.

Er beugte sich zu ihr und blickte ihr fest in die Augen. Mit ruhiger Stimme sagte er: »Gewalt.«

Und er hatte recht damit. Die Planung für den ersten Überfall auf ein Postamt hatte lange gedauert, aber es hatte sich gelohnt. Neun Monate später hoffte Robin, dass der zweite Coup genauso glatt laufen würde.

Er beugte sich über die Tasche, holte den Keil heraus und schob ihn unter die Tür. Als Nächstes suchte er das Schild, drehte es um und drückte die Ecken mit Klebepads an die eine kleine Fensterscheibe. Von außen war auf dem Schild zu lesen: »Wegen Krankheit über Mittag geschlossen. Wieder geöffnet ab 13:30 Uhr.« Er steckte die Hand in die Tasche, tastete nach der Messerscheide und öffnete den Knopf.

Als er sich dem hell beleuchteten Innenraum zuwandte, ging Eddie gerade mit der Skimaske überm Gesicht und einer Hand in der Hosentasche zum Anfang der Warteschlange. Die Frau ganz vorne starrte auf ihre Füße und nahm den Mann mit der fahlgelben Skimaske gar nicht wahr. Sie merkte nicht, dass er die Hand aus der Tasche zog und mit einer frisierten Brocock Orion 6 auf sie zielte. Hinter ihr wichen einige andere Kunden unwillkürlich zurück. »Um Himmels willen«, sagte jemand. Ein zweiter Kunde stöhnte auf.

Robin verzog das Gesicht. Diesen Teil hasste er. Er griff nach seiner Tasche und ging von der Tür weg.

Die Frau war Anfang dreißig, zierlich, ihre langen braunen Haare ergossen sich wie ein schmutziger Fluss über die Seiten ihres Gesichts und ihren hellblauen Daunenmantel. Ein langer Schal war mehrmals um ihren Hals gewickelt, und sie trug Jeans und klobige weiße Stiefel. Sie hatte den Blick gesenkt und war tief in Gedanken versunken. Ärger mit ihrem Freund, Ärger mit den Kindern, gesundheitliche Probleme, Geldsorgen – worum auch immer sie sich Gedanken machte, gleich würde es nebensächlich werden. Ihre nackte rechte Hand umklammerte ein taschenbuchgroßes Päckchen, und in der linken, behandschuhten Hand hielt sie den anderen Handschuh, mit dem sie sich immer wieder rhythmisch gegen die Seite klopfte. Ihr Blick war nach wie vor zu Boden gerichtet, als Eddie vor ihr stehen blieb und mit der Pistole auf ihr Bein zielte.

Seine Waffe, eigentlich eine Pistole für Luftdruckpatronen, war umgebaut worden. In die Kammer waren spezielle Stahlmanschetten eingezogen worden, sodass die Pistole richtige Munition verschießen konnte. Eddie hatte zweihundert Pfund dafür bezahlt.

Er schoss der Frau mit einer Kugel Kaliber .22 in den Oberschenkel.

Sie brach zusammen, als hätten sich ihre Knochen verflüssigt.

Die anderen Kunden bewegten sich wie ein einziger

stummer Organismus. In entsetztem Schweigen wichen sie an die gegenüberliegende Wand zurück. Eddie wandte sich an die beiden Kassiererinnen, die sich keinen Zentimeter gerührt hatten, seit sie den Schuss gehört hatten. »Ihr wisst, wer wir sind?«, sagte er. Er wartete einen Augenblick. Dann sagte er: »Evelyn Fitzpatrick.« Er spielte damit auf die Frau an, die sie berühmt gemacht hatte, die Fünfundsechzigjährige, der er dreimal in beide Knie geschossen hatte. Bei der Lokalzeitung freuten sie sich wie die Schneekönige. Würde sie überleben, würde sie sterben? In den darauffolgenden Tagen druckten sie vier Ausgaben anstelle der üblichen drei. Die Verkaufszahlen schnellten nach oben. Bis Mrs. Fitzpatrick übern Berg war. »Nur die Ruhe«, sagte Eddie. »Und wehe, einer drückt den Alarm, dann pump ich die hübsche Lady hier voll Blei.«

Robin trat vor und musterte die Frau am Boden. Ein dunkelroter Fleck erblühte auf ihrem linken Bein. Ihr Kopf lag etwa einen halben Meter vom Schalter entfernt. Ihre Augen waren zugekniffen, und ihre Mundwinkel hingen schlaff herunter. Robin beugte sich vor und berührte sie an der Wange. Sie riss die Augen auf und blinzelte ein paarmal. Sie war kreidebleich im Gesicht.

»Das wird schon wieder«, sagte er. »Bleiben Sie ruhig liegen. Verstehen Sie?«

»Bitte nicht …«

»Pst.«

Sie nickte.

Robin dröhnte der Schuss noch in den Ohren, als er das Päckchen der verletzten Frau aufhob und es auf den Tresen legte. Robin sprach mit der fetten Frau, bei deren

Haarspray ihm die Luft weggeblieben war, als er vormittags mit ihr gesprochen hatte. »Wie heißen Sie?«

Ihre Stimme war nur ein Flüstern. »Hilda.«

»Fein, Hilda.« Er lächelte, obwohl die Skimaske die beabsichtigte freundliche Wirkung vermutlich verdarb. »Ich möchte, dass Sie die Tür öffnen und die hier nehmen« – er zeigte ihr die Sporttasche, die er in der rechten Hand hielt – »und sie mit massenhaft Geld vollmachen. Meinen Sie, das können Sie für mich tun?«

Sie murmelte etwas.

»Ich hab Sie nicht verstanden, Hilda.«

»Der Schalter. Sie können sie mir durch den Schalter reichen.«

»Wenn wir sie durch den Scheißschalter reichen wollten, hätten wir's gesagt«, blaffte Eddie. »Soll ich ihr noch 'ne Kugel reinjagen?« Er zeigte mit der Pistole auf die am Boden liegende Gestalt. »Willst du sie auf dem Gewissen haben? Glaub ich nicht. Tür auf, Hilda. Und zwar sofort. Wir haben nicht den ganzen Scheißtag Zeit.«

Auf der anderen Seite der Trennwand watschelte Hilda durch den Raum. Robin wandte den Blick zu den weiblichen Kunden, die sich in einer Ecke zusammengekauert hatten. Eine oder zwei hielten sich in den Armen, und ein paar weinten. Alle hatten instinktiv die Köpfe abgewandt, um Blickkontakte zu vermeiden. Einer der sechs Männer, die sich an die Wand drückten, versuchte Eddies Blick standzuhalten. Nicht der Kleiderschrank, der ihm vorhin aufgefallen war, sondern ein gebrechlicher, älterer Mann, der aussah, als hätte ihm jemand in den Mund gepisst, und er könnte den Geschmack nicht loswerden. Er schmatzte mit den Lippen und fuhr sich mit der Zunge über seine dritten Zähne.

Eddie bemerkte ihn auch. Sein Arm schwang von der Frau am Boden herum und zeigte auf den Alten. »Was gibt's 'n da zu glotzen, verdammte Scheiße?«

Der alte Mann starrte auf die Pistole. Er hob die Hände. Beide Handflächen zeigten tiefe Falten. Seine knotigen Finger zitterten.

Die Frau am Boden schrie.

Eddies Arm zuckte. »Halt die Fresse.« Er richtete die Pistole auf sie.

»Sie hat 'ne Kugel im Bein«, sagte Robin. »Sie kann nichts dafür.«

»Ich hab dich nicht nach deiner Meinung gefragt. Mach einfach, dass sie still ist.«

Aus dem kauernden Haufen in der Ecke kam ein weiterer Schrei.

»Ihr sollt die Schnauze halten, Scheiße noch mal.«

»Und wie soll ich das anstellen, dass sie still ist?«

»Ich kann dich nicht hören.«

Weitere Schreie kamen aus der Ecke. Einer löste den nächsten aus, wie Hundegebell. Robin ging zu Eddie und brüllte ihm etwas ins Ohr. Eddie nickte, zielte auf die Wand und jagte ein Loch hinein.

Stille.

Ein Stück Putz, das von einem dünnen Streifen Tapete an der Wand gehalten wurde, pendelte hin und her. Robin verfolgte, wie der Streifen riss und der Putz herunterfiel und auf der Schulter einer Frau landete, die darunter kauerte. Sie schrie erschrocken auf und erhob sich instinktiv, um Staub und Kalk von ihrem Mantel zu klopfen.

Eddie ging zu ihr hin.

»Tut mir leid.« Sie ging wieder in die Hocke. »Tut mir

leid, tut mir leid.« Sie verschränkte die Hände über ihrem gesenkten Kopf.

Eddie starrte sie an. »Noch mal so 'n Aufstand und ich jag dir 'ne Kugel ins Auge.« Er schaute sich um. »Das gilt für euch alle.« Er ging zu der am Tresen liegenden Gestalt. »Dich eingeschlossen.« Er stellte sich über die verletzte Frau und sagte: »Ist mir scheißegal, wie weh dir dein Bein tut.«

Die Tür in der Trennwand öffnete sich, und Hilda sagte: »Geben Sie mir die Tasche.«

Robin drückte sich an Eddie vorbei und reichte der Kassiererin seine Sporttasche. »Machen Sie schnell«, forderte er sie auf. »Und Hilda? Nur Geld, bitte. Nichts komisch Eingefärbtes, okay?«

13:30 Uhr

Seit er von dem Überfall auf das Postamt vor neun Monaten gehört hatte, hatte sich Pearce um seine Mutter gesorgt. Als er im Gefängnis war, hatte er sie immer wieder gebeten, sich nach einer anderen Arbeit umzusehen. Natürlich hatte sie seine Bedenken in den Wind geschlagen. Gefahr? Welche Gefahr? Als er rauskam, versuchte er es erneut. Es war ja nicht ihr eigenes Geld, argumentierte sie jetzt. Wenn man mit den Räubern mitspielt, hatte sie gesagt, dann geschieht niemandem etwas. Und genau das wollte sie tun, wenn es dazu käme. Was nicht passieren würde. Nicht in *ihrem* Postamt.

Er wies darauf hin, dass jemand verletzt worden *war*. Und weil das funktioniert hatte, würde die Bande die gleiche Methode wiederholen. Einfach reingehen und auf irgendein armes Schwein schießen, bevor irgendjemand reagieren konnte. Aber keine Kassiererin, antwortete sie. Kassiererinnen, behauptete sie, waren vollkommen sicher hinter ihrer Anti-Überfall-Scheibe.

Als er das Schild in der Tür des Postamts sah, in dem seine Mutter arbeitete, wusste er sofort, dass etwas nicht stimmte. Kleinere Postämter waren oft unterbesetzt, und besonders diejenigen, die, wie das hier, zur Schließung vorgesehen waren. Nach zwei Gin hatte sie sich letzte Woche über höhere Arbeitsbelastung beklagt, über lachhafte Umsatzerwartungen und Trainingsbroschüren zu Themen wie »Strategien zur Reduktion von Warteschlangen« oder »ERNIE verstehen: Premiumanleihen für Insider«, die man in der Freizeit lesen musste, weil niemand da war, der für einen einspringen konnte, wenn man sie während der Arbeit las. Er traute dem Schild an der Tür nicht. Gewiss, eine oder zwei Erkältungen, dann hätte das Amt vielleicht eine halbe Stunde schließen müssen, aber wenn das überraschend gekommen wäre, hätte sie ihn angerufen.

Er konnte es sich nicht leisten, wertvolle Zeit zu verschenken. Sie war alles, was er noch hatte.

Am Straßenrand stand ein Taxi. Er rannte hin und klopfte ans Fenster. Die Rothaarige hinter dem Steuer schien sauer über die Störung zu sein. Als er nicht wegging, hörte sie schließlich auf, sich die Haare zu bürsten, und kurbelte das Fenster herunter.

»Entschuldigen Sie die Störung«, sagte er. »Stehen Sie schon 'ne Weile hier?«

»Warte auf 'nen Fahrgast. Seit zweiundvierzig.« Sie schaute auf die Uhr. »Er verspätet sich.«

»Ist Ihnen irgendwas Ungewöhnliches aufgefallen?«

»Was denn zum Beispiel?«

Pearce zuckte die Achseln. »Offenbar nicht.« Er tätschelte die Kühlerhaube. »Können Sie mir 'nen Gefallen tun?«

»Ich kenn Sie überhaupt nicht. Wieso sollte ich Ihnen 'nen Gefallen tun?«

»Rufen Sie die Polizei.« Jetzt hörte sie zu.

Sie schlug mit dem Rücken ihrer Bürste in ihre Handfläche. Ihr Gesicht wurde noch bleicher. »Und wieso sollte ich?«

»Ich glaube, da könnte 'n Raubüberfall laufen.«

Sie lachte. »Da drin?« Mit ihren blauen Fingernägeln zeigte sie abschätzig auf das Postamt. »Da ist keiner drin.«

»Rufen Sie trotzdem die Polizei«, sagte er.

»Rufen Sie sie doch, wenn Sie sich solche Sorgen machen.«

»Würd ich ja«, sagte er. »Aber ich hab keine Zeit. Ich muss los und die Tür da aufbrechen.«

13:04 Uhr

Eddies Handy spielte immer noch »Für Elise«, obwohl er Robin schon mehrfach versprochen hatte, die Melodie zu wechseln. In der einen Hand hielt er die Pistole, in der anderen das Handy. Die Musik verstummte. Er runzelte die Stirn. »Danke. Wir kommen gleich raus.«

»Was ist los?«

»Sag der fetten Kuh, sie soll sich beeilen«, sagte Eddie.

»Was ist los?« Robin stand in der Tür der Trennwand und schaute zu, wie Hilda Geldscheinbündel in die Tasche schaufelte. »Können Sie schneller machen, Hilda?« Er wandte sich an Eddie. »Na?«

»Wir kriegen Besuch.«

Robin zog das Messer aus der Scheide. »Überfallkommando?«

»Nein, noch nicht«, sagte Eddie. »Nur ein besorgter Bürger.«

»Erledigt«, sagte Hilda. »Alles drin.« Sie zeigte Robin lächelnd die offene Tasche. Er nickte, und sie zog den Reißverschluss zu.

»Bringen Sie sie her«, sagte er.

Ihr Lächeln erstarb, als sie das Messer sah. Sie kam langsam auf ihn zu, in der einen pummeligen Hand die Tasche, mit der anderen fasste sie sich an die Kehle.

»Geben Sie sie mir«, sagte er.

Ihre Lider flatterten, als wollte sie in Ohnmacht fallen, aber sie hielt sich aufrecht und reichte ihm die Tasche. Sie wischte sich die Hand am Oberschenkel ab.

Es klopfte. Robin blickte zu Eddie. Es klopfte wieder. Regelmäßig. Beharrlich. Jemand trommelte gegen die Eingangstür. Ihr Besuch, der besorgte Bürger. Robin konnte nicht erkennen, wie Eddie unter der Skimaske reagierte. Neuerliches Klopfen. Es brach ab, und eine gedämpfte Stimme sagte: »Ich komme rein.« Stille. Ein Schrei, begleitet von einem Quietschen, als der Keil unter der Tür ein paar Zentimeter zurückgeschoben wurde. Robin stellte die Tasche ab, als eine Hand in dem Spalt in der Tür erschien und den Keil über den Boden schleuderte. Als die Tür aufschwang, stürmte Hilda vor. Er fing sie am Handgelenk ab und riss sie in einem Bogen direkt in seine Arme. Sie zappelte, bis er ihr die Klinge des Messers an die Lippen setzte. Sie keuchte heftig, und ihr Haarspray kitzelte ihn hinten in der Kehle.

»Lass sie los.« Der Mann, der das sagte, war für das kalte Wetter ganz unpassend mit einem weißen T-Shirt und schwarzen Jeans bekleidet. Er stand im Eingang, und mit ihm drang eisige Luft herein.

»Wer bist du denn, verdammte Scheiße?«, sagte Eddie.

»Nimm das Geld«, sagte Robin zu Eddie.

»Es liegt vor deinen Füßen. Nimm's selber.«

»Ich hab nicht genügend Hände, okay?«

Der Mann in der Tür trat vor.

»Zurück«, sagte Eddie, »oder ich erschieß die fette Kuh.«

»Das würd ich dir nicht raten«, sagte der Mann. »Die fette Kuh ist meine Mutter.«

»Schnapp dir das Geld und hau ab«, sagte Robin zu Eddie.

»Ich will das Arschloch hier allemachen.«

»Tu's einfach, um Himmels willen.« Robin spürte, wie ihm der Mund trocken wurde. Hilda schlotterte in seinen Armen; ihr Haarspray drang ihm in die Nase.

Eddie streckte die Hand aus und griff nach der Tasche. Hildas Sohn beachtete ihn nicht, als er an ihm vorbeiging. Eddie öffnete die Tür. »Nimm Mummy mit«, sagte er zu Robin und verschwand. Die Tür schlug hinter ihm zu.

Hildas Sohn breitete die Arme aus, und seine Hände ballten sich zu Fäusten. Seine Oberarme waren hässliche Muskelpakete. Er senkte den Blick und studierte seine Knöchel. »Wenn dein Freund hiergeblieben wäre«, er hob den Kopf wieder, und Robin blickte in seine kalten, blauen Augen, »hättest du vielleicht 'ne Chance gehabt. Er hatte 'ne Kanone.« Er schaute auf die Frau, die Eddie angeschossen hatte. »Und es sieht aus, als wär er entschlossen gewesen, sie zu benutzen. Du hast allerdings nur ein Messer.« Er machte einen Schritt vorwärts. »Und ich glaub nicht, dass du bereit bist, zuzustechen.«

»Ach, meinst du?« Robin presste das gezackte Ende der Klinge leicht gegen Hildas Kehle. Sie legte den Kopf zurück und gab komische Glucksgeräusche. Ganz langsam schob er sich rückwärts zur Tür und zog sie mit sich. Er versuchte, die Hände ruhig zu halten. Sein linkes Nasenloch juckte. Er schniefte. Seine Augen fingen an zu tränen. Er musste niesen. Scheiße. Er schüttelte den Kopf. Blinzelte. Hilda stolperte gegen ihn. Er musste erneut niesen.

»Du hast sie gestochen, verdammte Scheiße, du Scheißstück Scheißkacke.« Hildas Sohn stürzte sich auf ihn.

Robin stieß Hilda in den Rücken. Er packte die Türklinke und war schon fast draußen an der frischen Luft, als er ein Ziehen an seinem Mantel spürte. Sein Fuß glitt aus, und er wurde zurückgezerrt.

Er hörte etwas reißen. Er stolperte nach vorn und hielt sich am Türrahmen fest. Er kam nicht weg, egal wie sehr er sich auch mit den Beinen abdrückte. Es war, als würde man in hüfthohem Wasser waten. Hildas Sohn würde nicht so einfach nachgeben. Robin versuchte noch einmal, sich loszureißen, und wieder gelang es ihm nicht. Panik ergriff ihn. Er musste hier raus, raus aus diesem Raum, weg von diesen Leuten, die jetzt schrien, weg von Hilda, ihrem Sohn, koste es, was es wolle. Er oder sie. Es ging nur noch ums Überleben. Er fuhr herum und schwang das Messer von der Hüfte aus nach oben. Hildas Sohn war nicht dort, wo er ihn vermutete. Er war hinter seiner Mutter, hatte die Arme um ihre Hüfte geschlungen und versuchte, sie von Robin wegzuziehen. Voller Entsetzen sah Robin, wie sein Messer seitlich in Hildas Hals fuhr. Mit weit aufgerissenen Augen starrte sie vor sich hin und ging dann in die Knie. Erst als Robin das Messer aus ihrem Fleisch zog, ließ sie seinen Mantel los.

Ihr Sohn schlug die Hand auf die Wunde. Blut spritzte zwischen seinen Fingern hervor. Sein Gesicht war ausdruckslos. »Mum«, sagte er. Er sagte es noch einmal. Dann schrie er es: *»Mum.«*

Robin machte kehrt und rannte.

13:05 Uhr

Robin warf seine zusammengeknüllte Skimaske neben sich auf den Sitz.

»Ich hab Evelyn Fitzpatrick *fast* abgemurkst«, sagte Eddie. »War ganz einfach.«

»Zielen, abdrücken, peng«, sagte Carol.

»Genau.« Eddie drehte sich im Beifahrersitz um und blickte Robin an. »Sechs Scheißmal.«

»Das ist nicht dasselbe, wie jemanden abzustechen, dass kann ich euch flüstern.« Carol überkreuzte die Hände am Steuer, als sie auf die London Road abbog. Ein Streifenwagen fuhr in entgegengesetzter Richtung an ihnen vorbei. »Viel weniger persönlich.«

»Wieso hältst du nicht einfach die Schnauze und fährst?«, sagte Eddie.

Robin wusste nicht, wieso Eddie so stinksauer war. »Sie hat ziemlich schwer geblutet«, sagte Robin und fuhr sich durch die Haare. Die Skimaske hatte sie plattgedrückt. »Vielleicht kommt der Notarzt ja noch rechtzeitig.«

»Ist doch scheißegal«, sagte Eddie. »Wir haben das Geld.«

Carol besaß die Frechheit zu sagen: »Nicht Robins Verdienst.«

»Leck mich.« Es war nicht zu fassen, diese Schlampe. Der Wutanfall trieb ihm schier den Schweiß auf die Stirn. Ob's wohl einen befriedigenden Knacks gäbe, wenn er ihr den Schädel mit 'nem Backstein einschlagen würde? Scheiß drauf, er würde sie jetzt gleich kaltmachen und die Konsequenzen auf sich nehmen. Er hatte immer noch das Messer in der Hand. Er könnte … nein, was dachte er denn da? Mann, er konnte sich selber nicht trauen. Er brauchte etwas, um seinen Verstand zu beschäftigen. Die Sporttasche mit einer unbestimmten Menge Bargeld war auf dem Boden hinter den Beifahrersitz gestopft. »Ich zähl mal das Geld«, sagte er.

»Mach dich erst sauber«, sagte Eddie. »Du hast überall Blut am Ärmel.«

Robin hob den Arm und berührte den dunklen Fleck. Er war noch feucht. »Oh, Scheiße«, sagte er, als er nach rechts blickte. »Die ganze Tür ist damit voll.« Er nahm seine Skimaske, rollte sie zu einer Kugel und fing an, die Tür damit abzuwischen.

»Ich würd das nicht machen«, sagte Eddie.

Robin hielt inne. »Wieso nicht?«

»Ist nicht deins.«

»Ist sie doch.« Robin musterte die Skimaske. »Ich hab

sie gerade eben vom Sitz genommen. Und wenn schon, ist doch schnuppe, ob ich deine oder meine nehme.«

»Nicht die Skimaske. Das Blut ist nicht deins, du Dumpfbacke.«

»Ich weiß, Eddie. Superwitz, okay?«

»Willst du mal was Komisches hören?« Eddie schaute Robin an. In einem übertriebenen Lächeln bleckte er die Zähne. Er wartete nicht auf Antwort. »An der Skimaske hier hängen mehrere Haare von dir. Durch das Gerubbel lösen sich einige dieser besagten Haare, die dann in der zähen Flüssigkeit hängen bleiben, die abgewischt wurde.« Sein Lächeln verschwand. »Kannst du mir folgen?«

Robin warf die Skimaske beiseite. »Ich wollte nur sauber machen.«

»Klasse, und du machst nichts anderes, als deine DNS zu verbreiten wie das letzte bescheuerte Arschloch.«

»Hast du was, Eddie? Na los. Spuck's aus.«

»Spuck's aus, hm?«, sagte Eddie. Er holte tief Luft. »Okay, okay.« Er drehte sich wieder nach vorn um. »Ich frag mich einfach nur, wieso. Ich hab dir gesagt, du sollst sie als Geisel nehmen, und nicht, sie abstechen, verdammte Scheiße. Warum, verflucht noch mal, hast du nicht gemacht, was ich dir gesagt hab?«

»Ich wollte ja gar nicht.«

»Ach, du wolltest gar nicht. Na, dann ist ja alles in Ordnung. Entschuldige bitte, wenn ich finde, dass das total scheißunnötig war.«

Robin grinste. »Der Mann, der den Leuten *nur der Wirkung halber* in die Beine schießt, findet, ich könnte unnötige Gewalt angewendet haben?«

»Nicht ganz«, sagte Eddie. »Ich finde, du könntest unnötig dumm gewesen sein. Entweder das, oder du bist 'n Scheißvollidiot.«

»Es war ein Versehen.« Das Auto zuckelte unter der Brücke bei Abbeyhill durch. Carol hielt sich peinlich genau an die Geschwindigkeitsbegrenzung. Eine Werbetafel vor der Baustelle des schottischen Parlaments zeigte die Nummer von Crimestoppers.

»Lass mich das mal klarstellen. Du hast ihr *aus Versehen* in den Hals gestochen?« Eddie lachte gezwungen. »Versuch das mal den Bullen zu erzählen. Hm, Carol?«

Sie beachtete ihn nicht. »Lass das Messer verschwinden, Robin.«

Er hatte das Messer noch in der Hand behalten, als er versucht hatte, Hildas Blut von der Tür zu wischen. Auf der Klinge begann das Blut zu gerinnen, und der Griff fühlte sich klebrig an. »Ich brauch's vielleicht noch.«

»Wozu denn?«, sagte Eddie. »Für noch 'n Versehen?«

»Dann steck's wenigstens weg, Robin.«

Er kramte die Scheide aus der Tasche. Seine Hände zitterten, als er das Messer in die Lederhülle steckte. Seine Hände zitterten, als er sich vorbeugte und die Außenlasche der Sporttasche öffnete. Seine Hände zitterten, als er das Messer in die Tasche steckte und sie schloss. Seine Hände zitterten, als Carol in den Holyrood Park einbog.

Auf der rechten Seite erhoben sich die Salisbury Crags. Paare wanderten den Pfad entlang, der sich an dem vulkanischen Grat emporschlängelte. Arm in Arm. Hand in Hand. Umarmt. Noch weiter, gegen Arthur's Seat zu, Paare mit Kindern. Paare mit Hunden. Paare mit Kindern und Hunden. Niemand ging alleine im Holyrood Park spazieren. Er fragte sich, ob Carol und Eddie auch im Holyrood Park spazieren gingen. Seine Hände zitterten immer noch, als Carol das Auto in eine der wenigen Lücken auf dem Parkplatz manövrierte.

»Zieh um Himmels willen den Mantel aus«, sagte Eddie. »Du kannst nicht mit der ganzen Kacke da am Ärmel nach Hause gehen.«

»Sie hat den Mantel eingerissen. Ich hab gehört, wie die Naht geplatzt ist.«

»Steck ihn in den Sack zu dem Geld.«

Robin fing an, den Mantel aufzuknöpfen. »Dann frier ich aber.«

»Ach, du Ärmster«, sagte Carol und stellte den Motor ab.

Vielleicht würde er sie ja auch mit bloßen Händen zu Tode prügeln.

Eddie zündete sich eine Zigarette an, worauf er zuerst Carol, dann Robin eine anbot.

Robin schüttelte den Kopf. »Ehrlich gesagt«, sagte er, während er mit den Mantelärmeln zu kämpfen hatte, »ist mir 'n bisschen schlecht.«

»Och, mein armes Schätzchen.« Carol zog ein trauriges Gesicht.

Robin befreite seine Arme, öffnete die Tasche und stopfte den Mantel oben auf die gebündelten Geldscheine. Er schloss die Augen und stellte sich Hilda vor, der das Blut aus der Stichwunde im Hals schoss. Langsam verwandelte sich ihr Gesicht in das von Carol. Er machte die Augen wieder auf und lächelte. »So«, sagte er, »und wann treffen wir uns morgen?«

Mit gerunzelter Stirn zog Eddie an seiner Zigarette. Er behielt den Rauch in der Lunge und sagte: »Sagen wir, zehn Uhr, wenn euch das recht ist.« Nach einer Weile atmete er aus, und ein einzelner Rauchkringel kam aus seinem offenen Mund. »Ich hätte nichts dagegen, mich 'n bisschen hinzuhauen.«

13:07 Uhr

»Leck mich«, sagte Kennedys Boss.

Etwa ein Dutzend Leute waren herausgerannt, die nun um den Eingang zur Post wuselten, während nach und nach die Sanitäter eintrafen. Manche wirkten verstört, während andere, durch den Schock in einen Zustand scheinbar völliger Ruhe versetzt, auf dem Gehsteig saßen. Kennedy linste durch die offene Tür. Drinnen hielt ein Mann in einem blutbeschmierten T-Shirt den Kopf einer Frau im Schoß und presste die Hand auf ihren Hals. Blut strömte an seinem Ellbogen herunter und tropfte auf den Fußboden. Neben dem Tresen lag eine Frau auf der Erde. Ein halbes Dutzend Männer mit furchterregenden Waffen und in schusssicherer Kleidung drang nach einer Art Choreografie ins Postgebäude ein. Er konnte nicht an ihnen vorbeisehen, ohne aus dem Auto zu steigen, und dazu war es zu kalt. »Was machen wir jetzt?«

»Womit?«

»Mit ihnen. Greaves und Co. Mit seinem *Trupp*.«

»Darüber muss ich noch nachdenken.«

»Was gibt's denn da nachzudenken? Wir wissen, wer sie sind und was sie getan haben, ihre Namen und Adressen.« Kennedy hielt inne. »Wir müssen sie der Polizei melden.«

»Da gibt's noch andere Faktoren zu berücksichtigen. Lass mich drüber nachdenken.«

»Was dagegen, wenn ich eine rauche, solange du nachdenkst?«

»Nicht im Auto.«

Beim Gedanken daran, auszusteigen, fröstelte Kennedy. »Wieso fahren wir ihnen nicht nach?«

Sein Boss schüttelte den Kopf. »Andere Pläne. Außerdem wissen wir ja, wie du selbst gesagt hast, wo sie wohnen.«

Die bewaffneten Polizisten hatten den Eingang freigemacht. Kennedy konnte den Mann wieder sehen, sein T-Shirt war vorne fast völlig rot. Die Frau in seinem Schoß regte sich nicht.

13:09 Uhr

Sie sah aus wie tot.

Pearce drückte ihr die Hand. Kalt und klamm. Keine Reaktion. Nicht einmal ein winziges Zucken. Mit brüchiger Stimme fragte er: »Wann werden Sie's wissen?«

Der Arzt zuckte die Achseln. »Nicht zu sagen. Sie hat verdammt viel Blut verloren.«

Pearce starrte auf die Hände des Arztes. Wegwerfhandschuhe. Die Finger voll mit dem Blut aus Mutters Hals. »Wie stehen ihre Chancen?«

»Angesichts der Umstände geht es ihr so gut, wie es zu erwarten ist.«

»Das ist keine Antwort.« Ihre Lider flatterten, und Pearce drückte ihr erneut die Hand. »Bitte sagen Sie's mir.«

Der Arzt seufzte. »Sie ist sehr schwach.«

»Kann ich irgendwas tun?«

»Ich tu schon, was ich kann. Halten Sie ihr einfach die Hand.«

»'tschuldigung, junger Mann.«

Pearce spürte eine Hand auf seiner Schulter. Er drehte den Kopf und sah einen alten Mann, der ihn irre angrinste. Er bleckte schlechte Zähne in einem Gesicht, das aussah wie ein verwitterter Totenschädel.

»Ich wollt mich bei Ihnen bedanken«, sagte der Alte. »Ich war mit drinnen, als ...« Er fuhr sich mit der Zunge über die Zähne. »Egal. Ich wollt mich einfach dafür bedanken, dass Sie uns vor diesen beiden Drecksäcken gerettet haben. Nicht auszudenken, was die noch angerichtet hätten.« Er hielt inne und grinste wieder. »Tut mir leid, das mit Ihrer Mutter. Wie geht's ihr?«

Pearce wandte sich von dem Alten ab. Die Augen seiner Mutter waren immer noch geschlossen. Er fragte sich, ob sie wohl so bleiben würden. *Nein, das darf nicht noch mal passieren. Das geht einfach nicht. Ich darf sie nicht verlieren.* »Mir ist nicht nach reden.« *Sie wird wieder gesund.*

»Nichts für ungut, junger Mann«, sagte der Alte. »Alles Gute, hm?«

13:12 Uhr

Wenigstens die Bullen hatten so viel Anstand, ihn eine Weile in Frieden zu lassen. Er vermutete, dass sie mit verschiedenen Zeugen gesprochen hatten, die ihnen bestätigten, dass er weder etwas mit dem Raubüberfall noch mit den Schüssen noch mit dem Erstechen seiner Mutter zu tun hatte. Trotzdem war er ein Hauptzeuge, und irgendwann würden sie mit ihm sprechen wollen. Es überraschte ihn nicht, als ein Detective Sergeant sagte, er würde dem Notarztwagen folgen und Pearce im Krankenhaus ein paar Fragen stellen, wenn das in Ordnung wäre.

Pearce fragte ihn, ob er denn überhaupt irgendeine Wahl habe.

13:13 Uhr

Die trockene Luft kratzte in seinem Hals.

Eine Menschenmenge hatte sich angesammelt. Winterlich gekleidet mit Hüten, Schals, Handschuhen. Schwer atmend. Der Atem sammelte sich in Wolken über ihren Köpfen. Weit vorne entdeckte Pearce einen Mann im Nikolauskostüm. Im Eingang zu seinem Laden stand ein Metzger, der die Arme über seiner blau-weiß gestreiften Schürze verschränkt hatte.

Der Verkehr war zum Erliegen gekommen.

Nichts bewegte sich. Die Stille dröhnte in seinen Ohren.

Pearce folgte der Trage zum näheren der beiden Krankenwagen. Er empfand Schuldgefühle, als er ihre Hand losließ.

»Warten Sie.« Ein Mann mit schwer bandagierter Nase drängte sich durch die Menge. Ein uniformierter Polizist wechselte ein paar Worte mit ihm und ließ ihn anschließend passieren.

Pearce fühlte sich ganz leer, als der Mann lächelte.

Der Mann überreichte ihm eine Visitenkarte: »Rufen Sie mich an.«

Pearce warf keinen Blick auf die Karte. Anwalt, Arzt, Journalist. Scheißegal. Er steckte die Karte zu dem Geld von Pete Thompson in die Gesäßtasche seiner Jeans und stieg in den wartenden Krankenwagen.

TEIL ZWEI

PROTOKOLL EINES 999-NOTRUFS, AUFGENOMMEN AM 12. JANUAR UM 11:00 UHR

Anrufer: Hören Sie bitte genau zu. Es könnte jemand verletzt worden sein. Ich habe lautes Krachen und Scheppern gehört, und eine Frau hat geschrien, und dann hat ein Mann gerufen: »Ich bring dich um, verflucht noch mal, du verrückte Schlampe.«

Zentrale: Können Sie mir eine Adresse nennen, Sir?

Anrufer: Wo der Angriff stattgefunden hat? Sicher. 2F2, 1138 Polwarth Gardens.

Zentrale: Würden Sie mir bitte Ihren Namen nennen?

Antwort des Anrufers ist nicht zu verstehen.

Zentrale: Könnten Sie das bitte wiederholen, Sir?

Anrufer legt auf.

12. Januar 08:20 Uhr

Pearce drehte das kalte Wasser auf. Es rauschte in das grüne Emaillebecken und spritzte an seinen Bauch. Er drehte den Hahn gegen den Uhrzeigersinn und langte nach dem Handtuch, das an einem Haken unter dem

Becken hing. Der untere Zipfel baumelte keine zwei Zentimeter über dem Korkfußboden des Badezimmers.

Das Handtuch, blau mit weißer Kante, war ein Geschenk von Mum. »Was soll man jemandem schenken, der grade aus dem Gefängnis kommt?«, hatte sie gefragt. »Ich hab's nicht gewusst, und da hab ich dir das hier gemacht.« In die obere Ecke hatte sie eine fliegende Taube gestickt. Sie hatte sie frei gezeichnet, und dass es eine Taube war, wusste er nur, weil sie es ihm gesagt hatte. Eines Tages, als sie zur Arbeit war, hatte er das Maßband aus der Werkzeugkiste unter der Spüle geholt und die Spannweite des Vogels nachgemessen. Er hatte große Flügel. Elf Komma zwei mal die Länge seines Körpers, genau genommen. Der Kopf des Viehs war zum Himmel gebogen, und der Hals gestreckt wie bei einem Küken, das um Futter bettelt.

Pearce knüllte das Handtuch in der Faust und rubbelte sich die feuchten Haare auf dem Bauch, bis die Haut rosa war. Gut, dass das Handtuch rau war. Er legte es in der Mitte zusammen und hängte es über die Schulter.

Als er den Hahn wieder aufdrehte, hustete dieser zwei kümmerliche Spritzer Wasser ins Becken, bevor der Strahl stetig floss. Mit zu Krallen gekrümmten Fingern hielt er die Hand darunter. Als ihm die Kälte durch die Haut drang und sich um seine Knochen legte, begann allmählich sein Handrücken zu schmerzen. Als er es nicht mehr aushielt, zog er die Hand zurück und hielt die andere darunter, bis sie pochte.

Es schien lange her zu sein, dass er das Krankenhaus verlassen hatte.

Als er morgens um zehn nach vier durch die Forrest

Road gestapft war, war es windstill und der Himmel wolkenlos gewesen. Pfützen aus gelbem Licht bedeckten das Pflaster, und die Eisschicht auf der Straße sah aus wie Kreide. Die Verkehrsampeln leuchteten nur für ihn.

Seine Handflächen schmerzten.

Ein Flugzeug flog tief über ihn hinweg. Er schaute nach oben und sah fünf weiße Lichter, von denen eines blinkte, und ein einzelnes blinkendes rotes Licht. Die Motoren machten zwei unterschiedliche Geräusche, ein tiefes Dröhnen und ein leiseres hohes Heulen. Kurz darauf war es wieder still.

Es gab nur wenige Unterbrechungen auf dem langen Nachhauseweg. Als er zur Chambers Street kam, hörte er Rufe und eilige Schritte, aber als er um die Ecke bog, war niemand mehr zu sehen. Später auf der South Bridge fuhr laut hupend ein Auto vorbei, aus dem Jugendliche aus dem offenen Fenster johlten. Ein Stück weiter diente ein flach gedrückter Pappkarton als Schlafzimmerwand für ein leise vor sich hin grunzendes Kleiderbündel im Eingang eines leer stehenden Geschäfts. Vor einem Eckladen spuckte ein Taxi seinen betrunkenen Passagier aufs Pflaster. Der Fahrer fluchte, und der Betrunkene fluchte zurück. Viel später, mittlerweile in einem Wohnviertel, kam Pearce an einer Frau vorbei, die schwankend und brummelnd die Straße überquerte. Ihren Mantel hatte sie um sich gewickelt wie ein Leichentuch.

In der Nähe seiner Wohnung leuchtete es vereinzelt aus Küchen und Badezimmern von Frühaufstehern. Eine weiße Katze sprang von einer Fensterbank und verschwand fauchend unter einem parkenden Auto. Er hatte noch nie eine Katze erlebt, die ihn mochte. Soviel er wusste, strömten seine Achselhöhlen einen unangenehmen Geruch aus, den offenbar nur die kleinen Biester riechen konnten.

Der Eingang zu dem Mietshaus, in dem seine Mutter wohnte, war nicht abgeschlossen. Jemand hatte die Tür vor ein paar Wochen aufgetreten und das Schloss dabei zerstört. Im Treppenlicht sah er vier Halbmonde, die sich dort abzeichneten, wo er die Fingernägel tief in die Handfläche gegraben hatte. Er spreizte die Finger, um die Hand zu spannen.

Auf dem Absatz im ersten Stock fing ein Hund an zu bellen. Wahrscheinlich hatte Pearce ihn durch den Katzengeruch gereizt, den er mit sich schleppte. Das Bellen hörte erst auf, als er vor seiner Tür stand und in der Tasche nach seinem Schlüssel kramte. Ein Zehn-Pence-Stück rutschte ihm aus der Tasche, fiel klirrend auf den steinernen Absatz und rollte auf den Treppenspalt zu. Er knallte den Stiefel auf die Münze; es klang wie ein Donnerschlag. Drunten ging die Bellerei wieder los.

Die Wohnung war kalt und dunkel.

Die Schlafzimmertür seiner Mutter stand offen, ein Strahl Mondlicht fiel auf das leere Bett. Er ging zum Fenster und zog die Gardinen zu.

In der Küche holte er sich eine Dose Stella Artois aus dem Kühlschrank und nahm sie mit ins Wohnzimmer. Er zog die Stiefel aus und legte sich mit angezogenen Knien und dem Kopf auf einem Stapel Kissen aufs Sofa. Das Bier schmeckte bitter.

Nach dem zweiten Schluck ging er wieder in die Küche und goss das Bier in den Ausguss. Von dem Geruch wurde ihm schlecht. Er trank Wasser aus dem Hahn, spritzte sich ein wenig ins Gesicht und trank noch etwas.

Wieder im Wohnzimmer, suchte er eine CD aus der Sammlung seiner Mutter aus. Ihre zwölf CDs lagen aufeinandergestapelt neben dem CD-Player. Im Dunkeln konnte er nicht erkennen, welche er ausgewählt hatte, aber das spielte auch keine Rolle. Mum steckte ihre CDs nie in die richtigen Hüllen. Er nahm die Disk heraus.

Power. CD-Knopf drücken. Play.

Sekunden später drehte er lächelnd die Lautstärke herunter. Burt Bacharach. »Close To You«.

Er streckte sich auf dem Sofa aus und fiel in einen Halbschlaf, bis die Morgendämmerung den Himmel in Flammen tauchte.

08:22 Uhr

Pearce drehte den Wasserhahn zu und betrachtete sich im Spiegel. Mit dem Rücken seiner eiskalten Hand fuhr er sich übers Kinn. Er musste sich rasieren.

Später.

Er checkte sein Handy. Angeknackst, aber noch intakt. Keine Nachricht. Er schaute auf seine Uhr und rief Ailsa Lillie an.

Sie nuschelte ihr Hallo.

»Alles in Ordnung?«, fragte er.

»Wer ist 'n da? Pearce? Mann. Moment mal. Lassen Sie mich erst mal wach werden. Mann.«

»Soll ich später noch mal anrufen?«

»Schon okay.« Sie gähnte. »Mann. Wie spät ist 'n das?«

Er sagte es ihr. »Hätte nicht so früh anrufen sollen«, fügte er hinzu.

»Ist ja nicht früh. Ich bin nur 'ne faule Schlampe.« Sie gähnte erneut. »Und, waren Sie bei ihm?«

»Klar. Ich hab ihm gesagt, er soll sich nie wieder bei Ihnen oder Ihrer Tochter blicken lassen.«

»Und?«

»Würde er machen, hat er gesagt.«

»Und das war's?«

»Das war's.«

»Mann. Wie einfach. Und Sie glauben ihm?«

»Ich schätze, schon. Ich hab ihm was zum Nachdenken gegeben.«

»Das ist nett von Ihnen, dass Sie anrufen, Pearce. Auch wenn's mitten in der Nacht ist.«

»Und was ist mit Ihnen? Haben Sie die Kanone zurückgebracht?«

Ihr Tonfall änderte sich. »Nein, hab ich nicht, verflucht.« Sie stieß einen wütenden Laut aus. »Ich hab's versucht, wenn Sie's genau wissen wollen. Aber Ben war nicht da, und anscheinend wusste keiner, wo er steckte.«

»Gut.«

»Ich werd Ihr Geld besorgen … was?«

»Das ist kein Problem.«

»Ich dachte …«

Thompsons dickes Geldbündel beulte seine Gesäßtasche aus. »Ihr Ex hat Ihre Schulden bezahlt. In voller Höhe.«

»Das gibt's ja gar nicht.« Ailsas Stimme wurde lauter. »Wie haben Sie ihn denn dazu gekriegt? Wenn der mir überhaupt mal was gegeben hat, dann nur für Sex.«

Seine Kehle fühlte sich trocken an. »Diesmal kriegen Sie was für lau. Kein Blowjob nötig.«

»Ich will aber nichts von dem.«

»Nehmen Sie's. Es gehört Ihnen.«

»Ich will sein Geld nicht.«

»Er hat's mir gegeben. Ich zahle für Sie.«

»Ich hab auch meinen Stolz, Pearce.«

»Okay, dann schulden Sie's mir anstatt Cooper. Wie hört sich das an?«

»Besser.«

»Ailsa, ich ...« Er schloss die Augen. Schwerer Fehler. Er war wieder im Postamt, seine Mum stand vor ihm mit dem Messer an der Kehle. Die Knie wurden ihm weich. Er machte einen Schritt, um sich aufrecht zu halten. *Hör auf*. Er versuchte, die Augen zu öffnen. Er wollte das nicht noch mal sehen. Seine Lider waren schwer und rührten sich nicht. Der süße Duft seiner Mutter wehte zu ihm herüber. Seine Zunge fühlte sich geschwollen an, als er zu Ailsa sagte: »Gestern ist was passiert.«

»Mit Pete?«

»Was anderes.« Er hörte seine Mutter atmen, sah die Furcht in ihrem Blick. Vor seinen Augen ließ der Angreifer das Messer fallen und rannte weg. Seine Mutter stolperte vorwärts, schlang die Arme um Pearces Hüfte und sagte ihm, es gehe ihr gut. *Lügen. Nichts als Lügen.*

»Sagen Sie's mir, oder soll ich raten?« Immer noch Schweigen. »Ich bin jetzt wach, Pearce«, sagte Ailsa schließlich, »aber ich kann auch gern wieder schlafen gehen, wenn Sie nicht mit mir reden.«

Im Augenblick, als seine Mutter gestorben war, war in seinem Schädel ein Feuerwerk losgegangen. Eine Schwester versuchte ihn zu trösten. Sie rief den Sicherheitsdienst, als er einen Stuhl gegen die Wand warf. Er entschuldigte sich. Er gab nicht zu bedenken, dass er den Scheißstuhl auch durchs Fenster hätte werfen können. Und die Schwester und den Scheißsicherheitsfritzen gleich hinterher. Er durfte sich eine Weile hinsetzen, und allmählich verrauchte sein Zorn, als ihm klar wurde, was er zu tun hatte. Eine richtige Wahl hatte er nie gehabt. Er sah die Jahre bis in alle Ewigkeit vor sich ausgedehnt. Sein Leben war vorbei. Gott weiß, wie viel er diesmal bekommen würde. Seine Mutter schüttelte den Kopf und warf ihm vor, nie etwas gelernt zu haben.

Er riss die Augen auf. Die Illusion löste sich auf. Sie hatte unrecht. Die letzten Jahre mochten ihn nicht viel gelehrt haben, aber eins wusste er. Diesmal würde er nicht den ganzen Morgen dasitzen und einen Schraubenzieher zufeilen.

»Ich brauche Ihre Hilfe«, sagte er zu Ailsa.

09:15 Uhr

Die Kohle war zu Hundertern gebündelt.

Robin blätterte einen Stapel Zehner durch. Die Noten waren schlaff und ausgebleicht, abgenutzt. Er drückte das Bündel an die Nase und sog den Geruch ein. Schales Bier, Zigarettenkippen in vollen Aschenbechern, die Spur eines billigen Parfüms, zwei Uhr morgens, der Barkeeper, der aussah wie sein Vater, wenn er sagte »Du bist ein Blutegel, Sohn«, eine Frau, deren Namen er nicht kannte, lehnte an seiner Schulter, hob den Kopf, atmete gegen seinen Hals, ihr Haar kitzelte ihn am Kinn, hob den Kopf, flüsterte ihm was ins Ohr, flüsterte ihren Namen, flüsterte ihren Namen immer wieder, während ihre Augenbrauen dunkler wurden und sich kringelten und auf seinen Hals sanken.

Ruckartig setzte er sich auf und rieb sich fieberhaft den Hals. Scheißblutegel. Seit scheißsechzehn Jahren träumte er von Blutegeln. Seit sein Vater ... Er atmete zu schnell. Ach, leck mich, Daddy. Wieso konnte er nicht *ein* Mal von was anderem träumen? Tief atmen. Sollte er den Traum aufschreiben, solange er sich noch daran erinnerte? Nein, seinen derzeitigen Therapeuten interessierten Träume nicht. Manche interessierten sie, andere nicht. Der hier schien sich eher für seine frühen sexuellen Erfahrungen zu interessieren. Langsam. Tief. Atmen.

Erster Orgasmus? Zehn Jahre alt, stehend in der Badewanne. Die Knie werden mir weich. Glaube, ich hab was kaputt gemacht. Meinst du etwa, das erzähl ich dir?

Er hob das Geld vom Fußboden auf und warf es auf den Tisch. Er streckte sich und langte nach einer Zigarette. Scheiß auf Sex. War die ganze Aufregung nicht wert. Verdammte Kacke. Sein Feuerzeug war fast leer, aber beim dritten Versuch brannte es endlich. Durch die Flamme betrachtete er sein Geld. Vierzehn Bündel Zehner, sechs Bündel Zwanziger, ein Bündel Fünfziger. Nicht schlecht für 'nen Irren. Über dem Tisch drehte sich der Rauch und verwehte. Er ließ das Feuerzeug zuschnappen und atmete durch die Nase aus, während einunddreißigtausend Pfund steuerfrei offen vor ihm auf dem Tisch lagen.

Wenn Carol und Eddie aus dem Weg geräumt waren, gehörte das ganze Geld ihm.

Er hatte einen Plan, einen, der sogar funktionieren konnte. Wenn er erwischt wurde, scheiß drauf, dann würde er eben auf Unzurechnungsfähigkeit plädieren. An Zeugen würde es ihm nicht fehlen.

Er blieb dann die ganze Nacht auf, trank Kaffee, rauchte Kette, sah fern mit abgedrehtem Ton, hörte Nachrichten im Radio. Von Zeit zu Zeit zählte er das Geld, blätterte die Bündel durch mit Händen, die nicht aufhören wollten zu zittern. Ein paarmal stand er auf und wusch sich das Gesicht. Mit den beiden Enden eines zusammengedrehten Blatts Klopapier säuberte er sich die Nasenlöcher, und als das den Gestank nicht beseitigte, schob er sich zwei Wattebäusche in die Nase. Am Ende schmierte er sich Zahnpasta innen in die Nasenlöcher. Das brannte zwar, okay, aber den Gestank vom Haarspray der Postkassiererin wurde er nicht los.

Er schaute nach Carol. Sie schlief wie ein Baby und träumte süß von Eddie, kein Zweifel.

Als um halb sechs die Nachrichten kamen, lag er auf dem Sofa. Er war nicht müde. Er dachte nach, versuchte sich zu konzentrieren, ganz darauf fixiert, eine schwierige Entscheidung zu treffen. Als er zum garantiert zehnten Mal in dieser Nacht das Für und Wider abwog, kam er erneut zu dem Schluss, dass für Carol alles aus war. Es musste sein. Was hatte er schließlich jetzt noch zu verlieren? Der Nachrichtensprecher mit seiner völlig unbeteiligten Stimme beantwortete die Frage: »Die Frau, die am gestrigen Abend in einem Postamt in Edinburgh von einem Räuber niedergestochen wurde, starb an den Folgen einer Halswunde. Mrs. Hilda Pearce …«

Ein Wort hallte in seinem Kopf wider. *Starb.*

Fetzen stinkender Blutegel klebten ihm im Gesicht. Er rappelte sich auf, und seine Bauchmuskeln verkrampften sich. Blutegel krochen seine Kehle hinunter, wanden sich in seiner Speiseröhre, nisteten in seinen Lungen, erstickten ihn mit dem Duft von Hilda Pearce. Er bekam keine Luft. Sein Herz pochte. Ihm war schwindlig, übel, er hatte Angst. Hatte er Angst? Wirklich? Ja, fürchterliche Scheißangst.

Hilda Pearce hatte ihn echt in die Scheiße geritten. Jetzt gab es kein Zurück mehr.

Keinen Zweifel mehr also. Keine Ausreden. Wen scherte es, dass es nicht sein Fehler gewesen war? Unfall hin oder her, er war ein Mörder.

Der Nachrichtensprecher bestätigte es: »... handelt es sich nun um Ermittlungen wegen Mordes.«

Ein Mörder. Fette, schwarze, parfümierte Blutegel blähten seinen Bauch auf.

Er schleppte sich ins Bad und erbrach sich minutenlang in die Kloschüssel. Sein Magen zog sich bei jedem Krampf zusammen, und vor Schmerz trat ihm das Wasser in die Augen. Als sein Magen leer war, kotzte er Galle. Er bibberte am ganzen Leib. Danach legte er die schweißüberströmte Stirn an die Wand und schlug die Arme um sich. Seine Eingeweide fühlten sich an wie verknotet.

Auf seiner Zunge klebte Galle, und jedes Mal, wenn er schluckte, brannte ihm die Kehle wie Feuer. Und das Wort dröhnte in seinem Kopf wie ein zweiter Herzschlag.

Starb.

Mit einem Mal merkte er, dass sein Kopf an der Stelle schmerzte, wo er an der Wand lag. Er zuckte hoch. Vielleicht war er für ein paar Minuten eingeschlafen. Aber nein, das konnte nicht sein. Nicht bei so viel Adrenalin im Blut. Er war nicht müde. Auf keinen Fall. Seine Uhr zeigte zwanzig nach sieben. Seit den Nachrichten waren eine Stunde und fünfzig Minuten vergangen.

Er richtete sich auf und drehte die Dusche auf. Wenn er nicht geschlafen hatte, wo war dann die Zeit geblie ben? O Gott. Vielleicht passierte es wieder. Er musste eingeschlafen sein, und sei es nur, weil es keine andere Erklärung gab. Schwerfällig fing er an sich auszuziehen. Nackt trat er in die Duschkabine, schloss die Tür und stand, den Kopf gesenkt, die Hände vor der Brust verschränkt, unter der Brause, während heiße Nadeln sich in seinen Nacken bohrten. Der Geruch war jetzt stärker. Er drückte sich Duschgel auf die Hand und seifte seinen Körper ein. Er schamponierte sich die Haare. Spülte.

Nach der Dusche putzte er sich die Zähne. Rasierte sich. Bestrich seine Nasenflügel mit Aftershave. Es brannte wie verrückt.

09:16 Uhr

»Was gibt's?« Ailsa Lillie hielt mit einer Hand die Tür auf. Mit der anderen deckte sie ihr blaues Auge zu.

Pearce ignorierte ihre Frage. »Sie haben sich die Haare gefärbt.« Heute waren ihre Haare dunkelbraun mit einem Rotton. Gestern, glaubte er sich zu erinnern, waren sie einheitlich grau gewesen.

»Eins mit Sternchen für genaue Beobachtung.« Ihr Mund verzog sich.

»Ich wollte damit eigentlich sagen«, sagte er, »dass es mir gefällt. Sie sehen zehn Jahre jünger aus.«

»Mann, muss ich vorher alt ausgesehen haben.« Sie trug ausgebleichte Bluejeans und ein burgunderrotes Trägerhemdchen. Ihre Füße waren nackt. Nicht ganz das Richtige für den Winter, dachte er. Er schaute auf seine bloßen Arme. Er musste gerade reden. »Sagen Sie mir jetzt, was los ist?«, fragte sie ihn.

Beim Eintreten streifte sein Arm den ihren. Er sagte nichts.

Mit großen Augen stellte sie die Frage erneut. Sie rieb sich den Arm, wo er ihn berührt hatte.

Er konnte ihr nicht lange in die Augen blicken. Er senkte den Blick. Scheiße. Genau auf die Titten. Und wisst ihr was? Sie trug keinen BH. Er hob den Kopf und entdeckte an der Decke zwei Risse, die dort, wo sie sich kreuzten, ein gezacktes X bildeten. Er spürte ihre warme Hand auf dem Oberarm.

Als er den Kopf senkte, nahm sie die Hand ruckartig weg. »Wie geht's Ihrer Tochter?«

»Becky geht's gut«, sagte sie, während sie eilig durch den Flur lief. Sie drehte sich um. »Sie hört sich immer noch scheiße an und kann noch lange nicht reden, aber es ist schon besser. Ich soll Ihnen danke von ihr sagen.«

»Ist sie noch im Krankenhaus?«

»Sie ist in Glasgow, wohnt bei meiner Schwester. Dachte, sie sei dort sicherer.«

»Das hab ich gar nicht gewusst. Ich hab angenommen, dass sie immer noch …«

»Sie ist seit zwei Tagen draußen. Sie haben sie nur über Nacht drinbehalten. Krankenhausbetten sind kostbare Ware.«

»Stimmt. Vielleicht lern ich sie ja irgendwann mal kennen.«

»Schon möglich«, erwiderte Ailsa.

Er warf einen letzten verstohlenen Blick an die Decke und ging auf sie zu. Sie drehte sich wieder um, und er folgte ihr ins Wohnzimmer. Er kam sich schwerfällig vor in seinen Stiefeln und dachte, er würde ihr noch auf die Zehen treten. Sie setzte sich aufs Sofa, und er ließ sich neben ihr nieder. Sie wandte sich zu ihm, die Füße nach innen gedreht, sodass die großen Fußzehen mit den knallroten Nägeln einander berührten.

In seiner Brust breitete sich etwas Hartes aus. Er hustete in die geballte Faust. *Frag einfach, ob sie dir die Kanone leiht. Mehr braucht sie gar nicht zu wissen.* »Es geht um meine Mum«, sagte er. Er hustete noch einmal. »Sie hatte einen Unfall.«

Ihr Gesicht erstarrte. Ihre Hand zuckte aus ihrem Schoß, und die Finger schlossen sich um sein Handgelenk. »Ist sie … war es was Ernstes?«

Er lehnte sich zurück und starrte an die Wand gegenüber. Über dem mit Brettern verschlossenen Kamin hing ein Gemälde. Dutzende von Ovalen, manche fett in Rottönen, andere dünn in Grüntönen, beherrschten die Leinwand. Willkürlich verstreute schwarze Kurvenlinien wirkten, als hätte jemand anderes als der Künstler eine Auswahl von Augenbrauen hinzugefügt. Während sie mit Fingerspitzen seinen Handrücken streichelte, erzählte er ihr, was passiert war.

Sie unterbrach ihn nicht ein einziges Mal. Als er geendet hatte, sagte sie: »Das tut mir wirklich leid, Pearce. Mann, ist das furchtbar. Ich nehme an, Sie wissen, wer …«

Er musterte weiter das Bild. Sein Mund war so trocken, dass seine Zunge schon anfing, Risse zu bekommen. Etwas schien aus ihm hervorbrechen zu wollen. Er schluckte.

»Schauen Sie mich an«, sagte sie. Sie schüttelte seine Hand auf und ab, während sie sie drückte. »Wenn ich irgendwas für Sie tun kann …«

Er schluckte erneut und zog behutsam die Hand aus

ihrem Griff. Langsam wandte er sich zu ihr um und schaute sie an.

»Ist ja gut«, sagte sie. Ihre Augen glänzten wie polierte Jade.

Er schüttelte den Kopf. »Es ist überhaupt nicht gut.« Seine Stimme wurde fester. »Ich dachte, ich wäre traurig, wissen Sie.« Er hielt inne. »Wir standen uns nahe.« Er verschränkte die Finger in seinem Schoß. »Aber ich bin's nicht.«

»Das kommt noch.«

»Wirklich?«

»Versprochen«, sagte sie. »Es dauert vielleicht eine Weile, aber es kommt noch.«

»Ich hab zehn Jahre lang gewartet. Ich hab nicht …« Er ballte die Faust. »Ich meine, meine Mutter … Ich sollte todtraurig sein, aber ich bin's nicht. Ich bin wütend, okay. Und ein bisschen müde, und ich hab einen unglaublichen Hunger. Aber«, er öffnete die Faust wieder, »das ist nichts Außergewöhnliches.«

»Sie beschreiben eine ganz normale Reaktion.«

»Tatsächlich?«

Als sie ihn anlächelte, bemerkte er, wie weiß ihre Zähne waren. »Was möchten Sie essen?«

»Nur keine Umstände.«

»Ich hab noch nicht gefrühstückt. Es macht keine Umstände.«

Er stand auf. »Ich führ Sie irgendwohin aus. Wohin Sie wollen. Pete Thompson zahlt.«

»Hinsetzen«, sagte sie. Er ließ sich wieder aufs Sofa fallen. »Von Pete nehm ich nichts an. Also, was wollen Sie? Eier, Speck, Würstchen?« Er nickte. »Baked Beans?« Er nickte wieder.

»Kann ich was helfen?«, fragte er, während sie auf den Ballen ihrer bloßen Füße über den Teppich hüpfte.

»Kommen Sie mit in die Küche, wenn Sie wollen.« Mit angewinkeltem Knie stand sie in der Tür. »Mir Gesellschaft leisten.«

09:29 Uhr

Der Geruch von Hilda Pearce war immer noch da, nun vermischt mit einer ekelhaft süßen Fäulnis, als wäre der Gestank von dem Haufen schwarzer Müllsäcke drunten auf dem Gehsteig durch die schmalen Lücken in den Bohlen gedrungen, die die Gerüstbauer gelegt hatten.

Robin wandte sich, ruhiger jetzt, vom Fenster ab. Der Lärm von Colts hallte durch die Wand, als sein stocktauber Nachbar Platz nahm, um sich den ersten Western des Tages reinzuziehen. Robin schaute zur Uhr. Fast, mein Schatz. Fast Zeit zum Aufbruch.

Carol war früh gegangen, hatte gesagt, sie brauche frische Luft, sie wolle zu Fuß gehen. Scheiß drauf. Ins nächste Taxi würde sie steigen, rüber zu Eddie und runter mit den Klamotten, ehe sie durch die Tür war. Meinte sie, er wüsste das nicht?

Robin drückte die Zigarette aus und begann, die Kohle in eine lederne Reisetasche zu packen. Er musste das Geld mitnehmen. Wenn sich die Gelegenheit nicht ergab, war es wichtig, dass alles so lief wie sonst. *Das Geld ist da. Das hol ich im Halsumdrehen. Hand. Handumdrehen.* Er schnallte die Tasche zu und brachte sie in den Flur. Der Haken, an dem sein Lieblingsmantel gewöhnlich hing, war leer. Er hatte ihn gestern Abend zusammen mit der Sporttasche zum Müll geworfen.

Der schwarze knielange Mantel, den er erst zweimal getragen hatte, roch immer noch neu. Er zog ihn fest über der Brust zusammen und knöpfte ihn zu. Im Badezimmer zurück, zog er den Stöpsel im Becken, und das rote Wasser floss ab. Er kontrollierte das Messer. Auf der Klinge glitzerten Wassertröpfchen. Sie schaute sauber aus. Zumindest sah sie so aus, als hätte jemand versucht, sie zu säubern. Es war zwar nicht sehr wahrscheinlich, dass sie eine forensische Untersuchung bestehen würde, aber wen scherte das? Er wischte das Messer mit einem trockenen Handtuch ab, dann saugte er die restlichen Tropfen mit ein paar Papierküchentüchern auf.

Im Wohnzimmer steckte er das Messer in die Scheide. Bevor er die Wohnungstür öffnete, ließ er die Scheide in die Manteltasche rutschen. Seine Hände zitterten inzwischen weniger, aber seine Beine fühlten sich noch schwach an, als er die Treppe hinunterrannte.

Er trat ins Freie. Schmutzige Haufenwolken hingen am Himmel. Er warf die Reisetasche auf den Rücksitz des Autos und verstellte den Rückspiegel. Wieso machte er das? Es war überflüssig, weil der Spiegel genauso war, wie er ihn zurückgelassen hatte. Da Carol nicht in die Nähe des Autos gekommen war, brauchte er den Scheißspiegel auch nicht zu richten. *Halsumdrehen?* Er musste sich zusammenreißen. Er holte tief Luft. *Halt ihn in Schach*.

Zwei Meter vor dem Auto pickten vier Tauben auf der Erde. Als er den Zündschlüssel drehte, flogen drei davon. Er ließ den Motor aufheulen, und der Kopf der letzten Taube wippte auf und ab. Kurz flatterte sie mit den Flügeln. Für einen Moment sah es aus, als wollte sie weiterhüpfen, aber sie blieb, wo sie war, nicht bereit, auf ihren Snack am Straßenrand zu verzichten.

Robin stieg aus und ging zu dem Vogel hin. »Mach, dass du wegkommst«, sagte er. »Was ist? Hast du 'n Todestrieb?«

Die Taube schüttelte den Kopf und hob, fast ohne einen Flügel zu bewegen, ab. Schwerelos ließ sie sich auf einem Laternenpfahl in der Nähe nieder und reckte den Hals.

Robin ging wieder zu dem Clio und quetschte sich auf den Sitz. Sein neuer Mantel war schwer. Seine Arme fühlten sich ungelenk an, als lasteten schwere Gewichte auf ihnen. Der Stoff juckte an seinen Handgelenken. *Tu es*. Er knallte die Hände aufs Steuer. *Tu es, tu es.* Er fuhr los. *Halsumdrehen?* Schwerer Schnitzer.

Er erinnerte sich nicht an die Fahrt zu Eddies Wohnung. Auf einmal war er da, fuhr im Schritttempo durch Polwarth Gardens auf der Suche nach einem Parkplatz. Wie gewöhnlich gab es nicht viel Auswahl, und dass er nicht zu nahe an der Wohnung parken wollte, schränkte seine Möglichkeiten noch weiter ein. Am Ende der Straße fand er eine Lücke, in die der Clio passte. Er parkte rückwärts ein und stellte den Motor ab. Wenn er sich in den Sitz fläzte, sah er einen Ausschnitt von Eddies Wohnung im zweiten Stock. Wenn er sich vorbeugte, konnte er die knallrote Tür des Wohnblocks sehen. Carol war jetzt dort oben. Scheißeddie.

Robin griff nach dem Messer in seiner Tasche. Würde er das bringen?

Auf dem Gehsteig gegenüber drehte sich eine Frau nach einem kleinen Jungen um, der ein Stück hinter ihr in einer Pfütze plantschte, und schimpfte ihn aus. Der Kleine senkte den Kopf und schlurfte weiter. Sie wartete. Als er nahe genug war, packte sie ihn am Arm und schüttelte ihn. Er reagierte nicht. Sie gab ihm eine Ohrfeige. Er reagierte immer noch nicht. Sie schrie ihn an und ohrfeigte ihn fester. Er fing an zu plärren.

Der Bus fuhr vorbei und hielt am Ende der Straße an. Niemand stieg aus. Eine dürre Jugendliche in weiten Hosen stieg ein.

Ein leichter Nieselregen setzte unmittelbar ein. In Kolonnen brummten Autos vorbei. Mutter und kleiner Junge verschwanden im Zeitungsladen an der Ecke. Robin zog das Messer aus der Scheide und schabte mit der Klinge über die feinen Härchen auf seinem Handrücken.

Ja, er würde es bringen.

Als er wieder aufschaute, stand Carol in Eddies Tür. Sehr schlau. Sie wussten beide, wie pünktlich Robin war. Gutes Timing. Wenn er es nicht besser gewusst hätte, hätte er geschworen, sie sei gerade erst angekommen.

09:47 Uhr

In der Kuche war es heiß, und der Geruch nach gebratenen Würstchen hing in der Luft.

Frag sie nach der Kanone. Pearce aß sein viertes Stück Toast mit Marmelade auf und sagte: »Nichts mehr. Ich krieg nichts mehr runter.«

Ailsa schenkte ihm noch eine Tasse Kaffee ein. Als sie sich vorbeugte, blickte er ihr in den Ausschnitt. *O Mann. Hör endlich auf, ihr auf die Titten zu glotzen*. Er schob seinen Teller beiseite, stellte ihn auf den kleinen bereits vorhandenen Stapel und kramte mit Messern und Gabeln, bis sie sich wieder setzte. *Frag sie*. Ihr Stuhl stand an der Seite des kleinen Tischs. Sie schlug die Beine übereinander, sodass ihr Fuß wenige Zentimeter von seiner Haut entfernt baumelte.

Er goss Milch aus einem Tetrapak zum Kaffee und trank einen Schluck. »Ich brauche Ihre Kanone«, sagte er.

»Machen Sie keine Dummheiten.«

»Geben Sie mir die Kanone, Ailsa.«

»Hören Sie, Pearce, ich weiß …«

»Wenn Sie mir die Kanone nicht geben, besorge ich mir anderswo eine.«

»Das ist nicht so einfach.«

»Sie haben problemlos eine gekriegt.«

»Ich hab 'ne dunkle Vergangenheit. Ich hab früher mal ziemlich üble Typen gekannt.«

»Und was bin ich? 'n Heiliger?«

»Ich weiß nicht, wer Sie sind.« Sie streifte sich die frisch gefärbten Haare aus den Augen. »Was haben Sie damit vor?«

Er trank noch einen Schluck Kaffee. Er schaute sie an, hielt ihrem Blick stand. Sie sah wirklich viel jünger aus. »Jemanden umbringen.«

»Um Himmels willen.« Sie schaute weg; ihre Zunge war zwischen den leicht geöffneten Lippen zu sehen. »Das ist doch total bescheuert. Wieso denn das?«

»Müssen Sie das wissen?« Er hielt seinen Becher mit beiden Händen. Er drückte die Handflächen gegeneinander und stellte sich vor, der Becher würde zusammenkrachen wie ein Schädel in einem Schraubstock.

»Überlassen Sie das der Polizei.«

»Mal angenommen, Thompson wäre zu weit gegangen.« Er lockerte den Druck auf den Becher, hob ihn an und trank den restlichen Kaffee. »Angenommen, er hätte Rebecca umgebracht. Was hätten Sie dann gemacht?«

»Daran darf ich nicht mal denken, Pearce.«

»Däumchen gedreht, während Thompson Sie ausgelacht hätte? Rumgesessen, ohne was zu tun, während die Polizei routinemäßig nach dem Mörder Ihrer Tochter sucht? Denken Sie, die kümmert das einen Scheiß?« Er hielt inne. »Sie haben die Kanone schon. Sie sind schon fast so weit. Fehlt nur noch die Munition. Wenn Thompson Rebecca umgebracht hätte, hätten Sie es hingekriegt, sich ein paar Scheißkugeln zu besorgen, oder?« Als sie nicht antwortete, fragte er nach. »Oder?«

Langsam nickte sie mit dem Kopf.

»Helfen Sie mir, Ailsa.«

»Mein Gott, Pearce.«

»Ich nehme die Kanone«, sagte er. »Wenn Sie mir einen Namen oder eine Telefonnummer für die Munition geben könnten, wär ich Ihnen dankbar.«

Sie sackte nach vorn, als hätte sie den Hals gebrochen. »Ben rückt seine Telefonnummer nicht raus.«

»Ist das der Name? Ben? Ben und wie weiter?«

»Mehr weiß ich nicht. Außerdem glaub ich sowieso nicht, dass das sein richtiger Name ist.«

»Wo finde ich ihn?«

Sie hob den Kopf. Ihre Augen waren geschlossen. »Ich sag ihm, was Sie brauchen.«

»Wann?«

Sie öffnete die Augen. »Geben Sie mir Ihr Handy.«

Er reichte es ihr.

»Das ist keine gute Idee.« Sie wählte. »Sie werden im

Gefängnis enden. Oder noch schlimmer.« Sie drückte die letzte Taste und hielt das Handy ans Ohr. »Alice?« Ihre Stimme klang gespielt fröhlich. »Klar, bestens. Ist Joe-Bob da?«

Pearce brachte das Geschirr zur Spüle.

»Aha. Ich versuch's in zwanzig Minuten noch mal.«

Er drehte das Wasser auf und prüfte die Temperatur mit dem Daumen. »Und Sie wollen mir ernsthaft erzählen, in Edinburgh wohnt jemand, der Joe-Bob heißt?«

»Woher wollen Sie wissen, ob ich eine Nummer in Edinburgh angerufen hab?« Sie legte das Handy auf den Tisch.

»Na klar«, sagte er. »Hatte ich ganz vergessen. Glasgow ist ja berühmt für seine Joe-Bobs.«

»Joe-Bob wohnt in Haddington, wenn Sie's genau wissen wollen. Und es ist ein Spitzname. Er hasst Countrymusik.« Sie kam auf ihn zu. »Und nein, ich hab keine Ahnung, wie er richtig heißt.«

Er steckte den Stöpsel in den Abfluss. »Joe-Bob?« Er spritzte eine ordentliche Dosis Spülmittel übers Geschirr.

»Ehrenwort.« Sie blieb neben ihm stehen und lehnte mit dem Hinterteil an der Schublade, in der er das Besteck vermutete.

»Und wie kommt er ins Spiel?«

»Freund von Ben. Er besorgt das Zeug für uns.«

»Und wieso können wir uns das Zeug nicht selber besorgen?« Er drehte den Hahn zu.

»Bei Ben läuft das so nicht.«

»Was soll das heißen, redet der nur über 'n Dolmetscher?« Er nahm einen Teller und wischte einen Streifen Bohnensoße ab.

»Ben ist Waffenhändler.« Sie verschränkte die Arme vor der Brust. »Der spricht nicht mit jedem.«

Er spülte den Teller ab und stellte ihn aufs Trockengestell. »Und woher kennen Sie den Typ?« Sie schaute zu Boden. »Sorry«, sagte er und tauchte die Hände wieder ins Seifenwasser. »Geht mich ja nichts an.«

Sie fuhr sich mit der Hand übers Gesicht. Ihre Fingerspitzen zeichneten die Rundung ihrer Augenbraue nach. »Joe-Bob war mal mein Dealer.«

Wasser spritzte auf den Fußboden, als Pearce sie am Handgelenk packte. Seine Finger waren glitschig. Auf seinem Handrücken zerplatzten Seifenblasen. Sein Unterarm juckte, als das Wasser bis zu seinem Ellbogen rann. Sie schrie auf und riss sich los.

»Haben Sie nicht mehr alle?« Sie ballte die Fäuste. »Hm? Sie wollen meine Einstiche sehen, ist es das?« Sie spreizte die Finger, hielt ihre Arme nebeneinander und zeigte ihm die weißen Unterseiten. Sie ballte erneut die Fäuste. »Und?«

Er musterte ihre Venen. Sie sahen normal aus. »Nichts zu sehen.«

»Bei Heroin gibt's keine Einstiche, wenn man's raucht, Schwachkopf.«

Er nickte. »Haben Sie schon mal gedrückt?«

Sie schüttelte den Kopf.

»Lust dazu gehabt?«

»Na klar.« Sie schaute zu Boden. »Nur dass ich gesehen hab, was das aus meinen Freunden gemacht hat.« Sie hob den Kopf. »Mann, was soll das?«

»Sind Sie jetzt clean?«

»Was glauben Sie denn?«

»Sie haben gesagt, Joe-Bob sei Ihr Dealer gewesen.

Das kann heißen, dass Sie keine Drogen mehr nehmen. Aber es könnte auch heißen, dass Sie ’nen anderen Dealer gefunden haben.«

»Ich will nicht mehr darüber reden.«

Pearce ließ das Wasser aus dem Becken ab.

»Sie haben gefragt, woher ich Joe-Bob kenne«, sagte sie. »Jetzt wissen Sie’s und sind hoffentlich glücklich.«

Er suchte nach einem Handtuch, um sich die Hände abzutrocknen.

Sie schaute ihm eine Weile zu, dann langte sie unter die Anrichte, nahm ein Geschirrtuch vom Haken und warf es ihm zu. »Ich hab gedacht, Sie seien nett.«

Er trocknete sich die Hände, faltete das Tuch in der Mitte zusammen, faltete es noch einmal und legte es neben der Spüle auf die Anrichte. »Wollen Sie damit sagen, es wär Ihnen lieber, wenn’s mir egal wäre, was Sie sich in die Adern rammen?«

»Das geht Sie nichts an.«

»Stimmt.«

»Außerdem hab ich Ihnen gesagt, dass ich Heroin noch nie gespritzt hab.« Sie ging zum Tisch und setzte sich. »Ich hab das Zeug nicht mal oft genommen. Joe-Bob hatte nebenbei noch was mit Temgesic laufen. Das war mein Stoff.«

Pearces Kenntnisse über Temgesic speisten sich aus zwei Quellen. Bei einem Drogentest während seiner Zeit in Barlinnie war bei zwei Prozent der Gefängnisinsassen Temgesic nachgewiesen worden. Das waren imponierende eins Komma fünf Prozent mehr als bei Kokain. Außerdem hatte seine Schwester öfter Temgesic genommen, um sich bis zum nächsten Fix über Wasser zu halten. In beiden Fällen war die Quelle seines Wissens zu persönlich, um sie einer Frau preiszugeben, die er eben erst kennengelernt hatte. Nein, daran lag es nicht. Ailsa würde sowieso von seiner Vergangenheit erfahren. Entweder er konnte es ihr erzählen, oder sie würde es aus zweiter Hand, sprich über die Presse mitbekommen. Letztere würde sich die Gelegenheit zu einer Schlagzeile mit einem Exknacki auf keinen Fall entgehen lassen. Okay, um es mit ihren eigenen süßen Worten zu sagen, es ging sie nichts an. Er zwang sich zu einem Stirnrunzeln.

»Pillen«, erklärte sie. »Buprenorphin. Synthetisches Morphium. Heroinersatz im Grunde. Mit einer intensiven euphorischen Nebenwirkung. Joe-Bob hatte einen ständigen Vorrat von Süchtigen, die sie auf Rezept bekamen, um sie vom Heroin runterzuholen. Hat natürlich nie funktioniert. Temgesic ist einfach nur zu 'ner Art Währung geworden. Anzahlung für 'nen Fix.«

»Und diese Pillen haben Sie Joe-Bob abgekauft?«

»Eine Zeit lang, ja.«

»Aber Sie kaufen keine mehr.«

»Seh ich aus wie 'n Junkie? Er dealt inzwischen sowieso nicht mehr.«

»Karriere gemacht?«

Sie nickte. »Bens rechte Hand.«

Pearce nahm sein Handy und reichte es ihr. »Wollen Sie's noch mal versuchen?«

09:56 Uhr

Eddie stieß die Toilettentür mit dem Fuß zu. Er zog den Gürtel fest, während er durch den kurzen Flur ging und die Tür zum Schlafzimmer öffnete. Sinatra sang »L. A. Is

My Lady«. Eddie stimmte kurz mit ein und brach dann ab, als er die Kanone sah. Er schnappte sie sich vom Tisch, wobei er Carols Handtasche in Rotation versetzte. Sie kippte um und fiel vom Tisch. »Was macht meine Knarre hier?«, fragte er.

Das Wohnzimmer war lang und hatte eine hohe Decke. Ein leeres Sofa schmiegte sich an die Wand gegenüber, und an den jeweiligen Enden eines Orientteppichs standen passende blaue Chefsessel. Zum Fenster hin glänzte im Schein zweier Art-déco-Lampen dunkel gemasertes Parkett. Im Luftzug, den er im Vorbeigehen produzierte, flackerten die Gasflammen.

Carol stand mit dem Rücken zu ihm. Sie öffnete die schweren grünen Vorhänge und schaute aus dem Fenster, während sie unsinnig lange an ihrer Zigarette sog.

Er hob die Stimme. »Ich rede mit dir.«

Sie drehte sich ein Stück um und zog die Augenbrauen hoch. »Es wird bald regnen.« Sie hob einen Glasaschenbecher vom Boden auf und stellte ihn auf die Fensterbank.

»Carol, was macht meine Knarre hier?«

Die Hand mit der Zigarette wischte etwas von ihrem Rock ab. Als er auf sie zuging, blies sie ihm einen nicht enden wollenden Strom aus blaugrauem Rauch entgegen. Er sagte ihren Namen noch einmal und wiederholte die Frage.

Ihre Brust weitete und hob sich, als sie erneut inhalierte. Sie klopfte die Asche in den Aschenbecher ab und stieß Rauchkringel durch die Nase aus.

Er trat zu ihr, packte sie am Oberarm und zielte mit der Pistole auf ihren Kopf. »Wieso«, sagte er, »hat die auf dem Tisch gelegen?«

Ihre Augen waren kalt wie Kieselsteine. »Lass meinen Arm los, Eddie.«

»Denkst du, ich benutze sie nicht?« Er legte den Sicherungshebel um. »Beantworte meine Frage.«

»War ich ein unartiges Mädchen?« Sie drehte den Kopf und schaute ihn aus großen Augen unschuldig an.

Er krallte die Finger tiefer in ihren Arm. »Sag mir einfach, was du mit der Knarre gemacht hast.«

»Ich hab sie mir ins Höschen gesteckt«, sagte sie. »Ist das nicht das, was du gern hättest? Dass ich sie mir zwischen die Beine stecke. Und ganz heiß und feucht und geil werde?« Sie fuhr sich mit der Zunge über die Oberlippe. »Fühl mal«, sagte sie, löste seine Finger von ihrem Arm und führte seine Hand abwärts.

»Wir haben keine Zeit«, sagte er. »Robin kann jede Minute hier sein.«

Sie küsste ihn auf den Hals, während sie seine Hand über den Rock schob. »Noch ist er nicht da.«

»Moment.« Er sicherte die Waffe wieder. Sie hielt seine linke Hand fest, die inzwischen unter dem Rock weit oben auf ihrem Oberschenkel lag, während er den Arm ausstreckte, um die Pistole neben dem Aschenbecher auf die Fensterbank zu legen.

Gleich am Anfang hatte sie gesagt: »Ich wäre froh, wenn ich nie wieder Sex hätte.« Eddie hatte die Vermutung gewagt, Robin sei ein rücksichtsloser Liebhaber. Später hatte sie diese Theorie zunichte gemacht, als sie sagte: »Wenn ich 'nen Orgasmus habe, spüre ich nichts als Wut.«

Jetzt schaute er sie an und fragte sich, was diesen Sinneswandel bewirkt hatte. War es passiert, als er sie am Arm gepackt hatte? Oder als er mit der Pistole auf sie gezielt hatte? War das ihre Reaktion auf körperliche Bedrohung? Dass sie erregt wurde? Es sah jedenfalls so aus. Das war etwas Neues für ihn. Etwas Neues und durchaus nichts Unangenehmes.

So hatte er es sich nicht vorgestellt. Genau genommen hatte er die meiste Zeit nicht geglaubt, dass es je passieren würde, und jetzt, wo es passierte, fiel es ihm schwer, den eigenen Sinnen zu trauen. Aber ja, gleich würde er, gleich würden sie …

Zuerst spürte er ein Kribbeln. Dann eine Art Hitze, einen sengenden Schmerz, der sehr schnell sehr intensiv wurde. Er schrie auf. Sein Handrücken stand in Flammen. Er versuchte, ihn wegzuziehen, und ihr Griff verstärkte sich. Er schaute hinunter zwischen ihre Beine. Sie hatte den Rock hochgezogen. Fassungslos sah er zu, wie sie ihre Zigarette auf seiner Hand ausdrückte. Lachend warf sie den Kopf zurück. Er schrie ihr direkt ins Gesicht, und die Zigarette fiel zu Boden, als er die Hand wegzog. Sie wich ein paar Schritte zurück.

»Mein Gott.« Er war so fassungslos, dass er sie nur anstarren konnte. Seine Hand pochte, und Schütteln half nicht. »Mein Gott.« Er drehte sich um und ging in die Küche. Vor der Tür machte er kehrt und kam zu ihr zurück. »Ich raff's nicht«, sagte er.

Sie hatte ihm wieder den Rücken zugekehrt und presste die Stirn an die Fensterscheibe.

»Was sollte das denn eben?«

Sie fing an, sich in den Hüften zu wiegen, streckte die Arme über den Kopf und presste die Handflächen gegen das Glas. Sinatra schmachtete zu irgendeinem frühachtziger Gitarren- und Synthesizer-Funk.

Eddie griff um ihren kreisenden Hintern herum und

nahm die Pistole von der Fensterbank. Er merkte, dass sie die Augen geschlossen hatte. Nur Carol konnte mit geschlossenen Augen aus dem Fenster sehen. Nicht, dass es irgendwas zu sehen gab. Direkt gegenüber leer stehende Wohnungen. Unten leere gelbe Wäscheleinen, die um vier Pfosten in einem leeren, von Gebäuden umschlossenen Gemeinschaftsgarten gespannt waren. Wenn man in dieser Wohnung die Aussicht genießen wollte, schaute man aus dem Schlafzimmerfenster. Er warf einen letzten Blick auf Carol, steckte die Pistole in den Gürtel und ging in die Küche.

Das kalte Wasser linderte den Schmerz, aber als er die Hand unter dem Strahl wegzog, war die sengende Hitze fast sofort wieder da. Er hielt die Hand erneut unter den Hahn und ließ sie dort, während er überlegte, was er mit Carol tun sollte.

Sie war unberechenbar, bösartig, gewalttätig. Was noch tragbar gewesen wäre, wenn für ihn ab und zu ein Fick dabei drin gewesen wäre. Aber sie ließ ihn nicht mal auch nur riechen. Das einzige Mal im Bett hatte sie auf ihrer eigenen Seite geschlafen, ohne ihn anzufassen, als wäre er nichts weiter als ein x-beliebiger Typ, mit dem sie gezwungenermaßen das Bett teilte.

Er musste ihr sagen, dass es aus war. Bald. Worauf warten, wenn man's recht überlegte. Er wollte es ihr jetzt gleich sagen, diese Minute, bevor er es sich noch anders überlegte. *Ich hab keine Lust mehr, Carol. Du bist total durchgeknallt.*

Er drehte den Hahn zu und versuchte, die Hand mit dem Geschirrtuch abzutrocknen. Seine verbrannte Haut protestierte, als er fester drückte. Er warf das Tuch auf die Anrichte und krümmte die Finger. *Es ist aus. Ich hab mir genug von dir bieten lassen. Schau, was du mit meiner Hand angestellt hast. Schau's dir an. Es ist aus. Nein, sag nichts. Es ist aus.*

»Was macht deine Hand?« Sie hatte sich angeschlichen. Sie schlang die Arme um seine Hüfte, und ihre verschränkten Finger mit den blauen Nägeln schwebten Millimeter über seinem Unterleib.

»Tut sauweh.«

»Komm, ich tu Salbe drauf.«

»Ich muss dir was …«

»Meine Gefühle für dich …« Sie löste die Finger und zog ihn am Arm. Als er sie anschaute, schwammen ihre Augen in Tränen. »Manchmal machen sie mir Angst.« Sie hielt seine verletzte Hand in ihrer. »Manchmal schlag ich zu, ohne nachzudenken.« Sie hob seine Hand an die Lippen und küsste die Stelle, wo sie ihn verbrannt hatte. »Verzeihst du mir?«

Eddie blinzelte. Die Wärme ihrer Lippen hatte den Schmerz in seiner Hand verstärkt. Es war köstlich. Er zog sie an sich und hielt sie an die Brust gedrückt.

Sie schmiegte sich an seinen Hals, und ihre Lippen streiften seine Kehle. »Ich glaube, Robin weiß über uns Bescheid«, sagte sie.

10:06 Uhr

»Und?«, sagte Pearce.

»Joe-Bob meint, es ist kein Problem, die Munition zu besorgen. Wenn er nicht zurückruft und was anderes sagt, treffen wir ihn heute Mittag.«

»Wir?«

»Er kennt mich. Er will, dass ich mitkomme.«

»Verständlich. Aber wieso muss es Joe-Bob sein?«, fragte Pearce. »Was ist mit Ben?«

»Haben Sie 'n Problem mit Joe-Bob?«

»Ich hatte schon immer 'n Problem mit Dealern.«

»Ist ja 'n Ding. Ben kann nicht.« Ailsa musterte ihren Handrücken. »Er fühlt sich nicht gut. Letzte Nacht hat jemand beschlossen, ihm den Kopf gegen 'n Eisenrohr zu knallen.« Sie drehte die Hand um und studierte die Linien in ihrer Handfläche. »Das heißt also Joe-Bob oder überhaupt niemand.«

10:18 Uhr

Pearce wollte sich gerade zu Coopers Wohnung aufmachen, als das Handy klingelte. *Mum,* dachte er instinktiv. Dann fiel ihm ein, dass sie tot war, erstochen von diesem Dreckschwein mit der Skimaske. Er ballte die Faust, spürte ihr Blut durch die Finger rinnen und stemmte die Ellbogen auf den Küchentisch, um das Zittern im Innern zu stoppen.

Ailsa reichte ihm das Handy.

Er packte es zu fest. »Hallo.«

Stille.

»Hallo.« Keine Antwort. Das Spiel spielte er nicht mit. Er legte auf. Ailsa schaute ihn an. Er zuckte die Achseln. Das Handy klingelte wieder. »Los, reden Sie«, sagte er.

»Leg nicht auf.«

Etwas Scharfes und Dünnes und Weißglühendes durchbohrte ihm die Eingeweide.

»Ich bin's. Julie.«

Die Schlampe, die ihn übers Ohr gehauen hatte. Die Schlampe, die mit einem Verlobungsring abgehauen war, der ihn 'nen Riesen gekostet hatte. Und mit noch mehr. Mit seinem Stolz war sie abgehauen. Er sagte kein Wort. Der sengende Schmerz in seinem Magen war unglaublich.

»Pearce? Bist du noch da?« Sie seufzte. »Hör zu, ich wollte nur, äh … Hör zu, ich hab's im Radio gehört, äh, du weißt schon, das von deiner Mum. Ich wollte nur irgendwie, na ja, unter den Umständen …«

»Wer?«, fragte Ailsa lautlos.

Er atmete durch die gespitzten Lippen. »Das kleine Miststück, das mich beklaut hat.«

»Warum hat sie das gemacht?«

Er atmete ein. »Weil sie 'n wertloser Haufen Scheiße ist.«

»Pearce, du Arschloch. Ich versuch grade …«

»Halt die Fresse.«

»Mit wem reden Sie jetzt?«

»Nicht mit Ihnen, Ailsa. Entschuldigung.«

»Wer ist Ailsa?«

»Eine Freundin. Willst du mit ihr reden?«

Er reichte Ailsa das Handy und tigerte in der Küche auf und ab, während Ailsa und Julie einander bekannt machten. Nach und nach beruhigte sich sein Magen. Ailsa sagte nicht viel, hörte nur kopfschüttelnd zu. Er blieb am Tisch stehen und streckte die Hand nach dem Handy aus. Ohne ein Wort gab Ailsa es ihm zurück.

»… denn, wie gesagt, ich bezweifle sowieso, dass das dumme Arschloch einen hochkriegen würde.«

»Sei still«, sagte er. »Wag's bloß nicht …«

»Ach, du wieder. Schlappschwanz.«

»Leck mich.«

»Hätt'ste gerne.«

»Wo ist mein Geld?«

»Um Himmels willen, Pearce, gib schon Ruhe. Dein Geld siehst du nie wieder. Ich hab's. Na ja, genau genommen, hab ich das meiste schon ausgegeben. Du hast mir ja die Quittung mitgegeben, Blödmann. Willst du wissen, was ich gekauft hab?«

»Das hättest du nicht tun dürfen.«

»Ach ne? Nicht? Willst du wissen, was ich mir Schönes gekauft hab?«

Der Schmerz schoss wieder durch seine Eingeweide. Er brüllte ins Handy. »Meine Mutter ist tot, und du lebst noch, du dreckige Schlampe, du Scheißkackmistschlampe! Das ist nicht fair. Das ist *nicht* fair.«

»Ich hab sie ja nicht umgebracht, Scheiße noch mal. Jetzt gib mir nicht die Schuld.«

Ailsa nahm ihm das Handy aus der Hand und sagte in den Hörer: »Lass ihn in Ruhe.« Sie schaltete das Handy aus und legte es auf den Tisch. »Pearce?«

»Scheiße.« Er rieb sich die Stirn mit dem Handrücken.

Sie wartete einen Moment, bevor sie fragte: »Wer war denn die Scheißkackpissschlampe oder wie Sie sie genannt haben?«

Er schüttelte den Kopf. »Ein Fehler.«

»Gab's da viele von?«

»Nicht in letzter Zeit«, sagte er und ließ sich in den nächsten Sessel fallen. Er ließ den Kopf sinken. Ein langsames Klopfen war an die Stelle des stechenden Schmerzes in seinem Magen getreten. »Mum hat mich gern dran erinnert, dass ich 'n großer, nichtsnutziger

Schwachkopf bin.« Seine Augen brannten, und sein Kopf dröhnte, und er brauchte Ruhe. Er massierte sich die Schläfen. »Was Julie betraf, hatte Mum leider absolut recht.«

Er spürte Ailsas warme Hand auf dem Arm, gleich unterhalb des Handgelenks. »Möchten Sie ins Bett?«, fragte sie ihn.

Seine Kehle war trocken, und seine Stimme brach, als er sagte: »Dazu ist keine Zeit.«

Sie musterte ihn. Nach einer Weile nahm sie die Hand von seinem Unterarm und verschränkte die Arme vor der Brust. »Ich meinte …«

»Ich weiß, was Sie gemeint haben.« Er stupste ein Ende seines Handys an. Es drehte sich ein wenig. Er stieß fester, und das Handy machte eine volle Drehung. Er ließ es in Gegenrichtung rotieren. Als er den Kopf hob, schaute sie ihn immer noch an. Er wandte sich wieder dem Handy zu und zeichnete mit dem Fingernagel den Sprung in der Schale nach. »Es gibt eine Menge zu tun«, sagte er.

»Und ob.«

»Ich muss Cooper sein Geld bringen.«

»Klar.«

»Vor unserem Mittagsdate mit Joe-Bob.«

»Aha.« Sie stemmte die Ellbogen auf den Tisch, stützte das Kinn in beide Hände und beugte sich vor. »Sie sollten ein Nickerchen machen. Sie sehen erschöpft aus.«

»Ich mache keine Nickerchen.«

Sie richtete sich auf. »Dann schlafen Sie.«

»Wenn ich einschlafe«, sagte er, »dann schlafe ich. Dann kriegt mich nichts mehr wach.«

»Ich wecke Sie.«

Er schaute auf seine Uhr. »Ich muss los.« Er ging in Richtung Tür.

»Wollen Sie die Pistole mitnehmen?«

Er drehte sich um. »Zwecklos. Hab keine Kugeln vor heute Nachmittag. Heben Sie sie für mich auf.« Er ging ein paar Schritte weiter auf die Tür zu.

»Pearce?«

Er blieb stehen, die Hand auf der Klinke, der Tür zugewandt. »Was?«

»Meinen Sie, Pete Thompson ist wirklich endgültig weg?«

Er ließ die Klinke los. »Machen Sie sich immer noch Sorgen?«

»Wenn Sie hier sind, fühl ich mich gut. Aber ich weiß, wenn Sie durch die Tür sind, kriege ich wieder meine Zweifel.«

»Ich bin mir ziemlich sicher, dass er die Botschaft kapiert hat«, sagte Pearce. »Aber wenn Sie wollen, schau ich noch mal bei ihm vorbei. Nur zur Sicherheit.«

10:36 Uhr

Die Hände in die Manteltaschen gesteckt, schlenderte er den Weg entlang zu der roten Tür. Auf jeden zufälligen Beobachter hätte er einen ganz entspannten Eindruck gemacht.

Die Klingeln waren in zwei Sechserreihen aufgeteilt. Er nahm die rechte Hand aus der Tasche und drückte die Klingel, neben der SOUTAR stand.

»Bist du's?« Die Stimme klang irgendwie vertraut, wurde aber durch die Sprechanlage stark verzerrt. Er wartete. Nach einer Weile hörte er den Summer und drückte die Tür auf. Er trat ins Haus und sah die Tür hinter sich zuschlagen.

In dem schwachen Licht wirkten die Wände im Treppenhaus kackbraun. Ein stechender Ammoniakgeruch hing in der Luft. Auf dem Treppenabsatz im ersten Stock lehnte ein Mopp in einem Eimer an der Wand. Am Geländer war ein Fahrrad angekettet. Im zweiten Stock war die Beleuchtung etwas besser. Wenn er zum Dach schaute, konnte er gerade noch ein kleines, ovales Oberlicht ausmachen. Der Gestank schien hier nicht so stark zu sein. Oder er hatte sich einfach dran gewöhnt.

Vor E. Soutars Tür blieb er stehen. Das Messingschild glänzte in einem einsamen Sonnenstrahl. Vor Anspannung biss er sich auf die Lippen. Er zog die Handschuhe aus und stopfte sie in die Tasche. Er klingelte.

Sekunden später öffnete sich die Tür.

»Wo ist das Geld?« Der Mann, der die Frage stellte, war blond, Ende zwanzig. Der Kragen an seinem weißen Hemd war offen, und er hatte die Ärmel aufgerollt. Seine linke Hand war verbunden. Nachdem er gesprochen hatte, ließ er den Mund offen stehen.

»Mr. Soutar?« Irgendwie kam ihm der Mann bekannt vor. »Ist … ich komme wegen … ist, ist Robin da?«

»Robin?« Sie erschien hinter Soutar.

»Ich suche nach Robin Greaves.«

»Zieh hier nicht die Show ab. Wo ist das Geld?«

Er schaute Soutar an. Er sah vier oder fünf Jahre älter aus, wenn er die blassblauen Augen zusammenkniff. »Welches Geld?«

»Oh, Scheiße«, sagte das Mädchen. »Oh, Scheiße. Oh, verdammte Scheiße. Wie heißen Sie?«

»Don«, sagte er lächelnd.

»Oh, Gott verdamm mich, Scheiße noch mal! Das hat uns grade noch gefehlt.«

»Halt's Maul, Eddie.«

»Und was machen wir jetzt, verflucht noch mal?«

»Halt's Maul, Eddie. Ich versuch nachzudenken.«

»Jetzt ist er wieder total ausgeflippt, verdammte Scheiße, stimmt's, Carol?«

»Hältst du jetzt endlich mal die Schnauze oder was? Das hilft uns nicht weiter.«

»Soll ich wieder gehen?«, fragte Don. »Wenn es im Augenblick gerade nicht passt ...«

Carol schüttelte den Kopf. »Wo ist das Geld, Don?«

Er zuckte die Achseln. Langsam hatte er die ständige Fragerei satt. »Ich möchte keine weiteren Fragen mehr beantworten. Ich gehe jetzt.«

»Bleib.«

»Ein andermal vielleicht.«

»Lass ihn nicht weg, Eddie«, sagte sie.

Es geschah so schnell, dass Don gar nichts machen konnte. Irgendwie war Eddie hinter ihm, sein Arm um Dons Kehle, und Dons Hand wurde auf dem Rücken festgehalten. Die Tür knallte zu. Carol rannte vor ins Wohnzimmer. Don fuchtelte mit der freien Hand an dem Unterarm, der ihn langsam erwürgte. Eddie drehte Don den Arm noch höher auf den Rücken. Die verbundene Hand schien ihn nicht weiter zu behindern. Eddies heißer Atem kitzelte an Dons Hals.

»Das ist 'n ganz verflucht schlechtes Timing«, sagte Eddie zu ihm gebeugt.

Durch die offene Tür konnte Don sehen, dass Carol jetzt mit der Hand in der Hüfte und ausdrucksloser

Miene am Fenster stand, während Eddie ihn zu ihr führte. Gelassen klopfte sie eine Zigarette aus der Packung auf der Fensterbank. Sie zündete sie an und inhalierte die Rauchwolke, die aus ihrem Mund aufstieg.

Sie war klein und blasshäutig, und ihre Art zu rauchen erregte ihn. Allein vom Hinsehen wusste er, dass sie eine war, in die er sich verlieben könnte.

Eddie schubste ihn. Er stürzte und landete vor ihren Füßen.

»Was machen wir nur mit dir?«, sagte sie.

»Du weißt, wie man mit so was umgeht?«, sagte Eddie. »Ich hab nämlich keine Scheißahnung.«

Don setzte sich auf. »Ich weiß nichts von irgendwelchem Geld.«

»Halt's Maul.«

»Genau, halt's Maul.«

Don rieb sich das Handgelenk. »Ganz wie ihr meint, Leute.«

Sie machte einen Schritt von ihm weg in die Mitte des Zimmers. Sie bückte sich, hob eine blaue Handtasche vom Fußboden auf und stellte sie auf den Couchtisch. »Du bist Donald, hm?«

»Sie können mich Don nennen, wenn Sie wollen.«

Eddie nahm die Hände auf den Rücken und zappelte wie ein Mann, den es schrecklich juckt. Sein Gesicht verzerrte sich. Seine Zähne waren schief, und er hatte einen leichten Überbiss. Als seine Hände wieder zum Vorschein kamen, hielt er in einer eine Pistole. Er richtete sie auf Don. »Du heißt Robin, du beschissener Irrer.« Die Pistole schwankte bedrohlich.

An Dons Rücken rann der Schweiß herunter und juckte auf seiner Haut. Dieser Eddie hatte echt Probleme.

»Du kannst die Hände runternehmen«, sagte Carol.

Don setzte die Handflächen zu beiden Seiten auf den Boden auf.

»Fragst du ihn nach dem Geld, Eddie?«

»Wieso ich?«

»Dann hast du was, worauf du dich konzentrieren kannst. Und lass die Finger vom Abzug.«

»Führ mich nicht in Versuchung«, sagte Eddie. »Wo ist das Geld, Don?«

»Ich weiß nichts von irgendwelchem Geld. Wie oft soll ich euch das noch sagen?«

»Natürlich weißt du, wo das Geld ist. Denk nach. Wo hat Robin das Geld hingetan?«

»Um Himmels willen ...«, sagte Don.

Eddie wedelte mit der Pistole vor ihm. »Wo ist es?«, brüllte er.

»Ich weiß es nicht.« Und schlagartig fiel ihm wieder ein, weshalb er hier war. »Ich bin gekommen, um Miss Wren hier nach ihren Erfahrungen mit gewissen rezeptpflichtigen Medikamenten zu fragen.«

»Ach ja?«, sagte Eddie. »Ich dachte, du wolltest was von Robin.«

»Das stimmt. Sie sind doch verheiratet, oder?«

»Spiel hier nicht den Scheißschlauberger. Kannst du denn gar nichts machen, Carol?«

»Aussichtslos«, sagte sie zu Eddie.

»Versuch's doch mal. Vielleicht findest du ja 'ne Lücke.«

»Wieso ich?«, fragte sie Don. »Wieso Robin?«

»Sie stehen auf der Liste unseres Unternehmens.«

»Wie kommt ihr an unsere Namen?«

»Royal Midlothian Hospital. Aus der Zeit, als Sie dort

in stationärer Behandlung waren. Keine Sorge. Die Informationen sind vertraulich.«

»Wie hast du mich gefunden?«

»Ich habe gestern mit Robin gesprochen. Er sagte, Sie seien beide hier.«

Eddie kaute auf seiner Unterlippe. Er hielt einen Moment inne, um zu fragen: »Was für Medikamente?«

Don versuchte sich an ihre Namen zu erinnern. Er sah die Flaschen deutlich genug in seiner Hand vor sich, um die Etiketten zu lesen. »Sulpirid. Mellaril. Wir untersuchen etwas, das wir paradoxe Nebenwirkungen nennen.«

»Und was ist das?«, sagte Eddie.

»So nennen wir es, wenn ein Medikament das Gegenteil von dem bewirkt, wozu es entwickelt wurde.«

»Ich glaube nicht, dass das hier irgendwo hinführt«, stellte Carol fest.

Eddie senkte seinen Pistolenarm. »Vielleicht wenn ich ihm Angst mache?« Er hob die Pistole wieder und sagte: »Rede.«

»Ich weiß nicht, was Sie von mir hören wollen«, sagte Don. »Ich habe bereits alles erklärt.«

»Bitte sag's uns«, sagte Carol.

Don schaute sie an. »Ich weiß nichts von irgendwelchem Scheißgeld.« Er fing an, nach seinem Portemonnaie zu suchen. »Lassen Sie mich Ihnen meine Visitenkarte zeigen.«

Eddie rollte den Kopf zurück und sagte: »Scheiße. Man könnte schwören, der wär echt, Carol.«

»Ist er«, sagte Carol. »Absolut.«

Eddie versuchte es noch mal. »Ist das Geld in deinem Auto?«

Der hartnäckige Mistkerl ließ einfach nicht locker.

»Denkst du, ich bin bescheuert, Eddie?« Don reichte es. Er beschloss, Eddie etwas zum Denken zu geben. »Ich hab das Geld zu Hause gelassen.«

»Ich hab dir ja gesagt, dass du es mitbringen sollst, Carol.« Eddie ging einen Schritt auf Don zu und hielt ihm die Pistole hin. »Du hättest es nicht aus den Augen lassen dürfen.«

»Vorhin war er noch in Ordnung.«

Don hörte auf, in seinen Taschen zu kramen. Sollte die Pistole eine Art Friedensangebot sein? Vielleicht ließ Eddie Don sehen, dass sie nicht geladen war, um ihm zu zeigen, dass Don nie wirklich in Gefahr geschwebt hatte. Das war alles ein Spiel. Eddie drehte die Waffe um hundertachtzig Grad und hielt sie am Lauf. Don überlief ein Schauder, als ihm blitzartig eine noch wahrscheinlichere Deutung zu Bewusstsein kam. Eddie bot ihm die Pistole gar nicht an. Er grabschte mit der ausgestreckten Hand danach, aber es war zu spät. Der Griff traf seinen Schädel etwa einen Zentimeter links von seinem Scheitel. Ihm wurde rot vor Augen, dann dunkelrot. In seinen Ohren dröhnte es, und er stieß ein Grunzen aus. Der zweite Schlag traf ihn weiter vorn. Seine Stirn explodierte in weißem Licht. Er fiel nach vorn, und das Letzte, woran er sich erinnerte, war der salzige Geschmack des Fußbodens.

10:40 Uhr

New Town bestand aus einem Raster von eleganten Häusern aus dem 18. Jahrhundert oder als Stadthäuser getarnter Mietskasernen und lag im Schatten von

Old Town, nördlich von Princess Street Gardens. Man sollte denken, dass man sich nicht verirren konnte, aber als Pearce zum ersten Mal den South Broughton Place gesucht hatte, musste er am Ende Cooper anrufen, der ihm den Weg sagte. Die Straße war nicht auf seinem Innenstadtplan verzeichnet.

»Es ist gewissermaßen 'ne Verlängerung der Union Street«, erinnerte er sich an Coopers Worte. »Sie müsste eigentlich in Cooper Street umgetauft werden. Mir gehören drei Fünftel davon. Keine große Straße, schätz ich mal, aber trotzdem. Sechzig Prozent selbst von 'ner kleinen Straße, bei den derzeitigen Grundstückspreisen in New Town, das ist schon 'n ganz schöner Haufen Kohle.« Er hielt inne und wartete, dass Pearce genauer nachfragte. Da Pearce sich nicht für die Vermögensverhältnisse des Kredithais interessierte, sagte er nichts. »Millionen, wenn du's genau wissen willst«, sagte Cooper. »Millionen.«

Pearce kam zum Fuß des Hügels, der hier auslief. Die Straße wurde breiter. Der South Broughton Place lag auf der linken Seite. Die Türen waren mit eins bis fünf nummeriert.

Am Rand seines Gartens stand ein älterer Mann mit einer Heckenschere und nickte, als Pearce vorbeiging. Zwei Türen weiter öffnete Pearce das Tor, passierte ein mit Unkraut überwuchertes Blumenbeet und näherte sich schließlich einem silbergrauen Sandsteingebäude. Er prüfte nach, ob Thompsons Kohle noch in der Tasche steckte, bevor er klingelte.

»Ja?«, tönte Coopers Stimme aus der Gegensprechanlage.

»Pearce.«

Pause. »Kann nicht behaupten, dass ich dich erwartet hätte. Aber komm rein.«

Der Summer ertönte. Pearce öffnete die Tür und trat ein.

Cooper wohnte im hinteren Teil des Erdgeschosses. Das silberne Namensschild hatte die Größe eines Laptops. Pearce wollte schon anklopfen, als er merkte, dass die Tür leicht klaffte. Er drückte sie vollends auf, steckte den Kopf hinein und sagte: »Hallo.« Als niemand antwortete, trat er ein und schloss die Tür hinter sich. Vor ihm lag der Flur. Irgendwo in der Wohnung sang jemand. Ein Kinderlied. Ziemlich melodisch, wenngleich ein bisschen heiser. »Mr. Cooper«, sagte er. Keine Antwort. Er ging dem Singen nach und fand den Kredithai im Kinderzimmer. Pearce klopfte an die Tür.

Cooper hob den Kopf und klappte den Mund zu.

»Die Tür war offen«, sagte Pearce.

»Ich hab sie für dich aufgelassen.« Coopers Haare waren verstrubbelt, und er war unrasiert. In seine Armbeuge geschmiegt lag ein Baby. Es hatte die Augen geschlossen. Er sah, dass Pearce auf das Baby schaute und sagte: »Sally ist nicht da.«

Pearce hatte noch nie von Sally gehört. »Schade, dass ich sie verpasst habe.«

»Kennst du sie?«

»Hatte nie das Vergnügen.«

»Da bist du wahrscheinlich der Einzige.« Cooper brummte etwas, das Pearce nicht verstand.

»Wie bitte?«

»Sechzehn.« Mit Latschen an den Füßen schlurfte Cooper über den Teppich. »Die kleine Nutte.« Er setzte sich auf die Bettkante. »Bildet sich ein, sie hätte voll den

Durchblick.« Seine Augen blitzten. »Schätze, das denken wir alle in dem Alter, was?«

Pearce lehnte mit der Schulter am Mahagonikleiderschrank. »Ich hab gar nicht gewusst, dass Sie 'ne Tochter haben.«

»Hab ich auch nicht.« Cooper schaute ihn unfreundlich an. »Sally ist die Mutter von dem kleinen Scheißer hier.« Er drehte das Baby leicht zu Pearce. »Mein Sohn.« Er wiegte seinen Sohn in den Armen. »Gary.«

»Da bin ich wohl ins Fettnäpfchen getreten.«

Cooper verzog das Gesicht und winkte ab. »Ist doch scheißegal. Hast du dich schon mal alt gefühlt, Pearce?«

Pearce rieb sich mit dem Handrücken die Wange. »Manchmal.«

»Hast du auch schon mal mit 'ner Sechzehnjährigen gefickt?«

»Nicht mehr seit ich fünfzehn war.«

»Die Haut ist straff wie 'n Trommelfell. Der Wahnsinn. Und das ist noch nicht alles, was da straff ist. Das ist jetzt allerdings anders, wo sie ihn gekriegt hat.«

»Ach ja?«

»Willst du 'nen Rat von mir? Ist die Sache nicht wert. Führt nur dazu, dass man sich alt vorkommt.«

»Danke für den Tipp.«

»Die Haut ist wie …«

»Wie alt ist Gary?«

»Hä?« Cooper runzelte die Stirn. »Fast vier Monate.«

»Er ist ruhig.« Pearce verlagerte sein Gewicht von einem Fuß auf den anderen, nahm die Schulter vom Kleiderschrank und lehnte sich an die Wand zurück.

»Er schläft grade.« Cooper schlurfte zu der Wiege, die

in der Ecke des Zimmers stand. Er zog die Decke über seinen Sohn und steckte sie unter den Armen des Babys fest. »Ich will nur das Beste für ihn. Deshalb hab ich ihm auch 'nen berühmten Namen gegeben.« Er küsste Gary auf die Stirn. »Gary Cooper. Da hat er gleich 'nen Vorsprung, hm?«

»Sie haben noch nie von ihm gesprochen«, sagte Pearce.

»Ich häng's nicht gern an die große Glocke.« Cooper ging zur Tür. »Vater sein ist was für Warmduscher, oder?«

Pearce verkniff sich einen Kommentar dazu. Gegen eine solche Einstellung ließ sich nicht argumentieren. Er folgte Cooper durch den Flur ins Wohnzimmer.

»Was zu trinken?«, fragte Cooper.

Pearce schüttelte den Kopf.

»Was kann ich für dich tun?« Cooper deutete auf ein riesiges Sofa, das mit mehreren knallbunten Schutzhüllen bezogen war.

Pearce verstand den ausgestreckten Finger als Aufforderung, Platz zu nehmen. Er zog das Bündel Geldscheine aus der Gesäßtasche und setzte sich. »Ich hab Geld für Sie.«

»Du erstaunst mich.«

Pearce fächerte das Geld auf. »Wieso?«

»Deine Mutter ist letzte Nacht gestorben, und trotzdem bist du hier mit meinem Geld«, sagte Cooper. »Das ist professionell. Das bewundere ich.«

»Dann haben Sie's also gehört?«

»Ich höre alles. Das weißt du doch.« Das olivgrüne Leder zischte, als er sich setzte. »Viel rausgeholt?«

»Das ist nicht alles für Sie.«

»Ist es nie. Traurige Lebenserfahrung, das.«

Pearce zählte dreihundert ab und legte die Scheine vor sich auf den gläsernen Couchtisch. »Ailsa Lillie. Voll bezahlt.« Er dachte an den alten Mann mit den Socken. Den Alten, für den seine Mutter mal geschwärmt hatte. »Cant«, sagte er. Er bezahlte Cants Schulden. »Voll bezahlt.« Er hatte immer noch mehr als genug, um Joe-Bob die Munition abzukaufen. Cooper hatte sich nicht gerührt. »Wollen Sie's nachzählen?«, sagte Pearce.

»Denkst du, ich trau dir nicht?« Cooper legte das Bein über die Armlehne. Sein Hausschuh baumelte an seinem Fuß. »Gutes Tagespensum.«

»Vergessen Sie meine Provision nicht.«

»Wie viel? Hundertsechzig? Da ist noch 'n ganzer Haufen übrig.«

»Ich zahle alles zurück.« Pearce steckte das restliche Geld wieder ein.

»Das bezweifle ich nicht.«

»Mr. Cooper.« Pearce ballte die rechte Hand zur Faust und drückte. »Kann ich Sie um einen Gefallen bitten?«

Cooper grinste. »Willst du dir noch was leihen?«

»Nichts in der Art.«

»Okay, was dann?«

»Ich weiß, dass Sie das Gras wachsen hören.« Pearce schluckte. »Es passiert nicht viel, ohne dass Sie davon erfahren.« Er drückte noch fester. »Haben Sie irgendwas gehört, irgendwas, wer meine Mum umgebracht haben könnte?«

»Schön wär's.« Cooper schaute zur Decke. »Ich würd dir wirklich gern weiterhelfen. Aber genauso gut kannst du mich fragen, welche Körbchengröße die Queen hat.«

Cooper hielt dem Blick von Pearce stand. »Soll ich dir sagen, was ich denke?«

Pearce traute seiner Stimme nicht. Er nickte.

»Das ist 'ne neue Organisation. Diese Gang hat noch nicht in Edinburgh gearbeitet. Jedenfalls nicht vor den beiden letzten Raubüberfällen.« Sein Fuß bewegte sich ein paarmal im Kreis und fing dann an, auf- und abzuwippen. »Und in Glasgow, Liverpool, Manchester und Newcastle auch nicht. Wenn, dann würd ich's wissen. Keiner von der Gang verkehrt mit irgendeinem von meinen Bekannten.« Sein Fuß hielt still. »Sogar die Polizei hat keine Ahnung, wo sie anfangen soll.«

Pearce pflückte einen roten Fussel vom Bezug. »Was wollen Sie damit sagen?«

»Du wirst ihn nicht finden.«

Pearce rollte den Bausch zwischen den Fingern. »Geben Sie mir wenigstens Bescheid, wenn Sie was hören?«

»Na klar«, sagte Cooper. »Weißt du was, wieso nimmst du dir nicht ein paar Tage frei, hm?« Er nahm das Bein von der Armlehne. »Du bist wahrscheinlich ein bisschen durch den Wind. Und da ist noch die Beerdigung und alles.« Er stand auf. »Was meinst du, mein Junge?«

Pearce musterte einen Moment lang die Fusselkugel, die er auf der Spitze seines Zeigefingers balancierte. Mit dem Daumen schnippte er sie in die Luft. Sie landete am anderen Ende des Tischs. »Das ist sehr nett von Ihnen.« Er stand auf.

»Sicher, dass du nicht noch 'nen Kurzen vertragen könntest?«

»Ich hab 'nen Termin in 'nem Massagestudio«, sagte Pearce.

10:42 Uhr

»Er ist drinnen.« Vom Auto aus hatte Kennedy beobachtet, wie Robin Greaves die Straße überquert hatte und zu der roten Tür gegangen war. Edward Soutar war vor wenigen Minuten aus derselben Tür herausgekommen. »Soll ich noch warten?«

»Klar. Ruf mich wieder an, wenn er …«

»Bleib dran. Wir müssen uns unterhalten.«

Kennedy hörte, wie sein Boss sich räusperte. »Worüber?«

»Das weißt du genau.«

»Wenn ich's wüsste, würd ich nicht fragen.«

»Pah.« Kennedy machte ein schmatzendes Geräusch mit den Lippen. »Okay. Ich fang an. Wieso sind wir nicht zur Polizei gegangen?«

Kennedys Boss sagte eine Weile gar nichts. »Müssen wir diese Unterhaltung am Telefon führen?«

Mit den Fingern der linken Hand trommelte Kennedy auf das Steuer. »Soll ich lieber ins Büro zurückkommen?«

»Bleib, wo du bist.«

»Beantworte meine Frage.«

»Hör zu, misch dich da nicht ein.«

»Aber du hast dich sehr wohl eingemischt.«

»Was soll das denn heißen?«

»Du hast dem Kerl – wie heißt er noch? –, der, dessen Mutter abgestochen wurde?«

»Woher soll ich das wissen?«

»Es stand in der Zeitung. Pears? Preece?«

»Pearce.«

»Stimmt. Gordon Pearce. Ist's dir jetzt wieder eingefallen?«

»Ich hab zu tun, Kennedy. Worauf willst du hinaus?«

»Du hast ihm deine Karte gegeben.«

»Na und?«

»Welchen Grund hattest du wohl, ihm deine Karte zu geben?«

»Darauf muss ich nicht antworten.«

»Dann ist es also okay für dich, wenn ich die Polizei anrufe und sage, dass wir Informationen aus erster Hand zu dem Überfall aufs Postamt haben?«

»Sie werden dir nicht dankbar dafür sein. Und außerdem hat das gar nichts mit dir zu tun.«

»Und wieso beschatte ich dann Robin Greaves? Wieso beobachte ich Soutars Wohnung? Und wieso hast du Pearce deine Karte gegeben?«

»Ich bezahl dich nicht fürs Fragenstellen.«

»Du bezahlst mich überhaupt nicht. Wann war das letzte Mal? Mal sehen. Vor zwei Monaten.«

»Ich bezahl dich dafür, dass du Anweisungen befolgst.«

»Du kannst deine Anweisungen nehmen, sie in Weihnachtsrentier-Glanzpapier einwickeln und sie dir in deinen haarigen ...«

»Du bist ganz nah dran, gefeuert zu werden. Du weißt gar nicht, wie nah, Kennedy, aber wenn du noch näher dran wärst, würdest du ...«

»Na fein.« Kennedys Herz pochte. Er legte auf. Er atmete lange aus und wartete ab. Als wenige Sekunden später das Handy klingelte, sagte er: »Ich finde das, was du da vorhast, moralisch abstoßend und habe das Gefühl, es ist meine Bürgerpflicht, die Behörden über deine Absichten zu informieren.«

»Das tust du nicht.«

»Stell mich auf die Probe.«

»Dann sag's ihnen doch. Du weißt ja gar nicht, was ich vorhabe.«

»Pearce wird Kontakt zu dir aufnehmen«, sagte Kennedy. »Wenn nicht, nimmst du Kontakt zu ihm auf, schätze ich. Dürfte nicht allzu schwer sein für jemanden in deiner Branche.« Sein Boss verstummte am anderen Ende der Leitung. »So oder so wirst du Pearce zu verstehen geben, dass du den Namen des Mörders von seiner Mutter weißt. Wie gut bin ich bis jetzt?«

»Du kannst überhaupt nichts beweisen.«

»Brauch ich gar nicht. Schon dadurch, dass ich's der Polizei erzähle, versau ich dir deinen Plan.«

»Red weiter. Was ist mein Plan?«

»Pearce die Information zu verkaufen.«

»Der Mann kommt frisch aus dem Gefängnis. So heißt es im *Scotsman* von heute, auch wenn nicht gesagt wird, weshalb er gesessen hat. Er hat keinen Job. Er hat kein Geld.«

»Interessant, dass du dich an dieses überflüssige Fitzelchen Information erinnerst, aber an seinen Namen nicht mehr.«

»Manche Sachen bleiben eben hängen.«

»Ja, nicht wahr?«

»Keine Frage.«

»Darf ich dann weitermachen?«

»Das ist doch lächerlich. Okay, ich spiele mit. Wie soll Pearce mich bezahlen?«

»Abgesehen von der Tatsache, dass Mr. Pearce möglicherweise eine Erbschaft macht, gibt es da ja noch das gestohlene Geld.«

»Meinst du damit etwa ...?«

»Haargenau.« Kennedy hatte einen Kloß im Hals, aber er schaffte es, seine Tonlage zu halten. »Als Gegenleistung für den Namen und die Adresse von Greaves wird Mr. Pearce die Beute aufspüren und dir geben.«

Sein Boss lachte. Es klang gezwungen. »Mal angenommen – nur mal angenommen –, er macht mit. Wieso sollte ich das tun? Ich brauche das Geld nicht.«

»Im Gegenteil. Du brauchst das Geld sogar dringend.«

»Die Geschäfte laufen prächtig.«

»Die Geschäfte laufen beschissen, das weißt du genau. Wenn die Geschäfte prächtig laufen, wieso hast du mir dann letzten Monat nichts gezahlt?«

»Ein vorübergehendes Liquiditätsproblem. Das hab ich dir doch gesagt.«

»Vorübergehend am Arsch. Und was ist mit dem Getränkeautomaten? Wieso ist der weg? Schätze, das ist auch vorübergehend, was?«

»Du würdest doch nicht wirklich zur Polizei gehen, oder?«

Kennedy gab keine Antwort.

»Okay. Scheiße. Wie tief ist dein moralischer Widerwille?«

»Mach ein Angebot.«

»Zwanzig Prozent.«

»Tiefer.«

»Dreißig.«

»Immer noch von Schuldgefühlen gebeutelt.«

»Vierzig?«

»Nur weiter so.«

»Fünfundvierzig?«

»Na los, du kannst es.«

»Fünfzig, du Sau.«

»Jetzt spüre ich, wie mich eine Woge des Friedens umfängt. Fünfzig Prozent, damit kann ich leben.«

»Du Sau.«

»Das hast du schon gesagt. Noch was.«

»Du Sau.«

»Ich will dabei sein, wenn du dich mit ihm triffst.«

»Wozu denn das, Scheiße noch mal?«

»Wir haben uns doch auf fifty-fifty geeinigt, richtig?«

»Ja.«

»Okay, ich würd gern wissen, von wie viel ich fünfzig Prozent bekomme.«

10:44 Uhr

»Da bist du ja wieder.« Carol wandte sich vom Fenster ab. Leise drang Vogelgezwitscher vom Garten herauf.

Robin war durcheinander. Er war eingeschlafen und mit fürchterlichen Kopfschmerzen aufgewacht. »Wo ist Eddie?«

Sie schilderte den Gang der Ereignisse ab dem Punkt, als Eddie Don den Pistolengriff übergezogen hatte.

Robin fasste mit der Hand an seinen Kopf und bereute es sofort.

»Eddie hat deine Schlüssel mitgenommen. Ist nachsehen gegangen, ob du das Geld zu Hause gelassen hast.« Sie setzte sich auf die Couch und griff nach ihren Zigaretten. Sie bot Robin eine an, und er nahm sie. Sie zündete sie an, dann ihre eigene.

»Eddie hat dich also einfach hier allein gelassen?«, sagte Robin.

»Technisch gesehen hat er mich mit Don hiergelassen.«

»Hast du dich mit Don sicher gefühlt?«

»Don war bewusstlos.«

»Nicht sehr lange.«

»Eddie hat mir die Pistole dagelassen.«

»Wo ist sie?«

»Geheimnis.« Sie deutete mit den Fingern eine Pistole an und zielte damit auf Robin. »Ich hab Eddie versprochen, nicht damit rumzuspielen. Nur wenn's sein muss. Peng, peng.« Sie blies auf ihre Fingerspitzen. »Bye-bye, Don.«

»Entschuldige«, sagte Robin und tippte mit den Fingern auf ihren Handrücken. »Du musst mich mal aufs Klo lassen.«

»Robin.« Sie griff nach einem Aschenbecher, setzte sich wieder und legte die Hand zurück auf sein Bein. »Hast du irgendeine Ahnung, was mit dir passiert?«

Seine Entschlossenheit löste sich beinahe auf. Sein Oberschenkel glühte unter der Wärme ihrer Hand. *Sie liegt auf ihm, ihr Gesicht ist vor Lust verzerrt. Schweiß rinnt zwischen ihren nackten Brüsten hinab. Sie stöhnt, als er in sie eindringt. Ihr Mund verzieht sich zu einem Grinsen, und sie ruft: »Eddie.«*

»Ich muss mal«, sagte er und stand auf. Sie hielt ihn nicht zurück.

Er schloss die Wohnzimmertür, ging zum Bad, öffnete die Tür, schloss sie sachte wieder und schlich zum Schlafzimmer. Leise machte er die Tür auf. Ein paar von Eddies Sachen hingen über einer Stuhllehne. Eine schwarze Hose, ein weißes Hemd, eine Socke. Auf Zehenspitzen schlich er zum Bett. Auf der Tagesdecke lag ein Nachthemd. Robin hob es auf. Er erkannte es nicht. Es roch frisch gewaschen, aber kein bisschen nach Carol. Er zog die Tagesdecke zurück und suchte nach Flecken. Weiße Laken. Schwer zu sagen. Drüben an dem kleinen Waschbecken standen zwei Zahnbürsten in einem Glas. Eine blaue, eine lilafarbene.

Er beugte sich übers Bett und schnüffelte an jedem Kissen. Er faltete das Nachthemd und legte es auf das linke Kissen. Er glaubte, einen ganz schwachen Hauch White Musk wahrzunehmen. Sein Gesicht war nass. Er ging zur Kommode. Obenauf lag in einer Schale mit weiblichem Krimskrams ein Foto von Carol, noch keine zwanzig, in einem tief ausgeschnittenen schwarzen Kleid, mit schwarzer Sonnenbrille, großen goldenen Kreolen, kurzen, unlackierten Fingernägeln. Sie lächelte nicht. Er fragte sich, wer wohl das Bild aufgenommen hatte. Er legte es umgedreht auf die Kommode. In einem verstellbaren ovalen Spiegel mit hölzernem Fuß spiegelten sich ein Teil des Betts, ein Nachttisch, Eddies Hose, Eddies Jacke, Eddies Socke, ein Stuhl, von dessen Lehne der Ärmel von Eddies Hemd herunterhing.

Die kurzen Klingen der Schere schnitten langsam durch die Baumwolle. Das wiederholte Öffnen und Schließen von Zeigefinger und Daumen rief einen dumpfen Schmerz in seinen Fingern hervor. Als er fertig war, pochte seine Hand, und der Schmerz machte ihn wütend. Er legte die Schere zurück in die Schale. Mit steifen Fingern machte er einen Knoten in den abgeschnittenen Ärmel. Als er die Enden festzog, fühlte sich der Stoff stabil an. Er ließ locker, spannte die Handgelenke an, ließ locker, spannte an. Er stellte sich vor, hinter ihr zu stehen, den Hemdsärmel um ihren Hals zu schlingen, ihr mit dem Knoten die Luftröhre einzudrücken. Er stellte sich vor, zu hören, wie sie keuchte und stotterte und nach hinten taumelte, während sie nach Luft rang. Er wischte sich das Gesicht mit der Manschette von Eddies Ärmel ab, rollte ihn zusammen und steckte ihn in die Tasche.

Er hätte sich die Mühe nicht machen müssen.

Als er wieder ins Wohnzimmer kam, stand sie in der Fensternische und schaute aus dem Erkerfenster auf den Wohnblock gegenüber. Sie hatte eine CD eingelegt. Sie benahm sich, als würde sie hier wohnen. Sie hatte den Kopf gesenkt und wiegte die Hüften zu der Musik. Louis Jordan sang »There Ain't Nobody Here But Us Chickens«.

Robin fischte nach dem Stoffstreifen in seiner Tasche. Auf seiner Stirn sammelte sich der Schweiß und kühlte ab und fing an zu jucken, als er sich leise an dem Bücherregal vorbeibewegte, an der Stelle, wo Dons bewusstloser Körper zusammengebrochen sein musste, über den Teil des Fußbodens, der vom Teppich bedeckt war, auf die nackten Dielen, die knirschten, sobald er den Fuß darauf setzte.

Sie hörte ihn immer noch nicht. Ihr Kopf blieb gesenkt und nickte langsam im Takt, während sie der Musik lauschte.

Er verlagerte das Gewicht und schob sich einen Schritt näher, schlang die Enden des Ärmels um die Handknöchel. Noch ein Schritt. Der Baumwollstoff war so straff gespannt, dass eine Kugel davon abgeprallt wäre. Er konnte das nicht. Er brachte es nicht fertig, sie umzubringen. Sie war jetzt noch knapp einen Meter entfernt. Der Rocksaum rutschte rechts hoch, als sie das linke

Knie beugte. Er schob sich zentimeterweise näher. Das Klingeln in seinen Ohren übertönte das Lied aus der Stereoanlage. Näher. Noch näher. Er konnte ihre Körperwärme spüren.

Sein Herz hämmerte in seiner Brust. Er hörte den Sprecher der Morgennachrichten sagen: »... starb.« *Starb.*

Robin schlang den Behelfsstrick um ihren Hals. Sie schrie im gleichen Augenblick auf, als Eddies Ärmel sie berührte. Instinktiv warf sie sich nach vorn, weg von ihrem Angreifer. Eine Wolke White Musk entströmte ihrer Haut.

»Robin«, krächzte sie. Sie taumelte nach vorn. Ihr Fuß blieb mitten in der Luft hängen, als er sie zurückriss. »Hilfe. *Robin.*«

Er legte ihr das Manschettenende des Ärmels über die Schulter und zog es durch die Lücke, als würde er einen Schnürsenkel binden. Sie schrie auf. Er zog an beiden Enden, bis seine Arme brannten. Er zog sie zu sich heran. Seine Finger, die den Stoff gepackt hielten, liefen weiß an. Der Schmerz in seinem rechten Handgelenk flammte auf, und er hatte Mühe, nicht loszulassen.

»Ich weiß über dich und Eddie Bescheid«, flüsterte er ihr ins Ohr. Einen Moment lang war sie still. Dann kam ein leises Knurren aus ihrer Kehle, und sie warf sich nach vorn. Rasch wechselte er den Griff. Der Schmerz ließ kurz nach. »Bitte, sei still«, sagte er, als er ihr den Kehlkopf eindrückte. Der Schmerz meldete sich jäh zurück, und alles verschwamm vor seinen Augen, als ihm die Tränen kamen.

Sie wehrte sich noch eine Weile, schweigend jetzt, da ihre Schreie abgewürgt wurden. Schließlich sank sie auf die Knie.

Er zog fester und schrie auf, als der Schmerz an seinen Fingern zerrte. Ihre Finger fassten kraftlos an die Kehle, und er riss ihr die Hände zur Seite, immer wieder, bis sie herabsanken. Mit einem Schrei machte er eine letzte Anstrengung, um sie zum Stillhalten zu zwingen. Ihre Arme zappelten an ihren Seiten wie die einer Marionette. Er hielt fest. In seinem rechten Arm stand jeder Muskel, jede Sehne, jedes Band in Flammen. Trotzdem hielt er weiter fest. Ihre Arme hörten auf sich zu bewegen. Er wartete. Er wartete länger. Irgendwann ließ er los. Ihr Kopf krachte auf den Boden, als sie nach vorn fiel.

Endlich gab sie Ruhe. Es war vorbei.

Er konnte sich kaum aufrecht halten, als er zu dem CD-Spieler taumelte und ihn ausschaltete. »Was habe ich getan?«, fragte er in die Stille hinein.

Niemand antwortete ihm.

Robin setzte sich auf den Fußboden und massierte sich die Finger. Er blickte auf die Leiche. Es gab etwas, was er jetzt tun musste, aber im Augenblick war ihm entfallen, was es war. Nach einer Weile hörte er auf, sich die Finger zu reiben. Es half nichts. Er schleppte sich zu ihr, streckte die Hand aus und berührte sie an der Kniekehle. Seine Hand glitt an ihrem Bein aufwärts, und seine Finger strichen über die nackte Haut ihres Oberschenkels. Sie war kalt. Ihre Haut fühlte sich an wie Lehm. Er stand auf, stieg über sie und schob die Hände unter ihren Bauch. Mann, war die schwer. Es war, als hätte jemand ihren winzigen Körper mit Zement gefüllt. Wegen seiner schmerzenden Hand musste er fast das ganze Gewicht allein mit der linken halten. Schwer atmend rollte er sie, mit der rechten Hand als Führung, auf den Rücken.

Ihre Stirn schlug hart auf den Boden auf. Um die linke Schläfe und unter der Augenbraue setzte schon die Schwellung ein. Ein Schutzdach über ihrem geschlossenen Auge. In ihrem linken Nasenloch war Blut geronnen, und die Spitze ihrer Zunge lugte durch die fahlblauen Lippen.

Sie zu erwürgen war der einfache Teil gewesen.

Er zerrte die Bluse aus ihrem Rock und fing an, sie aufzuknöpfen. Seine Fingerspitzen kribbelten, als wäre seine Hand bis zum Gelenk in Schnee begraben gewesen und würde nun warm. Er riss an ihrer Bluse. Knöpfe hüpften über den Teppich und drehten sich auf den Bodendielen. Kastanienbrauner Flaum bedeckte ihren blassen Bauch. Mit prickelnden Fingerspitzen strich er über die feinen Härchen, dann griff er in die Tasche und holte sein Messer heraus.

Er machte einen winzigen Einstich über ihrem Nabel und blendete den Schmerz in seinen Fingern aus, als er die Klinge in ihre Haut bohrte. Noch ein Schnitt. Ein Tropfen Blut. Nicht mehr als ein Kratzer. Noch einer. Nicht tief. Eine dünne, dunkle Wellenlinie.

Seine Hand zitterte unkontrollierbar. Das Messer fiel ihm herunter. Über den Bauch gebeugt, presste er die Lippen auf den ersten der drei Schnitte. Seine Tränen tropften auf ihren Bauch. Es war wahnsinnig wichtig, dass er beendete, was er angefangen hatte. Er starrte auf seine Hände und musterte seine langen, feingliedrigen Pianistenfinger. Er schaffte es nicht. Diese nichtsnutzigen Hände, die sie erwürgt hatten, waren nicht bereit, ihren Körper zu verstümmeln.

Er zog ihr die Bluse über den Bauch. Damit sollte die Polizei anfangen, was sie wollte. *Sie ist tot. Carol ist tot.*

Hörst du? Die Stimme schrie ihn an: *Deine Frau ist tot. Was hast du gemacht?* Als er sie anschaute, glaubte er zu sehen, wie sich unter der lockeren Bluse ihr Bauch hob. Es passierte schon wieder. Ihn packte Angst. Der Geruch von Hilda Pearces Parfüm brachte ihn zum Würgen. Blutegel klebten an den Innenseiten seiner Lungen. Er rannte zur Tür. Er musste hier raus. Sofort.

Er schaffte es nicht ganz.

10:53 Uhr

Cooper war also keine große Hilfe. Wenn er etwas wusste, gab er es jedenfalls nicht zu. Trotzdem machte Pearce sich keine allzu großen Gedanken. Noch nicht. Man brachte nicht zehn Jahre in Barlinnie zu, ohne ein paar nützliche Kontakte zu knüpfen. Wenn er bei Pete Thompson vorbeigeschaut hatte, würde er sich mit J-Laing oder Big Dunc McNeil in Verbindung setzen. Wenn es etwas gab, was diese beiden über die Unterwelt von Edinburgh nicht wussten, dann war es höchstwahrscheinlich noch nicht passiert.

Der Wicht wirkte hinter dem Empfangstresen des Massagestudios genauso fehl am Platz wie beim ersten Mal. Der kleine Mann schenkte Pearce sein schönstes Grinsen und sagte: »Sie schon wieder.«

Pearce ging einfach an ihm vorbei.

»He!« Der Wicht krabbelte von seinem Platz. »He! Wo wollen Sie hin?« Plumpe Hände griffen nach dem Telefon.

Pearce marschierte durch den Flur und öffnete die Tür zu Thompsons Büro.

»Halt!« Der Wicht rannte ihm nach und packte ihn am Arm. Pearce fuhr mit geballter Faust herum. Der Kleine ließ seinen Arm los und wich einen Schritt zurück. »He«, sagte er. In seiner Wange zuckte ein Muskel.

Hinter Thompsons Schreibtisch saß Tony, der denselben Anzug trug wie am Vortag. Er hatte die Füße gekreuzt, und der Absatz eines polierten Schuhs rieb über die Tischplatte, als er leicht das Bein beugte. Ein Stapel Papiere lag neben dem Telefon. Er sprach in den Hörer. »Ja, muss ich.« Er hob die linke Hand und winkte Pearce zu sich. »Wir reden später weiter«, sagte er und legte den Hörer auf die Gabel.

Pearce trat an den Schreibtisch, den Wicht im Schlepptau, der sich bei Tony beschwerte: »Er ist glatt an mir vorbeigetrampelt. Ich hab ihm gesagt, er soll stehen bleiben.«

Pearce warf einen Blick auf die Reihe Monitore. Ihre leeren Bildschirme ließen vermuten, dass jemand vergessen hatte, sie einzuschalten. Oder dass jemand beschlossen hatte, sie auszuschalten. Er fragte sich, ob die Girls wussten, dass sie nicht länger überwacht wurden. Sexuelle Dienstleistungen gegen Bezahlung anzubieten, musste schon schwer genug sein, auch wenn man nicht wusste, dass man dabei auch noch beobachtet wurde. Andererseits beruhigte es ja manche vielleicht auch, dass jede ihrer Bewegungen überwacht wurde. Womöglich hätte es sie verunsichert, wenn sie wüssten, dass niemand ein Auge auf sie hatte. Oder vielleicht war ja auch ihr Leben derart trostlos, dass es ihnen so oder so scheißegal war.

In einem der hellgrünen Bildschirme sah Pearce Tony gespiegelt, der die Arme vor der Brust gekreuzt hatte.

»Schon gut«, sagte Tony zum Wicht. Tonys Jackett sah aus, als sei es ein paar Nummern zu klein für ihn. Es hätte ihm tadellos gepasst, wenn er vierzehn gewesen wäre.

»Er hat gar nicht zugehört.« Der kleine Mann nickte wie ein Aufziehspielzeug. »Ich hab ihm gesagt, er soll stehen bleiben.«

»Ist schon gut.«

»Nichts ist gut. Denk dran, was er mit Mr. Thompson gemacht hat.« Der Wicht schaute Pearce an und stocherte mit dem Finger in die Luft. »Sie …« Seine blutleeren Lippen bildeten ein spitzes O.

Pearce starrte zurück und sagte: »Verpiss dich.«

Die Hände des kleinen Mannes fielen herunter. Er atmete hastig, und sein Kopf hüpfte auf und ab. Er schaute Tony an. Tony lehnte sich in Pete Thompsons Sessel zurück und schaute mit starrem Blick den Wicht an. Der Wicht schaute zu Pearce. Pearce schaute zu Tony und grinste. Tony grinste zurück. Der Wicht machte kehrt, marschierte zur Tür hinaus und knallte sie hinter sich zu.

»Morgen«, sagte Pearce.

Tony schwang die Füße vom Schreibtisch. »Nimm dir 'n Stuhl.« Er rieb sich die Hände.

Pearce setzte sich schweigend.

Tony klatschte einmal in die Hände, hielt sie zusammen und löste sie dann wieder. Kurz darauf ballte er die Rechte zur Faust und rieb die Knöchel in der Handfläche der Linken. »Was kann ich für dich tun?«

»Wo ist dein Boss?«

»Hab in der Zeitung von deiner Mutter gelesen«, sagte Tony. Er hob den Kopf. »Mein Beileid.«

»Danke«, sagte Pearce. »Wo ist er?«

Tony erhob sich langsam. »Mr. Thompson hat sich entschlossen zu kündigen.«

»Aus dem Geschäft auszusteigen?«

»Korrekt.« Tony nahm einen Kugelschreiber vom Tisch und zog die Kappe ab.

»Kannst du das vielleicht noch etwas präzisieren?«

Tony zuckte die Achseln.

»Es kommt mir nämlich nicht sehr wahrscheinlich vor.«

»Nein?«, fragte Tony. Er steckte die Kappe wieder auf den Stift und ließ ihn auf den Tisch fallen.

»Nein.«

Tony zog die Schultern ein bisschen ein und atmete aus. »Man sollte vielleicht fairerweise sagen, dass er ein bisschen dazu überredet werden musste.«

»Von dir?«

»Ich hab ihm sozusagen einen Schubs in die richtige Richtung gegeben. Gestern Abend. Hab ihm geholfen, die Lage klar zu sehen.« Tony angelte mit dem Fuß den Sessel unter dem Schreibtisch hervor und setzte sich wieder. »Vielleicht hattest du aber auch schon genug Vorarbeit geleistet. Ich weiß nicht. Ich wollte trotzdem auf Nummer sicher gehen.«

»Und jetzt bist du sicher?«

»Ja.« Tony musterte seine Fingerknöchel, dann schaute er wieder zu Pearce. »Mr. Thompson hat Edinburgh satt. Er hat den dringenden Wunsch zu verreisen. Heute Abend helfe ich ihm packen.«

»Wo fährt er denn hin?«

Tony griff wieder nach dem Kugelschreiber und nahm ein Blatt Papier von dem Stapel neben dem Telefon. »Er hatte sich noch nicht entschieden, als er ging. Aber er weiß, was Sache ist.«

Pearce zog die Augenbrauen hoch.

»Er kann gehen, wohin er will.« Tony fing an, Männchen zu malen. »Solange es sich außerhalb eines Dreißig-Meilen-Radius um Edinburgh befindet.«

»Und was wird aus seiner Wohnung?«

»Kein Problem. Die vermietet er.«

»Und sein Job?«

»Er hat aus gesundheitlichen Gründen gekündigt.« Tony zupfte am Zipfel seines Jacketts. »Du sprichst mit dem kommissarischen Geschäftsführer.« Er zupfte an seinem Ärmel. »Bis auf Weiteres.«

»Gratuliere.«

»Es ist nur so«, sagte Tony, wobei er eine Faust machte und hineinhustete. »Ich spreche das nur ungern an. Aber sieh mal, es ist so, dass er kein Geld hat, und da musste ich ihm was leihen.«

»Wie das?«

»Du hast's ihm geklaut.«

»Willst du damit sagen, dass ein Mann wie Thompson nicht noch irgendwo Reserven hat?«

»Ich hab's ihm auch nicht geglaubt. Aber er hat's steif und fest behauptet. Um noch 'nen letzten Rest Stolz zu retten, schätze ich. Ich hab ihm hundert gegeben, nur damit er die Fliege macht.«

»Nett von dir«, sagte Pearce. »Dann machen wir halbe-halbe, wenn fünfzig okay für dich sind.«

»Ist mir recht.«

Pearce griff in seine Gesäßtasche.

Tony wechselte das Thema. »Wie geht's Ailsa?«

»Gut.«

»Und Becky?«

»Schon besser.« Mit einem Mal fühlte Pearce sich unbehaglich.

»Nett, die Kleine.«

»Bin ihr noch nicht begegnet. Sie ist in Glasgow. Bei ihrer Tante.«

»Ach, stimmt ja. Na ja.« Tony spreizte die Finger.

Als Pearce das Geld aus der Jeans zog, fiel ihm etwas aus der Tasche. Er versuchte es im Fallen zu fangen. Und griff daneben. Er bückte sich und hob die Visitenkarte auf, die der Mann mit der verbundenen Nase ihm gestern vor dem Postamt gegeben hatte. Die Karte war mit der Vorderseite nach unten gelandet. Auf der Rückseite stand in blauer Tinte etwas geschrieben, was Pearces Puls zum Rasen brachte. Ihm wurde schwindlig, und einen Augenblick lang dachte er, er würde umkippen. Er lehnte sich Halt suchend am Schreibtisch an. Bedeutete das da wirklich, was er dachte, dass es bedeutete? Er riss sich zusammen und las noch einmal. Es konnte nichts anderes heißen. Es konnte sich nur auf den Mörder seiner Mutter beziehen. Der Mann mit der verbundenen Nase hatte geschrieben: *ICH KENNE SEINEN NAMEN.*

10:55 Uhr

Durch Schwärze klettern. Zurückrutschen. Rutschen ... Wo bin ich? Okay. Denk nach. Um Himmels willen. Schmerzen in der Hüfte. Du liegst irgendwo. Harte Fläche. Fußboden. Lichter weit weg. Flackern. Kommen näher. Stoßen. Zu schwer. Zu dunkel. Rutschen ...

Es sticht. Helle Lichter durchbohren mich. Bohren sich in mein Gehirn. Alles verschwimmt. Rutschen …

Musik im Dunkeln. Arme schwer. Beine schwer. Stimmen. Gefahr. Still. Bleib ganz still. Schädel von Schmerz durchzogen. Muss schreien. Darf nicht. Rhythmus. Rhythmisierter Schmerz. Im Takt atmen. Nicht bewegen. Sie dürfen nicht wissen, dass ich wach bin. Auf das Singen hören. Auf die Stimme hören, die sagt, »Hilfe, Robin«.

Augenlider. Kamerablenden. Öffnen. Schnappschuss. Hell, hell, hell. Schließen. Nicht bewegen. NEIN. Atmen. Noch mal. Öffnen. Klick. Schließen. Kein Eddie. Robin ist nicht Eddie. Eddie ist nicht Robin. Robin ist … Ja. Eine Schlinge. Um Carol Wrens Hals. Carol, die Frau. Eddie, der Liebhaber. Knüpf die Verbindung. Ich hab's. Kenne ihre Geheimnisse. Danke, Robin.

Er blinzelte erneut. Sein Kopf fühlte sich an, als hätte er ihn gegen eine Backsteinwand geknallt, sei einen Schritt zurückgegangen und hätte die Wand noch mal gerammt. Er klappte die Lider zu. War das zu glauben, was er da gerade sah?

Noch mehr Worte. Etwas über Eddie. Jammern. Dann sagte Robin deutlich: »Bitte, sei still.« Don öffnete die Augen einen Spalt. Robin würgte sie. Etwas knackte. Diele, Kniescheibe, Schädel? Don wusste es nicht. Dann ein Keuchen. Nach einer Weile entfernten sich Schritte. Die Musik verstummte. Dons Hoden zogen sich zusammen. Vielleicht würde Robin jetzt versuchen, ihn zu erdrosseln.

»Was habe ich getan?«, fragte Robin.

Don hätte ihm gern geantwortet. Gedämpfte Schritte glitten über den Boden. Zurück zu Don. Robin streichelte Carol Wrens Bein. Er entschuldigte sich. Aber wofür? Was hatte er vor?

Etwas so Unkompliziertes wie Mord anscheinend nicht.

Robin blieb über Carol stehen und drehte sie um, wobei er unter dem Gewicht stöhnte. Er zerfetzte ihr die Bluse. Nahm ein Jagdmesser aus der Lederscheide und fing an, ihr in den Bauch zu schneiden. *So doch nicht.* Damit brachte er höchstens Kratzer zustande. Die Klinge musste eindringen. Sie musste so tief hineingestoßen werden, dass man zwei Hände brauchte, um die Linien der vier Buchstaben zu schneiden. Don hätte es ihm gerne gesagt. Nein, gezeigt. Spring auf und …

Don schwirrte der Kopf. Trittbrettfahrer. Sein Arm zuckte. Das war aufregend.

Robin versaute alles, als er flennend über Carol Wren zusammenbrach.

Schwache Leistung, Robin. Eddie hätte es gemacht. Eddie hätte es gut gemacht. Man konnte es in seinen Augen sehen, als er mir die Knarre übergezogen hat. Verlangen. Lust. Der hat das Zeug dazu.

Don schloss die Augen, als Robin herumfuhr. Entspannt spürte er, wie Robin ihm das Messer in die Hand drückte. Immer noch entspannt spürte er, wie Robin seine Finger um den Griff legte und seine Hand freundlich tätschelte. Jetzt, wo er das Messer fest im Griff hatte, erwog Don, dem erbärmlichen Wicht die Fresse aufzuschlitzen, aber Robin war schon abgehauen.

Donner dröhnte in Dons Ohren. Eine Woge der Übelkeit senkte sich über ihn, und er ging zu Boden. Hämmer trommelten auf seinen Schädel ein. Ein Schraubstock zerquetschte ihm das Gehirn. *Scheiße.*

Nach einer Weile stemmte er sich auf Hände und Knie und kroch zu Carol hinüber, ohne auf die Schmerzen zu achten, die ihm wie Stromschläge durch den ganzen Leib fuhren. Er zog ihre Bluse zurück und legte drei oberflächliche Schnitte frei. Krakelige rote Linien, die auf ihre Schamhaare zuliefen. Weit war Robin noch nicht gekommen mit seinen Buchstaben. Das L war fertig, wenn auch kaum sichtbar und viel zu klein. Vom O hatte er einen Halbkreis geschnitzt. Das O musste allerdings ein Viereck sein. Es war viel zu kompliziert, ein sauberes Oval mit der nötigen Tiefe hinzukriegen. Gerade Linien dagegen waren viel einfacher. Vor allem, wenn …

Carol Wren hustete.

Zuerst dachte er, er hätte es sich eingebildet, aber als er hinschaute, hüpfte ihre Brust, und sie hustete noch mal. Ihr ganzer Körper wurde steif. Sie keuchte beim Atemholen. Dons Kopf wurde wieder klar. Er kroch hinter sie und packte beide Enden des Seils, das noch um ihren Hals geschlungen war. Ihre Augen klappten auf, und sie schaute ihn gleichzeitig verwirrt und entsetzt an. Ihre Pupillen schossen hin und her. Sie öffnete den Mund zu einem Schrei. Er zog mit aller Kraft. Schnitt ihren Schrei ab. Sie trommelte mit den Absätzen auf den Boden. Ein Schuh flog davon. Ihre Augen flehten ihn an, aufzuhören.

Er hörte erst auf, als die Schlinge so tief in ihren Hals einschnitt, dass der weiße Stoff stellenweise kaum noch zu sehen war.

Carol Wrens Augen waren aus den Höhlen getreten. Blutunterlaufen. Sie flehten ihn nicht mehr an, aufzuhören.

Don hob ihren Kopf aus seinem Schoß. Er zog die Beine unter ihr hervor und ließ den Kopf sachte zu Boden sinken. Er stand auf, schlüpfte aus seinem Mantel und zog Schuhe und Socken aus. Jetzt war sie tot. Es würde wahrscheinlich nicht viel Blut geben, aber Vorsicht konnte nie schaden. Er wollte nicht am Ende noch überall mit Blut auf den Klamotten nach Hause gehen müssen. Auf den Holzdielen wurde ihm kalt an den Füßen, und er ging wieder auf den Teppich und zog sich den Pullover über den Kopf. Er zog Hemd und Hose aus. Beinahe frei. Hier war niemand, der seine Narben sehen konnte. Er hakte die Daumen in den Bund seiner Unterhose. Hielt inne. Lachhaft zu denken, dass er sich nackt ausziehen könnte. Er hakte die Daumen wieder aus. Lachhaft. Es spielte keine Rolle, dass sie tot war. Sie war *hier.*

Er stemmte ihre Beine auseinander, kniete zwischen ihnen nieder und öffnete ihre Bluse.

Wenigstens *das* konnte er tun. Er setzte das Messer über dem ersten Schnitt von Robin an. Die Klinge senkte sich in ihren Bauch, als er mit beiden Händen auf den Griff drückte. Er zog das Messer etwa sieben Zentimeter auf sich zu. Als er die Klinge herauszog, schloss sich die Haut sofort um den Schnitt. Er steckte das Messer noch einmal hinein und wackelte mit der Klinge hin und her, während er sie der Länge nach durch den Einschnitt zog. Als er sie diesmal herauszog, klafften die sauberen Ränder der Wunde etwa einen Millimeter weit. Zufrieden begann er mit der Grundlinie des L. Vor Konzentration blieb ihm der Mund halb offen stehen.

10:55 Uhr

Pearce wählte im Gehen die Nummer auf der Visitenkarte.

»Eye Witness Investigations.« Die Stimme kam ihm bekannt vor. »Was kann ich für Sie tun?«

Pearce stellte sich in die Schlange an der Bushaltestelle. »Wer ist da?«

»Eye Witness Investigations. Das sagte ich bereits.«

»Sind Sie der Typ mit der zermanschten Nase?«

Es trat eine kurze Pause ein, bevor der Mann antwortete: »Mit wem spreche ich?«

»Die Karte«, sagte Pearce. »Sie haben was auf die Karte geschrieben.« Unwillkürlich drehte er sie um. »Sie haben behauptet, seinen Namen zu wissen.«

»Aha.«

»Wer ist da?«

»Ah. Nun ja.«

»Sagen Sie's mir jetzt?«

»Nun ja, vielleicht nicht gerade am Telefon.«

Pearce schaute nach dem halben Dutzend Figuren, die sich in dem Wartehäuschen herumdrückten. Niemand zeigte Interesse an seinem Gespräch, und ohnehin verhinderte der Dauerlärm von der nahen Verkehrskreuzung, dass er belauscht wurde. Trotzdem hatte der Detektiv vermutlich recht. Man wusste nie, von wem man eventuell abgehört wurde.

»Ich komme zu Ihnen ins Büro«, sagte Pearce. Er drehte die Karte um und las die Adresse. Nicht weit. Vielleicht eine halbe Stunde zu Fuß. »Ich müsste in zehn, fünfzehn Minuten bei Ihnen sein.« Er legte auf, ohne eine Antwort abzuwarten. Wenn der Termin nicht passte, schade. Er würde ihn passend machen, wenn er dort war.

Als er die Straße in Richtung Meadowbank hinunterschaute, war keine Spur von einem Bus zu sehen. Wenn er zu lange warten musste, würde er ein Taxi nehmen. Allerdings war auch weit und breit kein Taxi in Sicht. Notfalls konnte er immer noch ein Auto klauen. Oder ein Fahrrad. Er musste aber aufpassen, damit er nicht wieder erwischt wurde und wieder ins Gefängnis einfuhr. Mann, was dachte er da? So ein Risiko durfte er nicht eingehen. Er war müde und durcheinander. In Gedanken war er immer noch bei seiner Mum, spürte, wie sie in seinen Armen lag, sah das Blut aus ihrem Körper blubbern, ihr bleiches Gesicht, die trockenen Lippen, der flache Atem.

Pearce glaubte nicht an Gott. Er glaubte nicht ans ewige Leben. Er glaubte nicht an unsterbliche Seelen. Sie war tot, wie Muriel. Was immer das hieß. Er hatte keine Ahnung. Der Tod stieß anderen zu. Da er es sich nicht leisten konnte, darüber nachzugrübeln, legte er den Schalter in seinem Kopf um und würgte seine Gedanken ab. Er schloss die Augen und sah seine Mutter in der Notaufnahme, einen Blick in ihrem Gesicht, wie er noch nie einen gesehen hatte und nie wieder sehen wollte, nicht einmal im eigenen Kopf. Er öffnete die Augen. So viel hatte er drinnen gelernt, um zu wissen, dass Ungeduld zu Fehlern und Reue führte. Die impulsiven Verbrecher waren die, die am leichtesten gefasst wurden, und er wollte wirklich nicht gefasst werden, denn wenn er gefasst wurde, würde es niemanden mehr geben, der den Tod seiner Mum rächte, und wo bliebe er dann? Ein Auto klauen? Scheißidee.

Noch ein blitzartiges Bild von ihr in der Notaufnahme. Ihm war eisig bis in die Knochen. *Tu was.*

Ein rascher Blick auf den Busfahrplan sagte ihm, dass die Linie 5 in vier Minuten ankommen musste. So lange konnte er warten. *Plane. Denk weiter.*

Die Visitenkarte. Die Tatsache, dass sie einem Privatdetektiv gehörte, verlieh der Behauptung eine gewisse Glaubwürdigkeit. Man sollte denken, dass ein Privatdetektiv Sachen wusste, die andere Leute, die Polizei eingeschlossen, vielleicht nicht wussten. Oder? Okay, man würde nicht unbedingt davon ausgehen, aber doch zugeben, dass es so sein konnte. Scheiße. Er wollte einen Namen von dem Detektiv haben. Er wollte, dass der Name der Name des Mörders seiner Mutter war. Er wünschte es sich ganz fest. Aber wie hatte der Detektiv auf diese Information stoßen können? Und wenn, woher kam sie? Wie zuverlässig war die Quelle? Wie wollte der Detektiv Pearce davon überzeugen, dass der Name, den er ihm nannte, auch der richtige war?

Nun, dachte Pearce, als er in den Bus stieg, er würde es bald wissen.

Er setzte sich oben hin und schaute links hinaus auf die keilförmige Steigung, die sich entlang der Royal Terrace hinzog. Ein paar herumstehende Holzbänke, von denen eine umgestürzt worden war, halfen ihr, einen Park zu imitieren. Ein hochgewachsener Mann im Anzug, dessen Hose in grünen Gummistiefeln steckte, tanzte um ein paar matschige Stellen herum, obwohl seine Stiefel schon dreckig waren. Vor ihm blieb mit angelegten Ohren und aufgerichtetem Schwanz kurz ein Collie stehen, bevor er zwischen den Bäumen verschwand.

Als der Bus auf den Leith Walk einbog, klingelte Pearces Telefon. Er nahm ab, weil er dachte, es könnte möglicherweise der Detektiv sein. Er war es nicht.

»Wieso haben Sie's mir nicht gesagt?«, fragte Ailsa.

»Was gesagt?« Da sie nicht antwortete, wiederholte er die Frage.

»Das wissen Sie genau«, sagte sie.

»Was weiß ich? Wovon reden Sie eigentlich?«

»Mann.« Sie hielt inne. »Dass Sie im Gefängnis waren. Wieso haben Sie mir das nicht erzählt?«

»Das ist nichts, was ich einfach so in der Gegend herumposaune«, sagte er. Es klingelte, und das Haltezeichen vorne im Bus leuchtete auf. Ein großer, glatzköpfiger Mann in einem schäbigen braunen Anzug kam auf die Stufen zugeschlurft. Die Arme lagen fest an seinen Seiten an, als würde er in einem engen Verband stecken.

»Denken Sie, ich wollte es lieber in der Zeitung lesen?«

»Was haben sie geschrieben?«

»Dass Sie frisch aus dem Gefängnis kommen.«

»Das ist alles?«

»Nach zehn Jahren.«

»Schreiben sie, warum?«

»Keinen Pieps. Gab mir zu denken. Was haben Sie gemacht, Pearce?«

»Dazu ist jetzt nicht der richtige Moment.«

»Soll ich raten? Mal sehen. Zehn Jahre.« Die Glatze des Hochgewachsenen verschwand durch die Tür. »Das ist 'ne lange Zeit. Es war also was Ernstes. So wie ich Sie kenne, würde ich nicht auf Unterschlagung tippen, eher auf bewaffneten Raubüberfall oder auf Mord.« Sie wartete. Als er nichts erwiderte, hakte sie nach: »Und?«

»So einfach ist das nicht.«

»Das glaub ich Ihnen aufs Wort.«

»Hören Sie auf, Ailsa. Machen Sie hier nicht einen auf sarkastisch.«

»Seien Sie nicht so … ach, Mann.« Sie legte auf.

Einen Augenblick lang saß er da und rieb das Kinn an den Fingerknöcheln. Er merkte, dass der Bus vor einem Geschäft gehalten hatte, das Hochzeitskleider verkaufte. Eine fette Frau keuchte die Treppe hoch. Ihr spitz zulaufender Kopf ragte aus einem pinkfarbenen Mantel, und dicke Brillengläser vergrößerten ihre haselnussbraunen Augen. Als der Bus ruckend wieder anfuhr, stolperte sie nach vorn, wobei der Saum ihrer roten Hose die Spitzen ihrer grellorangen Turnschuhe streifte, und torkelte auf einen leeren Platz. Eine blassgelbe Handtasche an den Bauch gedrückt, drehte sie sich um und starrte Pearce an. Er erwiderte ihren Blick, bis sie brummelnd wegschaute.

Er wählte Ailsas Nummer. Sie antwortete nicht. Er versuchte es erneut. Wieder keine Antwort. Er hinterließ eine kurze Nachricht, dass er es später noch einmal versuchen werde.

Der Bus fuhr gerade über die South Bridge, als sein Handy wieder klingelte.

»Ich bin sauer«, sagte sie. »Stinksauer. Ich kann nicht …«

»Ich hab einen umgebracht«, sagte Pearce.

Ihre Stimme veränderte sich. »Was? Wie? Wen? Ich meine, wieso?«

»Kann das nicht warten? Ich erkläre es Ihnen, wenn ich bei Ihnen bin.«

Sie schwieg einen Moment. Schließlich sagte sie: »Ich

weiß nicht. Dadurch ändert sich irgendwie alles ein bisschen.« Sie pustete in den Hörer. »Ich habe mich sicher gefühlt bei Ihnen, bis ich das gehört habe. Jetzt weiß ich nicht mehr. War es ein Unfall?«

»Man kriegt keine zehn Jahre für 'nen Unfall.«

»Dachte ich mir.« Ihr Atem kam rasselnd durchs Telefon. »Er muss Ihnen was Fürchterliches angetan haben, dass Sie ihn umgebracht haben.«

Pearce sagte nichts.

»Oder?«

»Er war für den Tod meiner Schwester verantwortlich.« Die geschmacklos gekleidete Frau drehte sich wieder zu ihm um. »Ich bin im Bus«, sagte er ins Handy. »Ich kann jetzt nicht reden. Ich erzähl's Ihnen später, okay?«

Die Stille, die folgte, schien ewig zu dauern. Schließlich sagte Ailsa: »Nur noch eins. Sind Sie gefährlich?«

Er dachte einen Moment lang über die Frage nach und sagte: »Ich würd's gern glauben.«

»Ich meine, muss ich Angst vor Ihnen haben?«

»Entweder Sie haben Angst oder nicht.«

»Ich hab keine. Aber vielleicht sollte ich ja.«

»Das müssen Sie selber entscheiden.« Jetzt legte er auf.

Die Matrone blies die Backen auf. Sie sah aus wie ein überdimensioniertes Baby. Ihre Backen fielen zusammen, als sie sagte: »Sie holen sich noch 'ne Erkältung. Sie sollten 'ne Jacke anziehen.« Sie drehte sich um und schaute aus dem Fenster.

Der Bus kreuzte die High Street und rollte über die mit Geschäften gesäumte South Bridge. Als er sich der Nicolson Street näherte, tauchte rechts einer der vielen Neubauten auf, die während Pearces Haft entstanden waren. Vor Jahren hatte seine Mum ihm eine Postkarte von dem neuen Theater geschickt. Solange er im Gefängnis war, bemühte sie sich, ihn über die Welt draußen (was für sie Edinburgh bedeutete) auf dem Laufenden zu halten. Die auffällig verkleidete Fassade des Festival Theatre war schwer zu vergessen. Sie sah irgendwie unwirklich aus, zerbrechlich. Hinter den Scheiben im Café im Erdgeschoss saßen kleine Gruppen um Tische. Sie aßen, tranken, plauderten und lachten. Sorglos, unbekümmert, zufrieden. Sie kannten nicht den Schmerz über den Verlust einer Schwester, den Verlust einer Mutter, darüber, beiden gegenüber versagt zu haben. Am liebsten wäre Pearce vom Bus gesprungen und hätte durch das Glas Backsteine auf die grinsenden Wichser geschmissen, ihr behagliches Leben mit etwas Schrecken versetzt, die hauchdünne Membran zwischen Freude und Schmerz zerfetzt.

Er knirschte mit den Zähnen und ballte die Fäuste. Als er die Augen schloss, blitzten orangefarbene Streifen hinter seinen Lidern auf. Vielleicht hatte Ailsa ja recht. Vielleicht musste sie Angst vor ihm haben. Frauen, die ihm nahestanden, schienen die Angewohnheit zu haben, zu sterben.

Seine Augen öffneten sich und gewöhnten sich an das harte Winterlicht. Die fette Frau war weg, und zwei halbwüchsige Schuljungen hatten ihren Platz eingenommen. Sie unterhielten sich lautstark über eine Klassenkameradin namens Suzie, die offenbar ordentlich Holz vor der Hütte hatte und alles andere als schlecht aussah. Pearce erfuhr, dass Suzie mal gründlich vermint werden musste, ein Ausdruck, den er zwar noch nie gehört hatte, dessen Bedeutung jedoch nicht misszuverstehen war. Der etwas kleinere der beiden Jungen fragte sich, ob sie sich nicht vielleicht AIDS oder so was einfangen konnten, stimmte aber zu, als sein Kumpel meinte, das sei die Sache wert.

Pearce stand auf und stakste die Stufen hinab. Vor der Doppeltür standen eine Mutter mit Tochter, und die Tochter knallte die Absätze ihrer roten Stiefel gegen die Stufe. Mit verschränkten Armen wartete Pearce hinter ihnen. Als der Bus langsamer wurde, schwankte er nach rechts und musste einen Schritt nach vorn machen. Er griff nach der Haltestange über dem Kopf des kleinen Mädchens. Sie schaute über ihre Schulter und grinste ihn an. Sie hüpfte auf der Stelle und klatschte in die behandschuhten Hände. Über das Quietschen der Bremsen hinweg hörte er sie sagen: »Wir gehen zu Daddy.«

Ihre Mutter warf Pearce einen Blick zu. Als sie den Kopf drehte, bemerkte er, wie dünn ihr Haar war. Tiefe Runzeln zerfurchten ihre Stirn. Als sie lächelte, wichen ihre Lippen zurück, und ihre dunkelblauen Augen funkelten. »Ich hoffe nur, er erinnert sich noch, mein Schatz«, sagte sie.

Die Tür ging auf, und Mutter folgte Tochter aus dem Bus. Pearce trat zu ihnen auf den Gehsteig und sah sie Hand in Hand davongehen. Das Mädchen hüpfte über den Gehsteig und zog ihre Mutter mit sich. Sie bogen um die Ecke und waren verschwunden.

Die rosa Tür erinnerte ihn an seinen gestrigen Besuch bei Cant. Der alte Schulkamerad seiner Mutter hatte wie der Privatdetektiv eine rosafarbene Tür. Pearce wurde mit einem Mal traurig, ohne es sich erklären zu können. Hinter seinen Augen stieg der Druck an, und für einen Moment dachte er, er könnte gleich in Tränen ausbrechen. Er legte den Schalter in seinem Gehirn um.

Es dauerte eine Weile, aber nach und nach verlor sich das traurige Gefühl.

Er klingelte, und sofort klickte der Türöffner.

Das Büro war oben. Ein Messingschild auf einer weißen Tür trug die Aufschrift *Eye Witness Investigations.* Er klopfte ein Mal an, drehte den Knauf und trat ein. Die Hälfte der Fläche wurde von einem Aktenschrank und einem Schreibtisch eingenommen. Der Mann, dem er gestern begegnet war, saß hinter dem Tisch. Seine Nase war nach wie vor bandagiert. Dunkelblaue Blutergüsse umrahmten seine Augen. Ein weit jüngerer Mann saß auf einer schmalen Fensterbank auf seinen Händen.

Der Mann mit dem Verband stand auf und streckte die Hand aus. »Gray«, sagte er lächelnd.

»Sie wissen, wer ich bin.« Pearce ging auf ihn zu und ergriff die Hand. »Ich hoffe, Ihre Informationen taugen etwas.«

Gray zog die Hand zurück, und sein Lächeln erstarb.

Der andere Mann löste sich von dem Fenster und stellte sich vor. »Kennedy.«

»Wer von euch Schnüfflern sagt mir, wer meine Mutter umgebracht hat?«

»Ganz so einfach ist das nicht«, sagte Gray. »Wieso setzen Sie sich nicht?«

Pearce blieb stehen. »Sie haben gesagt, Sie wüssten's.«

Gray blickte von Pearce zu Kennedy und dann wieder zu Pearce. »Bitte setzen Sie sich.«

»Nennen Sie mir den Namen.«

»Was ist er Ihnen wert?« Ein schwaches Lächeln kroch über Grays Gesicht.

Pearce schaute ihn an. »Sie sollten aufpassen, dass Ihnen nicht irgendwer ordentlich eins auf die Nase gibt.«

Das Lächeln verschwand. »Wir verkaufen Ihnen die Information«, sagte Gray.

»Zu einem fairen Preis«, warf Kennedy ein. Während des Wortwechsels zwischen Pearce und Gray hatte er sich wieder zum Fenster verzogen. Seine Hände steckten wieder unter seinem Hintern.

»Ich bin blank«, sagte Pearce.

»Wir können Ihnen helfen, zu Geld zu kommen«, sagte Gray.

»Ich bin nicht interessiert an Geld«, sagte Pearce. »Was, wenn ich die Information einfach aus euch rausprügle?«

»Dann rufen wir die Polizei, und die steckt Sie wieder in den Bau, ehe Sie Zeit haben, Ihren Schraubenzieher anzuspitzen«, sagte Kennedy.

»Ihr habt eure Hausaufgaben gemacht«, sagte Pearce. »Ich bin beeindruckt. Trotzdem müsste mich die Polizei erst mal schnappen.«

»Wir können ihr sagen, wo Sie hinwollen«, sagte Kennedy.

»Schwierig, wenn ihr bewusstlos seid.«

»Irgendwann würden wir aufwachen.«

»Nicht, wenn ihr tot seid.«

»Sie würden uns nicht umbringen.«

»Da scheinen Sie sich ja ziemlich sicher zu sein.«

»Hören Sie.« Gray lehnte sich in seinen Sessel zurück. »Das ist doch albern.« Er stützte die Ellbogen auf den Schreibtisch und legte die Fingerspitzen aneinander. »Setzen Sie sich.«

Ohne den Blick von ihm zu lösen, zog Pearce einen Stuhl unter dem Schreibtisch hervor und nahm Platz.

»Vielen Dank, Mr. Pearce«, sagte Gray.

»Ist mir 'n Scheißvergnügen, Mr. Gray.« Pearce packte

den Detektiv am Schlips und zog ihn über den Tisch. Eine Ablage fiel dabei zu Boden, und verschiedene Dokumente, handgeschriebene wie ausgedruckte, verteilten sich fächerartig über den grauen Teppich. Aus dem Augenwinkel sah Pearce, dass Kennedy sich anschlich. »Sie … Sie bleiben, wo Sie sind.« Kennedy verharrte am Tischende. »Ich hab keine Zeit für Spielchen.« Pearce zerrte Gray noch näher zu sich heran. Wäre der Verband nicht im Weg gewesen, hätten sich ihre Nasen berührt. Gray zitterte, und sein leichtes Doppelkinn bebte. Er klammerte sich an Pearces Arm.

»Nennen Sie mich nicht albern«, sagte Pearce. »Und jetzt verraten Sie mir seinen Namen, ehe ich mich vergesse.«

»Der Mann, der Ihre Mutter umgebracht hat, ist mit einem Haufen Geld entkommen«, sagte Kennedy.

»Na und?«, sagte Pearce, der nach wie vor Gray anstarrte.

»Er hat es noch«, sagte Kennedy.

»Und?«

»Wir wollen es.«

»Dann holt's euch doch.«

»Betrachten Sie's als Gefälligkeit.«

»Was?«

»Wir geben Ihnen den Namen. Dafür besorgen Sie uns das Geld.«

»Ihr wollt, dass ich das Geld stehle, das er aus dem Postamt gestohlen hat, und es euch gebe?«

»Genau.«

»Wieso sollte ich?«

»Entweder wir geben Ihnen den Namen, oder wir geben ihn der Polizei. Wenn wir ihn der Polizei geben …«

»Dann sind Sie angeschissen«, sagte Gray. Er hustete. »Ich ersticke. Lassen Sie mich los.«

Pearce zog ruckartig die Hand nach unten. Grays Gesicht knallte auf die Tischplatte. Als er sich wieder aufrichtete, waren seine Augen schreckgeweitet, und auf seinem Verband breitete sich ein roter Fleck aus.

Ohne den Schlips loszulassen, sagte Pearce: »Halt die Fresse.«

Kennedy schluckte. »Was meinen Sie?«, fragte er leise.

»Geben Sie mir den Namen«, sagte Pearce.

»Auf gar keinen Fall«, sagte Gray.

Pearce ließ ihn noch einmal auf die Tischplatte knallen.

»Robin Greaves«, sagte Kennedy über Grays Stöhnen hinweg.

Gray riss sich den Verband von der Nase. »Was redest du da, du bescheuerter …«

»Ich hab gesagt, Sie sollen die Fresse halten«, sagte Pearce.

Gray legte schützend die Hände vors Gesicht.

»Das Geld war in einer blauen Sporttasche«, sagte Kennedy. »Sie müssen sie im Postamt gesehen haben. Ich glaube, er hat die Kohle in eine braune, lederne Reisetasche umgepackt.«

»Wie ist seine Adresse?«, sagte Pearce.

Kennedy nannte sie ihm.

Gray stöhnte. »Jetzt haben wir gar nichts mehr, womit wir handeln können«, sagte er.

Pearce schaute ihn an. »Hattet ihr nie.« Er ließ Grays Schlips los und stand auf. »Wie zuverlässig sind diese Informationen?«

»Hundertprozentig. Ich habe ihn am Tag des Überfalls

von seiner Wohnung bis zum Postamt beschattet.« Kennedy stand ebenfalls auf.

»Ich bin nur an Greaves interessiert«, sagte Pearce. »Nicht an dem Geld.«

»Was soll das heißen?«, nuschelte Gray. Er versuchte aufzustehen und fiel in seinen Sessel zurück. »Sie glauben ja gar nicht, wie weh meine Scheißnase tut.«

»Die kann sogar noch mehr wehtun«, sagte Pearce.

11:21 Uhr

Danach war er für ein paar Minuten weg gewesen. Ein kleiner Sieg für Robin, der sich jetzt dahin zurückgezogen hatte, wo Don ihn nicht erreichen konnte. Don stapfte durchs Zimmer und trat auf den Flur. Die Tür links führte in die Küche. Er ging daran vorbei und versuchte es mit der nächsten. *Voilà*. Mit Herzklopfen schlüpfte er ins Bad.

An seinen Fingern waren eingetrocknete Blutreste. Er hielt die Hände unter den Wasserhahn, nahm ein Stück Seife und seifte sie ein. Das Blut schäumte und wirbelte im Becken. Nachdem er die Hände sorgfältig abgespült hatte, untersuchte er sie auf weitere Rückstände. Sie waren sauber.

Ohne auf seine Narben zu achten, überprüfte er seinen fast nackten Körper. Keine Blutspritzer zu sehen. Er betrachtete sich gründlich im Spiegel und staunte, wie bleich seine Lippen geworden waren, ausgelöst von dem Schmerz in seinem Kopf. Aber kein Blut. Das war gut. Ah, allerdings hatte er den ganzen Boden vollgetröpfelt. Er musste sich die Hände abtrocknen. Auf einem Halter hingen zwei Handtücher. Nein, ihr Handtuch zu benutzen wäre ekelhaft, als ob man sich eine Zahnbürste teilte. Plötzlich war sein Mund voll Speichel. Er schluckte. Besser. Er würde nicht ersticken. Er wickelte Toilettenpapier von der Rolle, knüllte es zusammen und trocknete sich damit die Hände. Das nasse Papier warf er in die Kloschüssel und spülte es hinunter. Auf dem Hebel blieb ein deutlicher Daumenabdruck zurück.

Schau sie dir an. Er drehte sich um, als er am Spiegel vorbeikam. *Schau sie dir an*. Aufgequollene Narben. *Schau hin*. Rote Wellen geschwollener Haut schlängelten sich über seine Brust. *Weiter runter*. Purpurrote Schwielen brannten sich in seinen Unterleib. Ein L, ein O, ein V.

Es reicht.

Er ging wieder ins Wohnzimmer. Carol lag auf dem Rücken, sein Wort in den Bauch geritzt und sein Messer in ihrem Nabel versenkt. Er kramte in seiner Manteltasche und holte seine Handschuhe heraus. Ein bisschen zu spät. Seine Fingerabdrücke waren überall. Aber er konnte sie ja abwischen, bevor er ging.

Als er die Schlinge von ihrem Hals wickelte, bemerkte er zum ersten Mal die Manschette, und es dämmerte ihm, dass er sie mit einem Hemdsärmel umgebracht hatte. Wer hätte gedacht, dass man einen Hemdsärmel als tödliche Waffe benutzen konnte? Er rollte den Stoff auseinander und wischte gerade den Messergriff ab, als das Telefon klingelte. Er hielt inne und starrte den Apparat an.

Carol machte eine kurze Ansage auf dem Anrufbeantworter. Dann kam Eddies Stimme. »Nimm ab, Carol. *Bitte*.

Carol. Bist du da? *Nimm den Hörer ab.*« Ein paar Sekunden lang nichts. »Carol, geh an das Scheißtelefon.«

Don verfolgte seinen Weg zurück. Wischte die Türklinke ab. Wischte die Klinke auf der anderen Seite ab. Wischte die Hähne im Bad, die Spültaste, die Türklinken innen und außen ab. Er versuchte sich zu erinnern, was er sonst noch angefasst haben konnte. Zurück im Wohnzimmer, zog er sich wieder an. Als er in die Hose schlüpfte, spürte er, dass etwas fehlte. Er klopfte sich auf die Hosentasche, dann steckte er die Hand hinein. Sein Portemonnaie war weg. Und seine Schlüssel. Der Drecksack hatte sie geklaut. Hatte nur ein paar lose Münzen übrig gelassen.

Nicht schwer zu erraten, von wo aus Eddie angerufen hatte. Er hatte sich verstört angehört, der arme Kerl. Okay, was sollte Don jetzt tun? Dank Eddie konnte er nicht nach Hause. Hierbleiben konnte er nicht. Zur Polizei gehen konnte er nicht. Er brauchte ein Versteck, wo er nachdenken konnte. Sein Kopf tat weh wie ein gesplitterter Zahn. Er zog die Handschuhe aus, um sich das Hemd zuzuknöpfen. Er zog die Schuhe an, dann wieder die Handschuhe. Er musste mit Robin reden. *Okay*. Robin glaubte, er hätte Carol umgebracht. *Okay*. Robin wusste nicht, dass Don wusste, dass er hier gewesen war. Folglich würde Robin annehmen, dass Don, wenn er aufwachte, glauben würde, dass Eddie sie umgebracht und ihn vorgeschoben hatte. Logischerweise würde Don, falls er davonkam, Eddie beschuldigen, ihn reingelegt zu haben. Das heißt, falls er zur Polizei ging. *Ich bin aufgewacht, und da war sie tot. Ehrlich. Ich weiß nicht, wie meine Fingerabdrücke an das Messer kommen.* Er brauchte Geld. Er hatte keine Bank- und auch keine

Kreditkarten mehr. Dafür hatte Eddie gesorgt. Wenn Don überleben wollte, brauchte er Kohle, und soweit er es sich zusammenreimen konnte, hatte Robin einen Haufen davon. Noch ein Grund, um ihn zu suchen. Sie konnten sich gegenseitig helfen.

Der Schock, neben einer anscheinend toten Frau aufzuwachen, die mörderischen Kopfschmerzen durch den Schlag mit der Pistole – all das war mehr als genug, damit ein Durchschnittsgehirn schlappmachte. Das konnte er ausnutzen. Robin würde dafür Verständnis haben. Total begreiflich, dass Don ein bisschen durcheinander war. Wenn Don dann Eddies Rolle in dem Komplott erklärte, würde Robin seine Hilfe nicht mehr verweigern können, ohne zuzugeben, dass er der Mörder war. Er wäre dann sicher, oder wenigstens würde er sich in Sicherheit fühlen. Es gab keinen Grund, Don irgendwie zu verdächtigen. Und das hieße, dass Don Eddies Aktivitäten in aller Ruhe von Robins Wohnung aus überwachen konnte. Und wenn er herausgefunden hatte, wo das Geld versteckt war, konnte er immer noch entscheiden, was er mit diesen beiden bescheuerten Clowns machen wollte.

Mann, war das gut, wieder Herr der Lage zu sein.

Die Türklingel unterbrach seinen Gedankengang. Er erstarrte. Kurz darauf klingelte es erneut: laut. Wieder: drängend. Wieder: hartnäckig. Lautlose Sekunden schleppten sich. Er hörte die Klingel in der Nachbarwohnung, gefolgt von dem entfernten Summer an der Haustür, die sich öffnete. Er hörte Schritte im Treppenhaus. Stimmen.

Die Schritte verstummten vor der Tür. Jemand klopfte an. Er blieb still. Erneutes Klopfen. Er schaute zu Carol hinüber. Bleich, mit roten Schnittwunden. Wunderschön sah sie aus. Wieder zur Tür. War das Eddie da draußen? Konnte er schon wieder hier sein? Nein, dazu hatte er keine Zeit gehabt. *Nicht bewegen. Bleib ruhig. Wer das auch ist, irgendwann wird er kapieren, dass niemand zu Hause ist, und weggehen.*

»Machen Sie auf«, sagte eine Stimme. Pause. Dann: »Polizei.«

Scheiße.

11:26 Uhr

Scheißverkehr. Zu Fuß wäre er besser dran.

Eddie legte den Gang ein und fuhr an. Seine Hand schmerzte immer noch, dort, wo die schöne Irre ihn mit der Zigarette verbrannt hatte. *Bitte, lass sie gesund sein. Bitte.* Sie hatte nicht abgenommen. Er machte sich Sorgen. Sie hatte ihm gesagt, dass Don gefährlich war, und er hatte sie mit ihm allein gelassen. *Verdammter Idiot.* Er stieg aus und versuchte es erneut. *Komm schon.* Keine Antwort. Er warf das Handy auf den Beifahrersitz und bog um die Ecke. Hoffentlich war ihr nichts passiert. Zu allem Übel hatte er nicht mal die Scheißkohle gefunden.

TEIL DREI

11:26 Uhr

»Jemand zu Hause?«

Dons Herzschlag beschleunigte sich.

»Hier ist die Polizei.«

Die Tür zum Wohnzimmer stand sperrangelweit offen. Er starrte durch den Türrahmen zur Tür am Ende des Flurs. Während er noch schaute, drang ein Lichtstrahl durch den waagerechten Briefkastenschlitz und traf ihn genau zwischen die Augen. Sein Kopf schien vor Schmerzen zu explodieren, als er sich blitzartig an die Wand drückte, Sekundenbruchteile bevor eine neue Stimme durch die Öffnung dröhnte. »Hallo.« Don blickte nach Carol. Erneut die Stimme: »Hallo!« Ihre Leiche lag außerhalb des Sichtfelds des Polizisten. Das Klingeln schien nicht enden zu wollen. »Machen Sie auf.« Geräuschvoll fiel die Briefkastenklappe, und wenig später verstummte die Klingel.

Einen Moment lang schaffte es Don, die Kopfschmerzen zu ignorieren, und versuchte sich auszurechnen, wieso die Polizei so rasch gekommen war. Das musste Eddie gewesen sein. Irgendwie musste ihm in der Wohnung etwas aufgefallen sein. Dann hatte er die Polizei angerufen und ihr seinen Verdacht (aber welchen?) gemeldet und dass seine Freundin, die übrigens nicht ans Telefon ging, zuletzt zusammen mit Don gesehen worden war.

Damit saß Don in der Falle.

Was konnte er tun? Okay, er konnte sich stellen und alles gestehen. Aber trotz seiner Kopfschmerzen machte das alles zu viel Spaß. Was also sonst? Er konnte wohl kaum Carols Leiche runter in den Garten werfen. Konnte er aus dem Fenster springen? Nicht, ohne sich zu verletzen. Vielleicht konnte er die Leiche ja verstecken und so tun, als sei er Carols Mitbewohner, und die Polizei hereinbitten. Diese Vorstellung sagte ihm auch nicht recht zu.

Dummerweise war das der beste Plan, den er hatte. Eine Reihe von Faktoren sprach allerdings dagegen. Die Wohnung war nicht dafür geschnitten, Leichen zu verstecken, und selbst wenn er eine passende Stelle finden sollte, wo er sie verstauen konnte, würde sich die Polizei umschauen wollen und Carol unweigerlich im Wäscheschrank oder irgendwo sonst entdecken. *Scheißkopfschmerzen*. Die Polizei würde irgendeine Art Ausweis sehen wollen. Einen Beleg, dass er hier wohnte. Und wenn er auf wundersame Weise bis dahin mit allem durchkam, würde Eddie aufkreuzen und alles versauen.

Also. Er musste bei seinem ursprünglichen Plan bleiben. Zu Robin gehen und sein Geld einsetzen. Don presste die Finger an die Schläfen und massierte sie. Es half nichts. Der Schmerz behinderte ihn. Er musste ihn loswerden.

Auf dem Couchtisch lag Carols Handtasche. Er öffnete den Verschluss und kramte darin herum. Ein Adressbuch, Nagellack, drei Tampons, zwei Päckchen Zigaretten, drei

Haarbürsten, vier Kämme, Pinzette, Lippenstift, noch mehr Nagellack, noch ein Kamm, Augenbrauenstifte, Augenbrauenstifte, Augenbrauenstifte, zwei Knöpfe, Wattebäusche, Pflaster, Nagelschere, Nagelfeile, Haarband, schwarze Garnrolle. Scheiße. Man sollte denken, eine Frau mit ihrem Nervenkostüm besäße den Anstand, ein paar Medikamente in der Handtasche zu haben.

Er schloss die Tasche leise und legte sie wieder auf den Tisch. Auf dem Weg zum Bad trat er auf ein knarrendes Dielenbrett. Er hielt den Atem an, aber draußen schien niemand etwas gemerkt zu haben. Kein Rufen. Kein »Wir wissen, dass Sie da sind«. Wahrscheinlich war es gar nicht so laut gewesen. Wie laut kann ein Dielenbrett wohl schon knarren? Trotzdem ging er den Rest des Weges wie auf glühenden Kohlen.

Im Badezimmerschrank fand er eine Packung Nurofen-Filmtabletten. Gerade noch rechtzeitig. Zwei Daumen versuchten gerade, ihm von innen her die Augen herauszupuhlen. Er schluckte vier Tabletten und steckte die übrigen ein. Vorsichtig pirschte er sich ins Wohnzimmer zurück.

Er brauchte fast eine Minute, um sich an der Wand des Wohnzimmers entlangzudrücken. Für einen Moment hielt er inne, ehe er den Kopf um den Türrahmen steckte. Der Briefkasten am Ende des Flurs war ein geschlossener, dunkler Schlitz in der blauweißen Tür. Er holte tief Luft, setzte einen Fuß über die Schwelle und trat in den Flur. Ein fahlgoldenes Licht drang durch die Milchglasscheibe über der Tür. Als er durch den Flur schlich, hörte er unterdrückte Stimmen. Im Näherkommen hielt er den Atem an. Nun konnte er einzelne Worte unterscheiden. Noch zwei Schritte. Besser. Sie unterhielten sich über eine Fernsehsendung, die einer von beiden am Abend zuvor gesehen hatte. Laut und deutlich jetzt. Er drückte sich in die Ecke und lauschte.

»Der Typ gehört also zur SO10, genau, undercover, und gibt sich als Geldwäscher für die IRA aus. Er scheißt sich fast in die Hosen, denn er hat grade gestern Abend rausgefunden, dass der Typ, der ihn am Flughafen in Belfast abholt, ein mehrfacher Mörder ist, der frisch aus dem Knast raus ist. Der Typ steht also da und wartet auf ihn mit 'nem Schild mit seinem Namen und dem ganzen Scheiß. Großer Typ, rasierter Schädel, Spitzbart. Gefängnistattoos auf den Armen, Handrücken, Hals. Der Undercoverbulle ist ein bisschen unsicher, weißt du. Ist ja klar, der Typ hat schon jede Menge Leute gekillt. Er steigt also hinten ein. Das Auto fährt los. Nach 'ner Weile merkt er, dass der IRA-Typ in die falsche Richtung fährt. Er beugt sich vor und tippt ihm auf die Schulter. Fragt, wohin sie fahren. Der IRA-Typ sagt ihm, es hätte 'ne kleine Änderung im Plan gegeben. Er brauchte sich keine Sorgen zu machen. Trotzdem kriegt der SO10-Typ die Panik. Er denkt, jemand hat gesungen, und das Spiel ist aus. Er wird die Kniescheiben zertrümmert bekommen, mit 'nem Baseballschläger verdroschen und liquidiert werden. Er fragt sich, ob er sich aus dem Auto werfen oder drinbleiben soll. So oder so sieht's aus, als wär er so gut wie tot. Jedenfalls nach 'ner Ewigkeit wird das Auto langsamer und biegt in die Einfahrt von 'nem einsamen Landhaus ein. Das Auto hält an. Der IRA-Typ steigt aus. Macht ihm die Tür auf. Der SO10-Typ steigt aus mit seinem kleinen Aktenkoffer unter dem Arm und betet stumm, dass er sich nicht in die Hosen scheißt. Der IRA-Typ schließt die Tür auf und geht in das Landhaus.

Bittet den SO10-Typen rein. Der kommt ins Wohnzimmer. Das ist ganz mit Wandteppichen und Gemälden und Zeug behangen. Kaum noch ein Zentimeter Platz an der Wand. ›Sie sehen aus wie ’n kultivierter Gentleman‹, sagte der IRA-Typ. ›Ich dachte, ich zeig Ihnen mal meine Arbeiten.‹ Er grinst ganz breit und stolz und sagt: ›Sie hätten nicht zufällig Interesse, eins davon zu kaufen, oder?‹«

Don fuhr sich mit dem Handrücken über die Stirn. Seine Haare waren feucht. In seinem Kopf rotierten die Knöchel einer Babyfaust.

»Er macht es also. Der SO10-Typ kauft ihm ein Gemälde ab. Sie feilschen noch ein bisschen um den Preis und einigen sich auf hundert Pfund. Es stellt sich raus, dass der IRA-Typ während seiner letzten Zeit im Bau in puncto Kunst auf den Geschmack gekommen ist. Dann fährt er den SO10-Typen mit dem Gemälde zum eigentlich Treffen. Und alles läuft total glatt. Nach dem, was er grade erst durchgemacht hat, ist das Treffen ’n Klacks. Der SO10-Typ kommt nicht mal ins Schwitzen.«

Don fragte sich, wie lange er noch hier warten konnte. Letztlich fragte er sich, worauf er eigentlich wartete. Auf das Ende der Geschichte? Die war aus. Der SO10-Typ kam nicht ins Schwitzen. Na toll. Das war’s. Na dann, worauf genau *wartete* er also? Vielleicht sollte er einfach die Tür aufmachen und sich stellen. Die Bullen standen möglicherweise die ganze Nacht hier herum und ergötzten sich an Geschichten über polizeilichen Mut im Angesicht krimineller Gefahr. Die wollten doch alle Scheißhelden sein.

Er musste etwas unternehmen.

Zurück durch den Flur ins Wohnzimmer. Wäre nur

Robin da, damit er das hier zu schätzen wüsste. Was ein Mann für seinen Bruder tut, auch wenn sein Bruder sich weigert, seine Existenz zur Kenntnis zu nehmen.

»LOVE« sagte sie. Sie würde immer »LOVE« sagen. Er lächelte Carols Leiche zu. *Das ist Liebe, Carol, vergiss das bloß nicht.*

Irgendwann früher mal, ein Feuer. Schnellvorlauf. Play. Zehn Jahre alt. Ein Wintermorgen in der Schule. Stromausfall. Dunkelheit, die man fast greifen kann. Miss Holt geht an ihm vorbei. Er streckt die Hand aus und packt einen Arm. Als sie stehen bleibt, um zu sehen, was er will, steckt er ihr die Hand unter den Rock. Sie macht einen Satz. Schreit. Schreit weiter, erinnert ihn an das erbarmungswürdige Heulen seiner armen, kränklichen Mutter. Schnellvorlauf. Play. Dreizehn Jahre alt. Camping. Rasierklingen im Schlafsack von Ruth Harris. Zerschnitten ihr die Fußsohlen. Fünfzehn. Rasierklingen in einer Serviette versteckt, nachdem er und Mum in einem billigen Restaurant gegessen haben. Der Geschäftsführer meckerte rum und sagte, das sei nicht das erste Mal gewesen. Sechzehn. Einer Hure mit einem Teppichmesser ein Fragezeichen in die Wange geschnitten. Siebzehn. Einer Freundin ein L in den Bauch geritzt, während sie schlief. Sie wachte schreiend auf. Er machte weiter. Konnte nicht aufhören. Literweise Blut. Notarzt. Polizei. *Seit er tot ist – ich brauche Hilfe. Ein Albtraum. Ich hab nicht gewusst, was ich mache. Das Trauma vom Tod meines Bruders. Ich sehe alles vor mir. Ich kann mich nicht beherrschen.* Kluger Junge. Vorsichtig, danach. Behielt es für sich. Der Druck hatte sich zehn Jahre lang angestaut. *Sie haben mich abgeholt. Mein Vater hat mich hingebracht. Wollte mich dort verfaulen lassen. Zu meinem eigenen Besten. Weil er mich liebte. Die Wahrheit kann man nicht verstecken. Mörder morden. So ist das nun mal.*

Schnellvorlauf. Stop.

Don zog das Messer aus Carols Nabel.

11:30 Uhr

Er spähte durchs Schlüsselloch. Die Beine gespreizt, die Hände auf dem Rücken, standen die beiden Polizisten mit dem Rücken zur Tür. Langweilten sich vermutlich inzwischen. Die Geschichten, die sie sich erzählen konnten, waren ihnen ausgegangen. Machten nur ihren Job, hielten Wache vor einer offenbar leeren Wohnung, in der bisher nicht das Geringste passiert war. Wieder so ein blinder Alarm, dem sie nachgehen mussten. Einer von ungefähr einem Dutzend, die sie wahrscheinlich jede Woche bekamen. Und jetzt blieb ihnen nichts anderes übrig, als auf weitere Anweisungen zu warten. War ihnen befohlen worden, zu bleiben, bis Eddie käme?

Wenn Eddie nicht gewesen wäre, hätte Don ewig warten können. Aber gerade diese Möglichkeit hatte Eddie zunichte gemacht, verdammt.

Also dann. Ran an den Feind.

Als Don den Riegel zurückzog, verkrampfte er sich, aber das erwartete Klicken kam nicht. Er entspannte sich. Ein Quäntchen Glück war Vorbedingung für jede erfolgreiche Aktion. Er öffnete die Tür einen Spalt und taxierte die beiden Polizisten. Der eine war eins achtzig groß, der andere fünf Zentimeter kleiner. Don hörte weißes Rauschen. Total normal. Jedenfalls, keiner der beiden achtete darauf. Der größere wippte leicht auf den Fußballen.

Don öffnete die Tür ein Stück weiter, bis er sich gerade so durch die Lücke quetschen konnte. Er schlüpfte hinter den kleineren Polizisten, hielt ihm das Messer unters Kinn und flüsterte: »Keine Bewegung.«

Der Polizist bewegte sich nicht. Bis auf seinen Mund. Der bewegte sich, als er sagte: »O Mann, o Scheiße.«

Sein Kollege drehte sich um und starrte ihn an. Über seine Kehle zog sich eine Hautrötung vom Rasieren wie ein dicker rosa Kinnriemen. Der Kiefer klappte ihm herunter, und seine Hand fuhr an seinen Gürtel.

Don schüttelte den Kopf. »Du auch«, flüsterte er laut. Rothals ließ die Hand sinken. »Und jetzt weg mit den Walkie-Talkies. Alle beide.«

Nachdem er seine Anweisung wiederholt hatte, gehorchten die beiden. Er forderte sie auf, ihre Schlagstöcke und CS-Gas-Behälter abzunehmen und sie auf die Erde zu legen. Polizisten waren toll im Befolgen von Befehlen. Sie waren darauf abgerichtet. Und diese beiden hier sahen aus, als kämen sie frisch von der Polizeischule.

»Nimm deine Handschellen vom Gürtel«, sagte er zu Rothals. »Dreh dich um. Hände auf den Rücken.« Er gab dem Kleineren einen Schlag auf die Schulter. Der Schlag brachte ihn zum Grunzen. »Fessel ihm die Hände.« Don lockerte den Druck auf die Kehle von Grunzer. Ein Streifen von Carol Wrens Blut glänzte am Hals des Polizisten. Sobald er dem anderen die Handschellen angelegt hatte, setzte Don die Messerspitze wieder an der Kehle von Grunzer an. »Eine rasche Bewegung«, sagte Don, »und du hast 'ne hässliche Stichwunde. Halsschlagader. Riesensauerei. Jetzt bist du dran.« Zitternd nahm Grunzer langsam die Handschellen von seinem Gürtel und streckte die Hände hinter den Rücken. Mit der linken Hand legte Don sie ihm an.

»Rein da«, sagte Don. Rothals drehte den Kopf zu seinem Kollegen um. Grunzer nickte mit gespitzten Lippen, und Rothals ging voraus. Don folgte, an der blutverschmierten Vertiefung an der Kehle des kleineren Polizisten die Messerspitze angesetzt. Mit der Fußsohle schloss Don die Tür hinter sich. »Immer geradeaus.«

Grunzer blieb wie angewurzelt stehen, als er die Leiche im Wohnzimmer sah. »Mein Gott«, sagte er. »O Scheiße.« An seiner Stimme erkannte man, dass er es war, der die SO10-Geschichte erzählt hatte.

»Jetzt findet er's gar nicht mehr so witzig, was?«, sagte Don zu Rothals.

Rothals antwortete nicht. Er konnte den Blick nicht von Carol Wren losreißen. Er lehnte sich nach hinten, als hätte er einen Schlag ins Gesicht bekommen, und versuchte, einem zweiten auszuweichen. »O Scheiße«, sagte Grunzer. »Mein Gott.«

»Kann man wohl sagen«, sagte Don.

Die Stimme von Rothals klang dünn. Er hörte sich an wie ein alter Mann. »Waren Sie das?«

Don senkte das Messer. »Wieso setzt ihr beiden euch nicht?« Keiner rührte sich. »Auf die Couch«, schlug er vor.

»Waren Sie das?«, fragte Rothals.

»Hinsetzen«, sagte Don laut.

Rothals hastete zu dem Sofa. Das Gesicht von Grunzer war einen Ton dunkler als Kreide, und er sah aus, als müsste er sich gleich übergeben. Hatte wahrscheinlich noch nie eine Leiche gesehen. Und garantiert noch keine, der man »LOVE« in den Bauch geschnitzt hatte. Seine Lippen bebten. Er sah noch jünger aus als Rothals.

»Hinsetzen«, wiederholte Don.

Grunzer wankte zum Sofa und setzte sich neben Rothals. »Ich muss Sie warnen …«, sagte er. Er fing Dons Blick auf und brach ab.

Don nahm das Messer in die linke Hand, ging zu Grunzer und verabreichte ihm mit der rechten eine Ohrfeige. »Wie heißt du?«

Wässrige braune Augen blickten Don an. Sie glänzten vor Angst. »PC Hood«, sagte Grunzer.

»Und du?«, fragte Don Rothals.

»PC Fairchild.«

»Ich nehme mal an, ihr beide gehört nicht zum Überfallkommando«, sagte Don. »Wieso seid ihr hier?«

»Jemand hat eine häusliche Ruhestörung gemeldet.«

»Ach«, sagte Don. »Wie enttäuschend. Und wer?«

»Hat keinen Namen genannt.«

»Ich frage mich, wieso er keinen Mord gemeldet hat.«

»Woher sollen wir das wissen?«, sagte Hood. Er wandte den Blick ab, senkte den Kopf und schaute zu Boden.

»Punkt für dich.« Don kapierte. Es war Robin gewesen, nicht Eddie. Die beiden waren wegen Robin hier. Als Teil seines halb ausgegorenen Plans, Don auszuschalten. Robins Problem war, dass er den Mord an Carol nicht melden konnte, ohne sich selbst zu belasten. Nicht einmal die Polizei wäre so dumm gewesen, zu glauben, dass Don angerufen hatte. Was alle möglichen Fragen hinsichtlich des Anrufers aufwarf. Wenn der Anrufer Zeuge des Mords gewesen war, war er auch ein Komplize oder der Mörder selbst. Es sei denn, er war ein harmloser Unbeteiligter. Aber wenn ja, wieso hatte er dann anonym angerufen? Also hatte Robin stattdessen gemeldet, dass er ein Handgemenge gehört hatte. Der kleine Mistkerl.

Wenn man es recht bedachte, hatte auch Eddie nicht viel Spielraum. Was genau konnte er der Polizei erzählen? Nur dass ein Mann, den er kaum kannte, möglicherweise mit dem Mord an seiner Geliebten zu tun hatte. Und dass dieser, als er gegangen war, bewusstlos gewesen war, weil er ihm einen Schlag mit der Pistole verpasst hatte. Es war unwahrscheinlich, dass Eddie Verstärkung mitbrachte, aber eine Garantie dafür hatte Don nicht. Er wusste nicht, was Eddie aufgefallen war, das ihn misstrauisch gemacht hatte.

Wieso, verdammt noch mal, hatte es die ganze Welt auf ihn abgesehen?

»Werden Sie uns umbringen?«, fragte Fairchild.

Don schaute ihn an. »Das hängt von euch ab.«

Fairchild rutschte auf dem Sofa herum. »Das dürfen Sie nicht.« Seine Stimme klang brüchig. »Sie dürfen uns nicht umbringen. Wir sind Polizisten.«

»Sei still, Lew.« Hood hob den Kopf und schaute Don an.

Don studierte die drei roten Abdrücke seiner Finger auf der Wange des Polizisten. »Hör auf deinen Kollegen, Lew.«

PC Lewis Fairchild stand auf. »Sie bringen uns nicht um.« Er beugte sich vor.

»Setz dich hin, Lew«, sagte Hood. Speichel sammelte sich in seinen Mundwinkeln. »Setz dich hin, verdammt noch mal.«

»Er bringt uns nicht um, Hoodie.« Fairchild ging auf Don zu.

Don seufzte.

»Was haben Sie damit gemeint, dass es von uns abhängt?«, sagte Hood.

Don beachtete ihn nicht. »Wie alt bist du, Lew?«

Lew blieb stehen. »Neunzehn.«

»Wenn du zwanzig werden willst, dann schwing deinen Arsch wieder aufs Sofa.«

Fairchild schaute sich zu Hoodie um. Dann machte er einen Schritt zurück und setzte sich.

»Wenn du noch mal ohne meine Erlaubnis aufstehst, dann war das das letzte Mal.« Don ließ das Messer in seinen Fingern wirbeln. »Haben wir uns verstanden?«

Fairchild fuhr sich mit der Zunge über die Unterlippe und nickte. Sein linkes Bein zitterte.

»Brüder und Schwestern, Lew?«, fragte Don.

Er nickte erneut.

»Wie viele?«

»Zwei Brüder.«

»Und du, Hoodie?«

»Drei Schwestern und einen Bruder.«

»Hast du auch ’nen Vornamen?«

Hoodie grunzte. »Kevin«, sagte er.

»Ich werd dich Hoodie nennen«, sagte Don. Er wusste ihre Namen, und er wusste, wie viele Geschwister sie hatten. Sie dagegen wussten nichts über ihn. Sie waren mit Handschellen gefesselt. Er nicht. Er war Herr der Lage. »Ich hab nicht viel Zeit«, sagte er. »Ich muss abhauen und will nicht verfolgt werden. Was meint ihr, was ich machen soll?«

Keiner der beiden Polizisten antwortete.

»Lew denkt natürlich, dass ich euch nicht umbringen sollte«, fuhr Don fort. »Das ist verständlich. Selbsterhaltung ist ein starker Trieb. Ich finde allerdings, dass ich mein Problem sehr schön lösen könnte, wenn ich euch umbringe. Ich kann euch beide abstechen und aus der Tür rausgehen, als wenn nichts gewesen wäre.« Don fing Hoodies Blick auf, und Hoodie fing an, nervös zu zappeln. »Wolltest du was sagen?«

»Sie brauchen das nicht zu machen«, sagte PC Kevin Hood. »Sie können auch so einfach rausgehen. Wir sind gefesselt.« Er drehte sich zur Seite und wackelte mit den Fingern. »Wir könnten Sie gar nicht aufhalten.«

»Du unterschätzt euren eigenen Einfallsreichtum«, lächelte Don. »Ich kann mir nicht vorstellen, dass zwei so fähige Polizeibeamte wie ihr mit einer Kleinigkeit wie Handschellen außer Gefecht zu setzen sind. Denk mal drüber nach.« Er starrte einen Moment lang das Messer an. »Das hier ist nicht meine Wohnung. Ich hab keinen Schlüssel. Ich kann nicht abschließen.« Er wandte sich an Lew. »Handschellen würden dich doch nicht davon abhalten, an die Türsperre zu kommen. Du bräuchtest vielleicht einen Hocker oder sonst was zum Draufstellen, aber das ist ja nicht schwer zu finden.«

»Dann binden Sie uns doch fest. Wir kommen nicht weit, wenn wir verschnürt sind wie …«

»Schweine«, beendete Don den Satz an seiner Stelle. »Sehr treffend bemerkt, Hoodie. Aber ihr könntet immer noch rufen. Radau machen.« Er lächelte. »Kreischen.«

»Dann knebeln Sie uns.«

»Ausgezeichnet, Hoodie«, sagte Don. »Das machst du richtig gut. Was meinst du, Lew?« PC Fairchild sah aus, als sei ihm übel. »Willst du auch gefesselt und geknebelt werden? Hoodie hält das für 'ne gute Idee.«

»Ich weiß nicht«, sagte PC Fairchild.

»Ich auch nicht«, sagte Don. »Das Problem beim Fesseln und Knebeln ist, so viel Spaß es auch macht, dass es so lange dauert. Und so viel Zeit bleibt mir nicht mehr.« Das Schmerzmittel begann zu wirken. Seine Kopfschmerzen hatten sich bedeutend gebessert, und er konnte jetzt klarer denken. Er musste hier weg sein, bevor Eddie auftauchte. »Ich erwarte nämlich jede Minute Gesellschaft. Noch ein paar von eurer Sorte möglicherweise.« Er beobachtete ihre Gesichter, aber sie hatten beide solche Angst, dass ihre Mienen nichts verrieten außer Entsetzen.

Das Schweigen dauerte nur ein paar Sekunden. »Was heißt das?«, sagte Hoodie.

»Fesseln kommt nicht infrage.«

Diesmal dauerte das Schweigen länger. »Was werden Sie machen?«, sagte Hoodie.

»Ich werd euch umbringen müssen.«

»Das dürfen Sie nicht«, sagte Lew.

»Weil ihr Polizisten seid, stimmt's?« Don drehte sich um und ging zum Erkerfenster. »Ich sag euch was.« Er schob das Fenster auf und schaute auf den Rasen in acht bis zehn Metern Tiefe. »Ihr dürft wählen, aber wir müssen schnell machen. Entweder ihr springt aus dem Fenster, oder ich ramm euch das Messer in die Brust. Ihr habt fünfzehn Sekunden ab …«, er schaute auf seine Uhr, »… jetzt.«

Hoodie stand auf. »Nehmen Sie uns die Handschellen ab.«

»Vierzehn, dreizehn«, sagte Don.

»Wir sind im zweiten Stock«, sagte Hoodie. »Wenn wir die Hände nicht frei haben, um uns abzufangen, bringen wir uns wahrscheinlich um.«

Don zählte weiter. »Elf, zehn, neun.«

Hoodie ging zum Fenster. »Das ist absurd.«

»Sieben, sechs«, sagte Don.

»Da ist nichts zum Festhalten«, sagte Hoodie.

»Fünf«, sagte Don. »Wenn du schreist, schneid ich dir die Kehle durch. Vier.«

Hoodie schwang ein Bein über die Fensterbank und setzte sich.

»Drei.«

Hoodie rutschte nach vorn, zog das andere Bein nach und drehte sich um, um sich auf den Sturz gefasst zu machen.

»Zwei«, sagte Don.

»Stoßen Sie mich runter«, sagte Hoodie.

»Eins«, sagte Don.

»Na los«, sagte Hoodie. »Stoßen Sie mich.«

»Null«, sagte Don und gab Hoodie einen Stoß in den Rücken. Hoodie schrie auf dem Weg nach unten. Er traf mit der linken Seite auf dem Gras auf und schrie noch viel lauter. Don horchte auf die Schreie des Polizisten. Ein paar gebrochene Rippen? Gebrochener Arm vielleicht? Eins war sicher: Hoodie würde ihn nicht die Straße entlanghetzen.

Und sein Partner übrigens auch nicht. PC Lew Fairchild war umgekippt. Es schien, als sei die Qual der Wahl zu viel für ihn gewesen. Er war über einer Armlehne des Sofas zusammengebrochen. Als Don Lews Ärmel anhob und ihm in den Ellbogen stach, zuckte er nicht einmal.

Bring ihn um, bring ihn nicht um. Umbringen, nicht umbringen. Don konnte sich nicht entschließen. Er ließ Lews Ärmel sinken und bedeckte die Stichwunde. Ihn umzubringen hatte keinen Sinn. Würde wertvolle Zeit vergeuden. Andererseits hatte Don noch nie einen Polizisten umgebracht, und die Vorstellung hatte durchaus ihren Reiz.

Hoodies Geheul drang durch das offene Fenster.

Scheiße, ich muss los.

Lew Fairchild hatte heute wohl seinen Glückstag.

Don wusste, dass es nun keinen Weg zurück in die Normalität mehr gab. Die Dynamik zwischen ihm und Robin hatte sich verändert. Okay, vielleicht würde er den Rest seines Lebens versuchen, einer Festnahme zu entgehen, aber von jetzt an stand es ihm frei, allem, was er wollte, seinen Willen aufzuzwingen, seinen kleinen Bruder eingeschlossen. Er hatte seit Ewigkeiten keinen Pieps mehr von ihm gehört. Er ließ das Messer fallen und rannte los.

11:37 Uhr

Auf halbem Weg zum ersten Stock hörte Don, wie die Haustür sich öffnete. Schritte eilten ihm entgegen. Die Tür knallte zu. Es war keine Zeit mehr, umzudrehen. Er musste hoffen, dass der Besucher ein Hausbewohner war, nicht Eddie oder, noch schlimmer (so unwahrscheinlich es auch sein mochte), die Verstärkung durch die glorreichen Polizeikräfte von Lothian and Borders. Er stieg abwärts zum Treppenabsatz im ersten Stock und wartete ab. Eine verbundene Hand erschien auf dem Treppengeländer, und dann sah er die blonden Haare.

Don hielt sich nicht damit auf, hallo zu sagen. Er rannte auf den Mann zu, der ihn vor knapp einer Stunde niedergeschlagen hatte. Seine rechte Faust traf auf Eddies Kinn. Eddie hatte ihn nicht gesehen, war nicht auf den Schlag gefasst gewesen. Seine Knie gaben nach, und er sackte gegen das Geländer, das Gesicht erstaunt aufwärts gerichtet. Don schlug erneut zu. Gleiche Stelle. Eddie sank auf die Knie. Don wäre gern noch eine Weile geblieben, aber die Flucht erschien ihm als der dringendere seiner widerstreitenden Wünsche. Oder vielleicht auch nicht.

Eddie hatte ihm seine Pistole übergezogen und ihm mörderische Kopfschmerzen verpasst. Dafür entschloss sich Don, noch etwas zu verweilen und ihm ein paarmal in den Magen zu treten. Er holte aus und trat mit aller Wucht zu. Er wollte ihn gerade noch einmal treten, als Eddie die Faust gegen Dons Unterleib rammte. Er verfehlte sein Ziel, schaffte es aber, Dons Oberschenkel zu streifen. Don taumelte nach hinten, bis die Wand ihn aufhielt. Eddie war im Begriff, sich aufzurappeln, als Don sich von der Wand abdrückte und ihm ins Gesicht trat. Blut spritzte von seinen Lippen. Don nickte befriedigt.

Er wäre liebend gern noch geblieben. Aber ein anderes Mal. Es war nicht vernünftig, hier zu sein. Schwer atmend stolperte er die Treppe hinunter.

Als er die Haustür öffnete, stach ihn das Licht in die Augen. Sein Kopf dröhnte, und ihm war schwindlig. Er rannte bis zum Ende der Straße, bevor er sich umschaute. Keine Spur von Eddie. Er war nicht in der Tür erschienen. Don blieb stehen, um zwei Nurofen-Tabletten aus der Packung in seiner Tasche zu nehmen. In der kühlen Luft war sein Kopf klarer geworden, doch er dröhnte nach wie vor. Er schluckte die Tabletten und rannte los. Nach fünfzig Metern schaute er sich erneut um und wurde langsamer. Immer noch niemand. Aber war er wirklich in Sicherheit? Er ging zu einem raschen Gehtempo über. Nach einer Weile wurde sein Herzschlag ruhiger und sein Atem verlangsamte sich. Als er sich gerade schon zu seiner geglückten Flucht gratulieren wollte, hörte er hinter sich einen Schrei.

Er erstarrte. Als er einen Blick über die Schulter riskierte, war Eddie acht Meter hinter ihm und holte mit jeder Sekunde auf. Sein Mund war blutverschmiert. Die Zähne hatte er zu einem irren Grinsen gebleckt, und er brüllte wie ein verwundeter Stier. »… sie umgebracht. Du hast sie umgebracht, verdammte Scheiße, du verdammter Scheißirrer.« Er schwenkte eine Pistole in der verbundenen Hand.

Eddie hatte also seinen geprügelten Kadaver nach oben geschleppt und Carol Wren in all ihrer posthumen Herrlichkeit erblickt. Er war stinksauer und bewaffnet.

Dons Füße trommelten mit einer Wucht aufs Pflaster, dass ihm das Gehirn schepperte. Der Wind peitschte seine Augen, bis sie brannten. Er flitzte um die nächste Ecke. Adrenalin rauschte durch seine Adern. Er durfte Eddie kein festes Ziel bieten. Dons Lungen schienen zu platzen, als er in die erste Straße links abbog. Über die Straße. Wieder links, und er war fast auf der Morningside Road. Erleichtert ballte er die Faust. Menschen. Sicherheit. Er blickte über die Schulter.

Eddie war jetzt sieben Meter hinter ihm, mit blutverschmiertem, starrem Gesicht. Seine Hand steckte in der Tasche, damit man die Pistole nicht sah. Was Kummer aus Menschen machen konnte.

Wohin? Don bog nach links ab in Richtung Stadtmitte. Er ging so schnell er konnte, ohne verwunderte Blicke von Passanten auf sich zu ziehen. Die Tatsache, dass Eddie hinter ihm war, drückte ihn wie ein Gewicht zwischen den Schulterblättern. Alle paar Schritte schaute er sich verstohlen um. Eddie passte sich seinem Tempo an. Der mörderische Irre grinste immer noch mit schiefen, rosaroten Zähnen. Die Fußgänger machten ihm freiwillig Platz.

Am Bruntsfield Hotel vorbei. Gleichmäßig atmen. Abstand halten. Plötzlich eine Lücke in der Menge. Weniger Passanten. Don ging schneller. Verfiel in einen Dauerlauf. Er wusste nicht, wie gut Eddie schießen konnte.

Natürlich machte Eddie alles falsch. Er dachte nicht nach. Wenn es umgekehrt gewesen wäre, wenn Don Eddie mit einer Waffe gejagt hätte, dann hätte Don geschossen, damit die Fußgänger sich auf den Boden warfen und ihm freies Schussfeld verschafften. Etwas, was jeder Mann mit einem Funken Verstand und einem Paar Eier zwischen den Beinen getan hätte.

Don hörte den Knall. Es klang wie Feuerwerkskracher. Jemand schrie, und Don fuhr es kalt in die Knochen. Er drehte sich um und schaute nach Eddie. Dieser beschissene irre Scheißkerl! Was fiel dem ein, mitten in die Menge zu schießen? Er würde noch die Bullen auf den Plan rufen – Mann! Einen halben Meter links von ihm ragte ein Stück Mauer in die Straße. Drumherum pressten sich Passanten flach auf die Erde. Der Verkehr kam zum Stehen. *Scheiße, Scheiße, Scheiße, Scheiße, Scheiße.* Eddie hatte freies Schussfeld.

Don rannte. Die Haut auf seinem Rücken fühlte sich an, als hätte sie sich in der Mitte seiner Wirbelsäule zu einem Haufen zusammengezogen und um einen Stock gewickelt. Dort, wo sie am meisten spannte, stellte er sich vor, würde die Kugel eindringen. Die Bruntsfield

Road führte ganz runter bis nach Tollcross. Er legte noch an Tempo zu, bis er stolperte und fast stürzte. Seine Beine würden versagen, wenn er nicht langsamer wurde, aber die Angst hetzte ihn weiter. Er bahnte sich den Weg durch unzählige Einkaufstüten, Kinderwagen, Buggys, rannte einen Koffer um, verfehlte knapp einen Briefkasten, eine Mülltonne, einen Jugendlichen im Rollstuhl. Vor dem Cameo-Kino drängte er sich durch eine kleine Menge und bekam einen Ellbogen in den Magen, der ihn herumriss, ihm blieb die Luft weg. Irgendwie hielt er sich auf den Beinen. Er hörte das Johlen irgendwelcher Teenager, wagte es aber nicht, sich umzudrehen. Keine weiteren Schüsse allerdings und keine Polizeisirenen. Wo blieben die Bullen, wenn man sie mal brauchte?

Jemand strickte aus seinen Därmen einen Pullover. Ein anderer kappte ihm, nur so aus Jux, mit einem Seitenschneider die Rippen. Dafür würde Eddie bezahlen. Das machte keinen Spaß mehr.

Irgendwann musste er stehen bleiben. Er verlangsamte sein Tempo und hielt schließlich an einem Geldautomaten an. Er beugte sich vor, legte die Hände darauf und atmete mehrmals tief durch. Seine Lungen brannten. Er musste husten. Ihm lief die Nase. Er hustete erneut. Sein Magen grummelte wie ein Sack voll loser Steine. Er wischte sich mit dem Handrücken die Nase und spuckte vor sich aufs Pflaster. Der Schweiß strömte ihm über den Rücken. Er blies die Backen auf. Atmete ein.

Er bot ein leichtes Ziel. Wo war die irre Drecksau?

Er schaute den Hügel zurück. Kein Tumult. Kein Eddie. Hatte er am Ende aufgegeben? Oder war er womöglich verletzt? Hatte die Polizei ihn geschnappt? Versteckte er sich? Zu viele Fragen.

An einer Haltestelle in der Nähe hielt ein Bus. Auf wackligen Beinen ging Don hinüber und stellte sich an. Er kramte in seiner Hosentasche nach Kleingeld. Eddie hatte ihm genau drei Pfund und fünfundachtzig Pence gelassen. Wie nett von ihm. Don warf achtzig Pence in den Münzschlitz, riss sein Ticket ab und setzte sich. Er wartete darauf, dass Eddie auftauchte. Wartete darauf, dass er seine grinsenden, blutbefleckten, schiefen Zähne bleckte. Wartete darauf, dass er durch die Reihen zu dem Sitz kam, auf dem Don kauerte. Wartete darauf, dass er den Abzug dieser hässlichen, schwarzen Kanone drückte. Wartete darauf, dass er allem ein Ende machte. Aber Eddie tauchte nicht auf.

Der Bus fuhr los, und Don lebte weiter.

Drei Streifenwagen fuhren vorbei.

Als Don aus dem Rückfenster blickte, sah er Eddie am Eingang des Kinos vorbeischlurfen, die Hände in den Taschen, den Kopf gesenkt, den Kragen aufgestellt, um seinen blutigen Mund zu verbergen. Die Streifenwagen hielten nicht an.

Als der Bus davonfuhr, verschmolz Eddie mit der Menge.

12:56 Uhr

Pearce hielt ihr die Tür auf. »Nach Ihnen«, sagte er.

Ailsa duckte sich unter seinem Arm hindurch. Als er ihr nach drinnen folgte, nahm er einen schwachen Hauch von Farbdämpfen wahr. Die Wand vor ihnen leuchtete sonnenblumengelb und sah frisch gestrichen aus. Ein fünfstufiger Kronleuchter hing von einer hohen, grellweißen Decke. Ein Buntglasfenster warf schimmernde gelbe und rote Lichter auf die breite Holztreppe, die in einem Bogen nach unten führte.

Sie ging voran. Ihre Absätze klapperten auf jeder zerschrammten Stufe. Sie war irgendwann zu dem Schluss gekommen, er sei nicht gefährlich. Aber das hieß nicht, dass sie alles billigte. Bei Weitem nicht. Nachdem er ihr erklärt hatte, wie Muriel gestorben war, wie er sie zu spät gefunden hatte, um sie zu retten, wie er Priestley, ihren Dealer, umgebracht hatte, schüttelte Ailsa nur den Kopf und weigerte sich, etwas dazu zu sagen. Eine Ewigkeit sagte sie kein Wort. Fragte nicht nach dem Gefängnis. Saß einfach nur mit verschränkten Armen da, starrte an die Wand, studierte dieses bescheuerte Bild von ihr, das mit den wurmähnlichen Augenbrauen. Von Zeit zu Zeit schüttelte sie den Kopf.

Pearce fragte sich, ob er ihr den Rest auch noch erzählen sollte. Wahrscheinlich hätte er Priestley so oder so umgebracht, aber er würde nie erfahren, welchen Einfluss die Informationen der Polizei auf seine späteren Handlungen gehabt hatten. Muriel war bereits zwei Tage tot, als er sie gefunden hatte. Tot und nackt lag sie auf den Dielen einer verlassenen Wohnung in Wester Hailes. Die Tür stand offen. Die Polizei sagte Pearce, dass die Leiche seiner Schwester Anzeichen kürzlicher sexueller Aktivität aufgewiesen habe. Als er nachbohrte, hieß es, »kürzlich« bedeute »innerhalb der letzten vierundzwanzig Stunden«. Nach zehn Jahren war es immer noch schwer in Worte zu fassen. *Jemand hatte Sex mit meiner Schwester, als sie schon tot war.* Wie konnte man über so etwas plaudern?

»Sagen Sie was«, sagte er.

Sie schaute ihn an. »Wieso? Brauchen Sie meine Zustimmung?«

Es war nicht der Drogendealer, der Muriels toten Körper gefickt hatte. Das Stück Scheiße, das dies zu verantworten hatte, war nie gefasst worden und würde es wahrscheinlich auch nie werden – zum Glück für ihn. Nein, das war jetzt zu lange her. Ungeachtet dessen hatte Pearce den Dealer verantwortlich gemacht. Priestley hatte das Gift besorgt, das sie umgebracht hatte. Sie war gestorben, damit er reich wurde. Seine Gier hatte sie langsam zu Tode gefickt. Brauchte Pearce Ailsas Zustimmung, um ihn kalt zu machen? Er lachte laut auf.

»Brauchen Sie nicht, oder? Es ist Ihnen egal, was ich denke.« Ihre Augen wirkten glasig. »Sie halten einfach weiter an Ihrem bescheuerten Plan fest.«

Er sagte nichts.

»Was kann ich sagen, um Sie aufzuhalten?

Er schwieg weiter.

»Sie benutzen mich, Pearce. Und ich weiß nicht, ob ich benutzt werden will.«

»Ich zwinge Sie zu überhaupt nichts.« Er unterdrückte den Drang, die Hand auszustrecken und ihre Haare zu berühren. Stattdessen rieb er sich mit dem Handrücken das Kinn. »Geben Sie mir die Kanone, und Sie sehen mich nie wieder.«

»Mann«, sagte sie. »Sie haben ja keine Ahnung.« Sie stand auf, ging in ihr Schlafzimmer und kam mit der Pistole zurück. »Hier.«

Er steckte sie in den Gürtel, den Griff flach gegen die Wirbelsäule gedrückt. Er zog das T-Shirt aus der Jeans und ließ es über die Pistole hängen. Er ging ein paar Schritte in Richtung Tür. Die Waffe drückte in seinen

Rücken. Er schob den Lauf ein wenig nach links. Es war alles andere als bequem, aber es musste gehen.

»Ich komme mit«, sagte sie.

»Schon gut. Sie hatten recht. Ich benutze Sie.«

»Leck mich, Pearce. Sie sollen mir nicht zustimmen.«

Er kniff die Augen zusammen. »Jetzt versteh ich gar nichts mehr.«

»Das können Sie laut sagen«, sagte sie. »Machen Sie sich nichts draus. Ich komme mit. Aber unter Protest, verstanden? Gerne mach ich das nicht.«

Er rieb sich das Kinn. »Wieso lassen Sie mich nicht alleine gehen?«

»Joe-Bob würde Ihnen nicht mal sagen, wie spät es ist.«

»Rufen Sie ihn an. Sagen Sie ihm, Sie können nicht kommen. Kündigen Sie mich telefonisch an.«

»Das kauft er mir nicht ab.«

»Versuchen Sie's, dann werden wir's ja sehen.«

»Ich will aber mitkommen.« Sie blickte auf ihre Füße. »Wenn nicht, hab ich keine Möglichkeit, Sie umzustimmen.«

»Die haben Sie sowieso nicht.«

»Versuchen kann ich's ja.«

Er seufzte. »Dann halten Sie mich also nicht mehr für gefährlich?«

»Nicht für mich.« Sie schaute ihn an, die Hände vor der Brust verschränkt, Tränen in den grünen Augen. »Ich möchte, dass Sie 'ne Weile um mich sind. Ist das zu viel verlangt? Ich möchte Sie kennenlernen, ich möchte, dass Sie mich …«

»Holen Sie Ihren Mantel«, sagte er. »Wir kommen noch zu spät.«

Sie hatte während der folgenden Busfahrt geschwiegen. Augen geschlossen, die Handflächen zusammengepresst, die Hände zwischen den Knien, stellte sie sich schlafend. Er hatte sie nicht gestört.

Als er die Tür zu der Kellerbar öffnete, sagte sie: »Seien Sie nicht zu grob zu Joe-Bob.«

»Kann ich nicht versprechen.«

»Versuchen Sie dran zu denken, dass er kein Dealer mehr ist.«

Drinnen war es dunkel und laut. Eine lange hufeisenförmige Bar teilte die Mitte des Raums. An der Wand ragte die Mündung einer kleinen Kanone über die Ummantelung eines Kamins aus grünem Marmor. Ein Gasfeuer mit Kohleeffekt erwärmte die verrauchte Luft, und über dem Kamin waren ein Schild, ein schottisches Breitschwert und ein Kilt angebracht. An den Wänden verstreut hingen Zeichnungen des alten Edinburgh.

Über ein holpriges Kopfsteinpflaster gingen sie zur Bar.

»Ist er da?«, fragte Pearce. Das Lokal füllte sich mit Gästen, die zum Mittagessen anrückten. Keiner der wenigen einzelnen Trinker entsprach seiner Vorstellung von einem Waffenhändler. Oder, genauer gesagt, der rechten Hand eines Waffenhändlers.

»Geduld«, sagte Ailsa.

Er zuckte die Achseln. Als sie zur Bar kamen, legte er die Ellbogen auf den Tresen. »Möchten Sie was trinken?«

Sie hob die Hände und stieß durch eine Rauchwolke. »Lassen Sie mich das machen.«

Die zwei Barkeeper und eine Barkeeperin hinter dem Tresen machten einen beschäftigten Eindruck. Ein paar

Minuten vergingen. Die Frau war als Erste bei ihnen. Weiße Bluse. Rock mit Schottenmuster. Gestreifte Krawatte. Haare zu Rattenschwänzchen frisiert. »Was darf ich Ihnen bringen?«, sagte sie.

»Wir sind mit Joe-Bob verabredet«, sagte Ailsa.

»Wie nett.« Sie kaute Kaugummi. »Was darf ich Ihnen bringen?«

»Können Sie ihm sagen, dass wir hier sind?«

Die Hände in die Hüften gestemmt, schlurfte sie zu einem der Barkeeper und flüsterte ihm etwas ins Ohr. Nach einer Weile kam er herüber. »Was kann ich Ihnen bringen?«

Ailsa wiederholte, was sie schon der Frau gesagt hatte.

»Und Sie sind wer?«, sagte er.

»Ailsa.«

»Okay. Und Ihr Freund?«

»Pearce.« Pearce streckte die Hand aus.

Der Barkeeper warf einen Blick darauf, bevor er seine ausstreckte. »Roy«, sagte er, während er Pearces Finger drückte. Er beugte sich vor. »Kommt mit. Joe-Bob erwartet euch.«

Roy führte sie durch einen Türbogen in einen breiten Flur. Eingeschweißte Plastikschilder zeigten an, dass es zu den Toiletten direkt geradeaus ging. Roy bog nach links ab. Er duckte sich unter einen weiteren Bogen und trat in einen vollgestopften Raum. An den Wänden standen sich Bänke gegenüber, zwischen denen nur ein halber Meter Platz blieb. Die Decke hing so tief, dass Pearce gezwungen war, die ganze Zeit den Kopf einzuziehen. Er sah deutlich die sieben oder acht plattgetretenen Zigarettenkippen, die auf dem Boden lagen. Jemand hatte hier warten müssen. Roy kramte in seiner Westentasche, fand einen Schlüssel und schloss eine Tür auf, an der PRIVAT stand. Nacheinander traten sie in einen kleinen quadratischen, unmöblierten Raum, in dem über einer Wand ein dunkelblauer Vorhang hing. Die übrigen Wände waren weiß und nackt. Roy zog den Vorhang zur Seite und enthüllte eine messingbeschlagene Eichentür. Er klopfte an.

Während er auf Antwort wartete, sagte er: »Nur so interessehalber, ihr seid nicht zufällig daran interessiert, einen lebenden Hummer zu kaufen?«

»Ich nicht.« Pearce schaute Ailsa an. »Und Sie?«

Sie dachte eine Sekunde nach. »Ne.«

»Was soll die bescheuerte Frage eigentlich, Roy?«, sagte Pearce.

»'n Kumpel von mir hat 'n Dutzend Hummer, die er verticken will«, sagte Roy. »Ich hab gesagt, ich hör mich mal um.«

Die Tür öffnete sich nach innen.

Der Kopf eines Mannes erschien. An den Seiten rasiert, in der Mitte ein fünf Zentimeter breiter Streifen rot gefärbter Haare. Ein Irokese ohne Spitzen. Sein Gesicht hatte das wohlgenährte Aussehen eines Backenhörnchens, und sein Bauch quoll ihm über den Gürtel. Er atmete schwer. Das Treppensteigen hatte ihn fertiggemacht. Er nahm ein Taschentuch aus der Hemdtasche und wischte sich die Stirn. »Ailsa«, sagte er und lächelte.

»Joe-Bob.« Sie lächelte zurück und ging zu ihm. Sie umarmten sich und kniffen sich gegenseitig in die Wangen. »Gefällt mir, der Irokese«, sagte Ailsa. Roy machte Pearce ein Zeichen, dass er sie jetzt alleine ließe. Wahrscheinlich um sich um seine Hummer zu kümmern. Pearce nickte.

Ailsa löste sich aus Joe-Bobs Umarmung. »Joe-Bob«, sagte sie. »Das ist Pearce. Pearce. Joe-Bob.«

Joe-Bobs Finger tauchten erneut in die Hemdtasche ab und förderten das Taschentuch zutage. Er wischte sich den Kopf, nahm das Taschentuch in die linke Hand und streckte die rechte aus. »Freunde von Ailsa …«, sagte er.

Die korrekte Antwort wäre gewesen: »Gleichfalls«. Pearce sagte: »Spar dir den Scheiß, du Wichser. Hast du die Munition?«

»Verstehe«, sagte Joe-Bob und zog die Hand zurück. Er tupfte seinen Kopf zu beiden Seiten des Streifens roter Haare. »Ich verstehe. Würdet ihr bitte die Tür zumachen?« Er drehte sich um und ging die Treppe hinunter, wobei er jedes Mal den Fuß sorgfältig aufsetzte, bevor er sich traute, sein beträchtliches Gewicht darauf zu verlagern.

Ailsa folgte Joe-Bob. Pearce bildete die Nachhut, wobei er leise »Stand By Your Man« in sich hineinsummte. Er begann zu verstehen, weshalb Joe-Bob so langsam vorankam. Es lag nicht daran, dass er eine fette Sau war. Die Stufen waren ausgetreten und schmal und nicht für Pearces Arbeitsstiefel mit den Stahlkappen gebaut. Selbst wenn er die Füße quer aufsetzte, stand der Rand seiner Boots weit über die Kante. Unwillkürlich dachte er, dass dies ein guter Ort für einen Hinterhalt war.

»Ist der ganze unterirdische Scheiß hier notwendig?«, rief er nach unten.

Joe-Bobs Stimme drang zu ihm herauf. »Ich war ein Mal im Knast. Nie wieder.«

»Hätte gedacht, dass es dir gefallen hat. All die nackten Kerle.«

»Pearce. Um Himmels willen. Entschuldige, Joe-Bob. Mein Freund hat was gegen Drogendealer.«

»Ich bin kein Drogendealer«, sagte Joe-Bob.

Pearce schaffte es zum Fuß der Treppe und schaute sich um. Vor einem Tisch auf Böcken stand ein Klappstuhl. Auf dem Tisch stand ein halb voller Kaffeebereiter, ein Becher, eine Untertasse mit zwei Schokoladenplätzchen, eine Pistole mit Perlmuttgriff und eine hellblaue Schachtel mit orangenen und grünen Rändern. Hinter dem Tisch waren ein halbes Dutzend weiterer Stühle an der Wand gestapelt.

Joe-Bob setzte sich und griff nach der Pistole. »Nehmt euch Stühle«, sagte er.

»Ich bleibe lieber stehen«, sagte Pearce.

»Schon kapiert.« Joe-Bob schwenkte die Pistole auf Ailsa. Sie wedelte abwehrend mit den Händen und schüttelte leicht den Kopf. »Willst du jemanden umbringen, Pearce?«, fragte Joe-Bob

»Das geht dich nichts an.«

»Na schön. Ailsa sagte, du willst Kugeln für ihre Tokarov. Da sind sie.« Er deutete auf die Schachtel auf dem Tisch. »Ich hoffe, du weißt, was du machst.«

Pearce trat vor und nahm die Schachtel an sich. 50 naboju/cartridges. Bullets/Strela Type FMJ. 7,62X25 Tokarov.

»Hübsche Kanone«, sagte Joe-Bob. »Du weißt, dass die Tokarov eine gefährliche Waffe ist?«

»Ist 'ne Knarre. Schießt mit Kugeln. Natürlich ist die gefährlich.«

»Das meine ich nicht. Sie hat keine Sicherung. Du musst sie halb spannen.«

»Red Klartext.«

»Hast du die Knarre dabei? Ich zeig's dir.« Joe-Bob legte seine eigene Pistole auf den Tisch.

Pearce griff nach hinten und zog die Tokarov aus dem Gürtel. Er zögerte eine Sekunde. Joe-Bob hatte schon eine Kanone. Wenn er Pearce erschießen wollte, hätte er es inzwischen schon getan. Pearce reichte ihm die Tokarov.

Joe-Bob demonstrierte es. »So sind Schlitten und Abzug gesperrt. Siehst du?«

Pearce nickte. »Und wenn ich schießen will?«

Joe-Bob zeigte es ihm.

Pearce nickte erneut. »Okay. Lad sie mir.«

Joe-Bob seufzte. »Hat dir deine Mutter überhaupt keine Manieren beigebracht?«

Blinde Wut kochte in Pearce hoch. Er schlug mit der Faust auf den Tisch. Die Untertasse klirrte, und Joe-Bobs perlmuttbesetzte Pistole drehte sich ein paar Zentimeter gegen den Uhrzeigersinn.

Ailsa packte Pearce am Arm. »Nicht.« In Joe-Bobs Becher schwappte der Kaffee.

»Ich lad sie ja schon. Ist ja nicht zu fassen«, sagte Joe-Bob. Er ließ das Magazin herausschnappen, öffnete die Schachtel und fing an, Kugeln ins Magazin zu schieben.

»Alles klar?«, fragte Ailsa Pearce. Er nickte, und sie ließ seinen Arm los.

»Du hast acht Schuss«, sagte Joe-Bob. Die Kugeln rasteten ein.

»Mehr als genug«, sagte Pearce.

Joe-Bob drückte die letzte Kugel rein und schob das Magazin wieder in die Pistole. »Fröhliches Morden.« Er reichte Pearce die Pistole.

Pearce streckte die Hand aus.

Joe-Bob riss die Pistole zurück. »Erst das Geld«, sagte er.

Pearce grub in seiner Tasche und ließ einen Stapel Geldscheine auf den Tisch fallen. »Reicht das?«

»Wenn du nicht ein Freund von Ailsa wärst«, sagte Joe-Bob und fuhr sich mit der Hand über seinen Haarstreifen, »würd ich Anstoß an deinem Benehmen nehmen.«

»O Mann«, sagte Pearce. »Ich glaub, ich kann heut Nacht nicht schlafen.«

Joe-Bob nahm die Scheine und fing an zu zählen. Er ließ zwei Zehner auf dem Tisch und steckte den Rest der Kohle in die Jackentasche. »Schert euch hier raus«, sagte er.

»Danke, Joe-Bob«, sagte Ailsa. Sie drehte sich zum Gehen um. Pearce folgte ihr.

»Das Geld auf dem Tisch gehört dir«, sagte Joe-Bob.

Pearce schaute sich nicht um. »Das ist dein Trinkgeld, Cowboy«, sagte er.

13:30 Uhr

Seit er zu Hause angekommen war, hatte sich der Gestank von Hilda Pearce verflüchtigt. Als Robin die Hände ans Gesicht hielt, war es Carols White Musk, was er roch. Er erschauerte, als er aus dem Bett stieg und mit den Füßen Glasscherben zermalmte. Die Bilder, die er zertrümmert hatte, lagen auf dem Boden verstreut. Er ging durch die Bruchstücke ins Wohnzimmer und schlug mit der Faust an die Wand. Zwecklos. Das Dröhnen der Schüsse ging weiter. Vielleicht sollte er einfach nach nebenan gehen und den alten Mistkerl kaltmachen. »Leiser«, brüllte er.

Die Reisetasche stand mit Geld prall gefüllt auf dem Tisch. Robin sagte sich immer wieder, dass es schön war, das ganze Geld zu haben, aber es schien keine Rolle zu spielen. Es bedeutete ihm nichts mehr.

An die Wand zu klopfen führte zu nichts. Er trat gegen die Fußleiste, und auf dem weißen Lack erschien ein schwarzer Strich. »Dreh deine Scheißglotze runter«, schrie er. Er war momentan ein bisschen empfindlich, und der ständige Radau machte ihn wahnsinnig. Er konnte nicht mehr hier wohnen. Ein Zuhause durfte so nicht sein. Er musste sich nach einer anderen Wohnung umsehen. *Mach mal halblang. Reg dich ab.* Innerhalb der letzten vierundzwanzig Stunden hatte er zwei Menschen umgebracht. Was zum Teufel jammerte er da über eine zu laute Glotze? Er musste laut lachen, so lächerlich war das Ganze. Er verlor seinen Sinn für die Realität. Das war schlecht. Realitätsverlust führte zu absurden Handlungen, wie zum Beispiel Tankstellen mit Wasserpistolen zu überfallen. Überhaupt, wenn er umzog, wohin dann? Wieder mit Eddie zusammen? Scheiß drauf. Das war nicht weiter wichtig.

Es spielte keine Rolle. Nichts spielte eine Rolle. Dass Eddie mit Carol fickte, spielte keine Rolle. Hilda Pearce spielte keine Rolle. Der Tod spielte keine Rolle. Carol war tot, und es spielte keine Rolle. Er war ein Mörder, und es spielte keine Rolle. Carol war tot.

Scheiße. Sein Magen war wie ein Eisklumpen.

Er ging zum Klavier, hob die Klappe des Klavierschemels und nahm den Umschlag mit den Fotos des Detektivs von Eddie und Carol heraus. Er hatte gehofft, Carol würde sie finden. Aber wieso eigentlich? Da sie nicht wusste, dass es sie gab, hatte sie keinen Grund, danach zu suchen. Er legte den Umschlag auf das Klavier. Die Fotos spielten keine Rolle. Sie bedeuteten ihm nichts mehr. Er würde sie nicht mehr ansehen. Er setzte sich und drückte einen g-Moll-Akkord. Er schlug ihn noch einmal an und spielte unversehens den Anfang von »Didos Klage« aus Purcells Oper *Dido und Aeneas*. Die Chromatik und die Verhaltungen schufen im Verein Harmonien, die geeignet waren, das Herz jedes normalen menschlichen Wesens zum Schmelzen zu bringen. Nicht seines. O nein. Seine Hände taten weh, aber das war ihm scheißegal. Er sang mit. *»No trouble.«* Die Spannung im Verhältnis D/Es war qualvoll. Sie bedeutete ihm nicht das Geringste. Weißt du noch? Er wiederholte den Takt. *»No trouble.«* Seine Hände standen in Flammen. *NEIN*. *»In my soul.«* Er ließ die Faust auf die Tasten krachen. Die Dissonanz blockierte ihm das Trommelfell. Er knallte den Deckel zu.

Er nahm den Umschlag und riss ihn auf. Die Fotos fielen heraus. Zehn Stück. Er hob das oberste auf, das mit der Vorderseite nach unten gelandet war. Carol hielt darauf Händchen mit Eddie. Eddie lächelte dem Fotografen zu, zeigte die schiefen Zähne in seinem viel zu kleinen Mund. Sie schaute ihm in die Augen. Ob sie ihn geliebt hatte? Sie war tot. Was spielte es für eine Rolle? Er hatte sie umgebracht. Gott helfe ihm.

Was würde Eddie tun, wenn er es herausfand? Höchstwahrscheinlich würde er es gelassen nehmen. *Carol ist tot? He, das Leben geht weiter. Bedeutet das, dass wir halbe-halbe machen?*

Die Reisetasche lag auf dem Tisch wie ein hässlicher

brauner Sack schlechten Gewissens. Ein Gesicht mit den fetten Backen von Hilda Pearce fing an, sich auf dem Scheißding abzuzeichnen. Okay, Robin hatte genug. Das würde ihn nicht mehr aus der Ruhe bringen. Er musste damit aufhören, sich zwingen, sich zu konzentrieren und sich einen Plan auszudenken, wie er Eddie um die Ecke bringen konnte.

Es war zwecklos. Er konnte nicht denken, wenn das Ding da ihn anstarrte.

Er versteckte die Tasche im Schlafzimmer.

Zurück im Wohnzimmer, bemühte er sich angestrengt, sich auf Eddie zu konzentrieren, aber etwas anderes fing an, ihm allmählich Sorgen zu bereiten. Er hatte sich alle Mühe gegeben, nicht daran zu denken, doch es ließ ihn nicht los. Als er nach Hause gekommen war, hatte die Wohnungstür offen gestanden. Umso besser, da er seine Schlüssel verlegt zu haben schien. Einen Moment lang, als er vor der Haustür in seinen Taschen gesucht hatte, hatte er schon gedacht, er müsse sich den ganzen Weg zu Eddie zurückschleppen, und Carols Ersatzschlüssel holen. Natürlich wäre inzwischen die Polizei eingetroffen, denn als Letztes, bevor er nach Hause fuhr, hatte er sie angerufen und eine Ruhestörung gemeldet. Er hatte allerdings eine halbe Ewigkeit gebraucht, um nach Hause zu kommen.

Gott sei Dank hatte ihn die alte Henderson reingelassen. Als er nach oben kam, stellte er fest, dass seine Tür klaffte. Es fehlte nichts. Er versuchte krampfhaft, sich zu erinnern, ob er beim Gehen abgeschlossen hatte, aber seine Erinnerung war verschwommen.

Zum Glück bewahrte er einen weiteren Satz Schlüssel in einer Schublade in der Küche auf.

Scheiße. Er musste sich ausruhen. Die ganze Nachdenkerei tat ihm überhaupt nicht gut. Verstärkte nur seine Kopfschmerzen. Es ging ihm eine Menge im Kopf herum, und es war kein Wunder, dass er sich nicht daran erinnern konnte, die Wohnung verlassen zu haben. Er musste wohl vergessen haben, die Tür hinter sich zu schließen. Das war alles. Musste alles sein.

Entspannen. Nicht drüber nachdenken.

Er lag auf dem Fußboden und fing an, Mozarts Klaviersonate in a-Moll zu summen. Nach dem ersten Satz war ihm nach einer anderen Stimmung. Mozart war zu kitschig. Er sang ein bisschen Bach. Zwei Fugen, gefolgt von einer zweistimmigen Invention. Dann Beethovens Sonate »Der Sturm«. Unglaublich schwer für eine unausgebildete Stimme wie seine, aber er gab sich redlich Mühe, verdammt.

Als das Telefon klingelte, war er gerade mal bis zum Ende des ersten Satzes gekommen und hatte tief Luft geholt, um mit dem langsamen Satz zu beginnen. Vom Boden aufzustehen bedeutete eine Riesenanstrengung. Er begnügte sich damit, den Kopf zu heben. Das Telefon zwitscherte weiter. Schließlich streckte er sich und setzte sich auf. Seine Muskeln schmerzten. Ihm war, als hätte er eine Woche lang nicht geschlafen.

Langsam stand er auf und schlurfte zum Telefon. Als er abnahm, kroch etwas aus dem Hörer und fiel zu Boden. Er stürzte sich auf das ekelhafte schwarze Ding. Zerquetschte es mit dem Absatz. Trat es in den Teppich.

Er nahm den Hörer ans Ohr. »Hallo«, sagte er.

»Ich bin's. Leg bitte nicht auf. Ich hab dir was Wichtiges zu sagen.«

Das war nicht gut. Das war gar nicht gut. »Wer sind Sie?«

»Hör auf so zu tun, als würdest du mich nicht kennen!«

»Gehen Sie weg. Ich kenne Sie nicht.«

»Wie du willst. Was ist mit Carol? Kennst du die?«

»Lassen Sie mich in Ruhe.«

Robin ließ den Hörer fallen. Er legte sich auf den Boden, konnte die Stimme aber immer noch hören. Er nahm den Hörer und legte ihn auf die Gabel, und die Stimme war weg. Schlau. Er nahm den Hörer wieder ab und horchte. Zwei Stimmen. Reines Geräusch, das miteinander kommunizierte, indem es ein konstantes Intervall zwischen einem lauteren Dritten aufrechterhielt. *Freizeichen*. Das Wort ging ihm blitzartig durch den Kopf. Er schüttelte den Hörer und wunderte sich, als nichts herausfiel. Er presste ihn wieder ans Ohr und lauschte. Gleiche Sache. Freizeichen. Er legte den Hörer erneut auf die Gabel.

Es klingelte augenblicklich.

Don war wieder dran. »Leg bitte nicht auf.«

»Was willst du?«

Kurzes Schweigen. »Du denkst echt, du hast sie umgebracht.«

»Was soll das heißen?«

»Du warst's nicht. Eddie war's.«

Robins Finger formten eine Pistole. Es war eine vertraute Form. Jemand anderes hatte das gemacht. »Peng«, sagte er. »Er ist tot.«

»Nicht, als ich ihn das letzte Mal gesehen habe.«

»So gut wie. Wieso sagst du, dass er Carol umgebracht hat?«

»Ich hab's mit eigenen Augen gesehen.«

»Du irrst dich.«

»Ich weiß, wieso du das denkst, schließlich hat er der Polizei erzählt, ich sei's gewesen. Aber dir gegenüber würde er's wahrscheinlich nicht zugeben. Ich sag's dir, Robin, ich war Zeuge.«

»Zeuge?«

»Ich kann bestätigen, dass Eddie Carol umgebracht hat.«

»Aber das ist nicht möglich. Ich war's.«

»Du musst mir helfen, Robin. Wir müssen uns gegenseitig helfen. Die Polizei denkt, ich hab sie umgebracht. Gott, ist das alles ein Kuddelmuddel.«

»Ich hab sie umgebracht. Und nicht Eddie.«

Schweigen.

Dann sagte Don: »Versuch ihn zu decken, so viel du willst, aber du weißt, dass du sie nicht umgebracht hast. Denk mal nach. Du hast sie atmen gesehen, bevor du gegangen bist. Weißt du noch? Eddie ist zurückgekommen. Eddie hat sie kaltgemacht. Hör auf mich. Ich war da. Ich hab gesehen, wie er ihr die Finger um den Hals gelegt hat. Er hat deine Frau erwürgt, Robin.«

»Wieso denkst du dir das aus?«

»Warum sollte ich lügen? Hör zu, sie hat noch gelebt, als du verschwunden bist. Bis hierhin glaubst du mir doch wenigstens, oder?«

»Nehmen wir mal an, es ist möglich.«

»Okay, jetzt ist sie tot, und der Mann, der dafür verantwortlich ist, ist derselbe, der mich auf den Kopf geschlagen und ausgeknockt hat. Eddie.«

»Was hast du gesehen?«

»Sie hat keinen Laut von sich gegeben, aber ihre Beine

haben sich bewegt. Sie hat um sich getreten. Ich hab versucht, ihn dran zu hindern.« Er seufzte. »Ich hab's nicht geschafft, tut mir leid. Am Ende dachte ich, er würde mich auch noch umbringen, und da bin ich weggerannt. Er hat mich verfolgt und ein paarmal auf mich geschossen. Ich glaube, er hat der Polizei gesagt, ich hätte sie umgebracht. Mein Wort steht gegen seins, und das Risiko kann ich nicht eingehen. Ich bin auf der Flucht. Aber du kannst mir helfen, Robin. Gemeinsam können wir den Mann fertigmachen, der deine Frau umgebracht und versucht hat, es uns anzuhängen.«

Robin leckte sich über die Lippen. War es möglich, dass er sie nicht umgebracht hatte?

»Kannst du dich irgendwo mit mir treffen?«, fragte Don. »Lass dich von mir überzeugen, dass ich die Wahrheit sage.«

»Ich werd noch psychotisch, wenn ich hier festsitze. Vor einer Minute hab ich 'n Blutegel aus dem Hörer kriechen sehen.«

»Ich hasse das, wenn das passiert.«

»Ich muss hier raus.«

»Hört sich ganz so an. Treffen wir uns auf ein Bier?«

»Ich rühr das Zeug nicht mehr an in letzter Zeit.«

»Dann auf 'nen Kaffee.«

»Okay, aber eins musst du mir versprechen. Du hilfst mir, Eddie umzubringen.«

»Ist mir ein Vergnügen.«

»Okay. Wo sollen wir uns treffen?«

»Filmhouse Café?«

»Wann?«

»So schnell du herkommen kannst.«

Als das Telefon wieder klingelte, dachte Robin, Don

hätte etwas vergessen. Er war überrascht, als Eddies Stimme seinen Namen sagte. »Wer glaubst du, wer hier ist?«, fragte Robin ihn.

»Das ist 'ne verflucht gute Frage. Hör zu, du bist krank. Ich mach dir keinen Vorwurf. Ich hab ihre Handtasche beseitigt. Wollen wir hoffen, dass die Polizei 'ne Weile braucht, um Carol zu finden, das verschafft uns ein bisschen Zeit. Wir müssen abhauen. Ich brauch mein Geld.«

»Ich hab keine Ahnung, von was du redest.« *Genau. Tust so, als wärst du mein Kumpel, holst dir das Geld, und dann bringst du mich um.*

»Ich rede von Carol, du Blödmann.«

Robin antwortete nicht.

»Kannst du mich irgendwo mit dem Geld treffen?«

»Carol ist tot«, sagte Robin.

»Sie hat mir 'ne Menge bedeutet. Aber gib mir einfach das Geld, dann halt ich den Mund.«

»Hast du sie umgebracht?«

»Was redest du 'n für 'n Scheiß, Robin? Das zieht nicht. Deine Fingerabdrücke sind überall auf ihr. Hast du das Geld? Ich geb mich mit meinem Anteil und dem von Carol zufrieden. Deinen kannst du behalten.«

Stille erfüllte Robins Ohr. Sie tat weh.

»Ich komm und hol mir das Geld«, sagte Eddie. »Hast du's da?«

»Hast du versucht, Don umzubringen? Hast du versucht, ihn zu erschießen?«

»Natürlich hab ich nicht versucht, ihn zu erschießen.«

»Wieso nicht?«

»Weil ich dir das nicht antun würde.«

»Du sagst, du hast nicht versucht, ihn umzubringen?«
»Genau das sage ich. Wie kommst du drauf, dass ich es gemacht hätte?«
»Ich geh jetzt weg, Eddie.«
»Bleib, wo du bist. Ich komme am besten gleich vorbei.«
»Das Geld ist aber nicht hier.« Robin musste jetzt schnell nachdenken. »Es ist irgendwo in Sicherheit. Ich muss es erst holen. Ich brauche zwei Stunden.«
»Ich komme mit«, sagte Eddie.
»Das geht nicht. Da liegt eine Leiche in deiner Wohnung, Eddie. Du darfst dich nicht blicken lassen. Hast du sie umgebracht?«
»Was geht nur vor in deinem verrückten Scheißschädel?« Eddie seufzte. »Gegen drei?«
»Halb vier. Und ruf mich vorher an, damit du weißt, dass ich zurück bin.«
»Robin, bist du sicher, dass das Geld irgendwo in Sicherheit ist?«
»Jeder einzelne Penny.« Robin legte auf.

14:00 Uhr

Pearce zog den Absatz seines Stiefels durch den Schotter. Die Pistole stach ihm wieder in den Rücken. Er schaute hinüber zu der Wohnung von Robin Greaves. Wenn er wartete, bis es dunkel war, konnte er am Gerüst hinaufklettern. Es sah ganz einfach aus. Knapp über Kopfhöhe war quer über drei Pfosten hinweg eine Leiter angebunden. Wenn er sich erst mal auf die Plattform gezogen hatte, konnte er die Leiter losmachen und mit ihr in den zweiten Stock gelangen. Eigentlich brauchte er gar keine Leiter. Wahrscheinlich konnte er an den Halterungen hochklettern. Das Problem war nicht, hinaufzukommen. Das Problem war, was er tun sollte, wenn er oben war. Er musste Greaves durch das Wohnzimmerfenster erschießen, und er war sich nicht sicher, welche Wirkung Glas auf die Flugbahn einer Kugel hatte. Er konnte das Fenster zuerst einschlagen, aber das würde Greaves warnen, und Pearce bezweifelte, dass er ein bewegliches Ziel treffen konnte. Realistischerweise war die einzig sichere Methode, Greaves umzubringen, die Mündung der Tokarov an der Stirn der Drecksau anzusetzen, wenn er den Abzug drückte.

Das Gerüst hochzuklettern war keine Option. Er musste eine andere Möglichkeit finden, in das Gebäude zu gelangen.

Robin Greaves war nicht zu Hause. Oder wenn doch, dann machte er nicht auf. Im Idealfall hätte Pearce das Schloss aufgebohrt und in der leeren Wohnung auf Greaves gewartet. Dann würde er ihn packen und dem mörderischen Dreckschwein eine Ladung Blei in den Schädel jagen. Leider hatte Pearce keine Ahnung, wie man ein Schloss aufbohrte. Das war ein Thema gewesen, das im Gefängnis zwar oft aufkam, doch leider hatte Pearce nie richtig aufgepasst. Nein, das Beste, was er tun konnte, war, die Tür aufzubrechen. Wie man das machte, wusste er sehr gut. Aber wenn Greaves wieder nach Hause kam und sah, dass seine Tür eingetreten war, würde er nach einem kurzen Blick sofort die Flucht ergreifen.

Pearce dachte daran, ihn auf der Straße abzuknallen. Das würde funktionieren. Warten, bis Greaves auf die

Straße trat, und einfach auf ihn zugehen. Wenn er nahe genug war, nach hinten greifen, die Knarre aus dem Gürtel reißen und peng, peng, ein toter Wichser. Ein grandioser Plan, hätte er nicht einen entscheidenden Fehler gehabt: In dem Postamt hatte Greaves eine Skimaske getragen, und daher wusste Pearce nicht, wie der kleine Scheißer aussah. Pearce kannte nur seine ungefähre Größe und Gestalt, wusste, wie er sich anhörte, aber er konnte auf der Straße an ihm vorbeigehen, ohne ihn zu erkennen. So viel zu dieser Idee.

Auf einer niedrigen Mauer gegenüber auf der Straße stehend, hatte Pearce keine Bewegung in Greaves' Wohnung ausmachen können. Er war sich ziemlich sicher, dass Greaves weg war. Pearce hatte immer wieder seine Klingel gedrückt. Keine Antwort. Er hatte die Auskunft angerufen und sich Greaves' Nummer geben lassen und es auch damit probiert. Mehrmals. Auch da keine Antwort.

Pearce tastete nach der Pistole unter seinem T-Shirt. Die Kanone war hinderlich und schwer und zudem unbequem. Er rückte den Lauf nach rechts. Als er sich voranbewegte, rutschte er wieder zurück. Wenn er nur drinnen hätte warten können, sich irgendwo verstecken und sich auf Greaves stürzen, sobald dieser seine Wohnungstür aufschloss. Das war die Lösung. Und wenn niemand ihn sehen konnte, konnte er auch die verfluchte Kanone aus dem Gürtel nehmen.

Es würde passieren. Sorry, Ailsa.

Sie hatte ihr Bestes versucht. Sie hatten Joe-Bob in seinem Verlies zurückgelassen und sich wieder zur Bar durchgeschlagen. Roy, der Barkeeper, hatte die große Eichentür nicht wieder abgeschlossen, und es war ziemlich einfach gewesen, ihre Schritte zurückzuverfolgen. Innerhalb von fünf Minuten waren sie im Barbereich, wo dichter Qualm die Luft verpestete.

Ailsa sprach über den Lärm hinweg. »Jetzt nehm ich gerne einen Drink.«

Pearce schaute sie lange und fest an. »Versuchen Sie, mich aufzuhalten?«

Sie beugte sich zu ihm und sagte ihm ins Ohr: »Das könnte unsere einzige Gelegenheit sein, zusammen einen zu trinken.«

Er grinste sie an. »Was möchten Sie?«

Als die Barkeeperin herüberkam, die immer noch angezogen war wie ein Schulmädchen und immer noch Kaugummi kaute und immer noch sagte: »Was darf ich Ihnen bringen?«, bestellte Pearce einen Pint Guinness und einen Kaffee. Er folgte Ailsa an den Tisch vor dem Kamin.

»Sie machen sich doch nicht vor, dass Sie das für Ihre Mutter tun, oder?«, sagte Ailsa.

Er pulte die Folie von seiner Einzelportion Milch und goss sie in seinen Kaffee. »Rache ist was, was Mum verstanden hat.«

»Sie hat Ihnen zu dem applaudiert, was Sie mit dem Dealer Ihrer Schwester gemacht haben?«

»Sie hat nicht gesagt, dass sie es gut findet. Sie hat gesagt, dass sie es versteht.«

»Und die Zustimmung Ihrer Mutter hat nichts zu bedeuten, nehme ich an.«

Er nahm den Teelöffel. »'n bisschen spät dafür.« Er rührte den Kaffee um.

»Denken Sie nicht, sie ist irgendwo *da oben* und sieht zu, wie Sie noch einen Riesenfehler machen?«

Er legte den Löffel auf die Untertasse. »Auf gar keinen Fall.«

»Ehrlich gesagt«, sagte Ailsa, »ich auch nicht. Ich möchte nur …«

»Sparen Sie sich die Mühe. Ich weiß, dass Sie mich für einen Idioten halten.« Sie öffnete den Mund, um ihn zu unterbrechen, aber er hob die Hand, damit sie schwieg. »Es tut mir leid, dass Sie das denken. Und vielleicht haben Sie ja auch recht. Vielleicht ist das, was ich vorhabe, ja wirklich ein Fehler. Und vielleicht werde ich es für den Rest meines Lebens bereuen.« Er hielt inne. »Aber eins weiß ich ganz genau.« Er trank einen Schluck Kaffee. »Die meisten Leute brauchen keine Wahl zu treffen. Sie haben es leicht. Für sie ist der Gedanke, jemanden umzubringen, nichts weiter als eine Vorstellung, eine Fantasie. Sie müssen nie eine echte Wahl treffen.« Als er seine Tasse wieder hob, zitterte seine Hand leicht. Er trank den Kaffee. Senkte die Tasse. Sie klapperte auf der Untertasse. »Ich bin ein verurteilter Mörder. Ich muss eine Wahl treffen. Ich weiß, dass ich fähig bin, jemanden umzubringen. Das ist weder eine Vorstellung noch eine Fantasie. Es ist einfach die brutale Wirklichkeit.«

»Nur weil Sie's können, heißt das nicht, dass Sie's tun sollen.«

»Nur weil ich's kann, heißt das nicht, dass ich's tun soll.«

Sie schaute ihn an. »Wenn Sie's tun, versauen Sie sich Ihr Leben.«

»Wenn ich's nicht tue, wie soll ich dann mit mir selber leben?«

»Das verstehe ich nicht.«

»Rache«, sagte er, »ist ein wichtiger Teil meiner Trauerarbeit.«

Ailsa trank von ihrem Bier. Mit dem Handrücken wischte sie sich den Schaum vom Mund. »Sie haben rausgefunden, wer der Typ ist, nicht?« Als er die Stirn in Falten legte, fügte sie hinzu: »Der Mörder Ihrer Mutter.«

»Ich weiß seinen Namen und wo er wohnt.«

Sie nickte. »Wieso sagen Sie's nicht der Polizei?« Sie trommelte mit den Fingerspitzen auf den Tisch. »Wenn er der Mörder ist, müssten sie genügend Beweise sammeln können, um ihn einzubuchten. Er wird lange sitzen.« Sie hielt einen Finger in die Luft, als wollte sie den Wind prüfen. »Dann haben Sie Ihre Rache.«

Er schüttelte den Kopf. »Das ist Gerechtigkeit. Nicht Rache.«

Sie versuchte noch fünfzehn Minuten lang, ihn zu überzeugen. Als er sie in der Bar zurückließ, waren seine Abschiedsworte: »Sie haben Ihre Pflicht getan. Mehr hätten Sie überhaupt nie tun können.« Er drückte ihre Hand so fest, dass es wehtat.

Je schneller es vorbei war, desto besser.

Pearce schaute zum Wohnzimmerfenster von Robin Greaves hoch. Er tupfte sich die Augen mit den Knöcheln der Daumen, und sie waren feucht. Der Wind spielte Katz und Maus mit seinen Tränendrüsen. Pearce hüpfte von der Mauer herunter und machte sich auf die Suche nach einem Blumenladen auf dem Leith Walk.

14:27 Uhr

Als Pearce mit einem Strauß Tulpen unter dem Arm wieder vor Greaves' Haus stand, checkte er die Namen an den Türklingeln. Nur Nachnamen. Die Bewohner hatten dafür gesorgt, dass ihr Geschlecht nicht erkenntlich war. Er drückte die obersten vier Klingeln. Keine Antwort. Gut. Seine Finger gingen nach unten, und er arbeitete sich von unten nach oben.

Bei der dritten kam eine Antwort. Eine Frauenstimme. Ältlich. »Hallo?«

»Lieferung«, sagte er.

Pause. »Ich erwarte nichts.«

Er las den Namen, der auf dem Klingelschild stand. »Mrs. Henderson?«

»Ja.«

»Blumen. Die sind für Sie.«

»Wieso sollte jemand …« Sie brach ab. »Ach, na schön. Kommen Sie rein.«

Es gab vier Wohnungen im Erdgeschoss. Mrs. Henderson wohnte in der ersten rechts. Er klopfte an, und sie öffnete die Tür einen Spalt. Als er die Blumen hochhielt, nahm sie die Kette ab.

»Und Sie sind sicher, dass die für mich sind?«

Bemüht, eine gelangweilte Miene aufzusetzen, wühlte er in seiner Gesäßtasche und zog die Visitenkarte von *Eye Witness* heraus. Er hielt sie zur Seite und deckte die Rückseite mit den Fingern ab, damit Mrs. Henderson die Zeilen nicht lesen konnte, die Gray geschrieben hatte. »Henderson, richtig?« Dünne weiße Strähnen zogen sich über den Schädel der alten Dame, und ihr Blick schoss unruhig hin und her hinter Brillengläsern so dick wie Flaschenböden. Ihr Mund machte währenddessen unablässig kleine Kaubewegungen. Er hasste es, das alte Mädchen anzulügen. »Henderson ist der Name, den ich hier habe.«

»Ich bin Mrs. Henderson, das stimmt schon. Aber wer sollte mir Blumen schenken, mein Junge?«

Er steckte die Karte wieder in die Gesäßtasche. »Da ist eine Karte.« Er überreichte ihr die Blumen.

Mrs. Henderson streckte einen Arm aus, der aussah wie ein in braunes Papier gewickelter Stock. Sie suchte nach der Karte und runzelte die Stirn, als sie sie gefunden hatte. »Könnten Sie sie mir vorlesen?«, fragte sie. »Die Schrift ist so klein.«

Pearce drehte die Karte um und las: »Von einem heimlichen Bewunderer.« Er zwinkerte ihr zu. »Immer noch 'n Hingucker, was?«

»Passen Sie auf, was Sie sagen, mein Junge. Ich war mein ganzes Leben lang potthässlich, das weiß ich. Das hier ist 'n Witz, oder?«

Er hob die Schultern. »Jemand hat diese Blumen bezahlt, Mrs. Henderson, und uns gebeten, sie bei Ihnen abzuliefern. Wenn Sie sie nicht wollen, kann ich sie wieder mitnehmen. Aber ich glaube nicht, dass das ein Witz ist.«

»Ich nehme sie.« Die Blumen verschwanden in dem Türspalt. »Und jetzt zischen Sie ab.« Sie knallte die Tür zu.

Er starrte eine Weile die Tür an. Einen Moment lang hatte er gedacht, Mrs. Henderson würde ihm seinen Plan versauen. Okay, hatte sie nicht. Er war drinnen, genau dort, wo er sein wollte. Was jetzt? Zuerst ging er zurück bis zur Haustür. Dort angekommen, öffnete er sie und schloss sie dann mit genügend Wucht, um einen eventuellen Lauscher davon zu überzeugen, dass er das Haus verlassen hatte. Er wartete eine Weile, dann ging er, so leise es ihm mit den schweren Stiefeln möglich war, zur Treppe.

Sein rechter Fuß war auf der dritten Stufe, als sein Handy klingelte. Kalter Schweiß brach ihm auf Stirn und Rücken aus, aber seine Finger grabschten schon nach dem Telefon. Er hatte gerade noch Zeit, Ailsas Nummer im Display zu identifizieren, bevor es zum zweiten Mal klingelte. Er schaltete das Handy aus und blieb eine Weile stehen, ohne sich zu rühren. Von seinem Standort aus konnte er nur die untere Hälfte von Mrs. Hendersons Tür sehen. Er fixierte sie gebannt und erwartete schon fast, dass sie sich öffnete, doch die Zeit verstrich, und die Tür blieb geschlossen. Einen Augenblick später stieg er weiter hinauf.

Im ersten Stock war es still.

Auf dem Absatz zum zweiten Stock fühlte er sich sicher genug, um nicht mehr auf Zehenspitzen zu gehen. Aus der Wohnung neben der von Robert Greaves dröhnte der Fernseher. Schüsse. Massenhaft. Pearce stieg noch einen Absatz höher, wo er warten wollte. Als er vorhin die oberen Klingeln probiert hatte, hatte niemand geantwortet, was bedeutete, dass die Bewohner dieser Etage alle weg waren. Wenn Greaves als Erster nach Hause kam, würde Pearce sich nach unten schleichen und erledigen, was er erledigen musste. Wenn aber ein Bewohner aus dem obersten Stock früher als Greaves nach Hause kommen sollte, würde Pearce vorgeben, er hätte bloß jemanden besucht, und das Haus verlassen.

In dem Fall müsste er sich eine andere Methode ausdenken, mit dem Mörder seiner Mum abzurechnen.

Er glaubte jedoch nicht, dass Greaves lange wegbleiben würde. Pearces Erfahrung nach brauchte ein Mann, der gerade jemanden umgebracht hatte, eine vertraute Umgebung, um die ganze Schwere seiner Tat zu verarbeiten. Und es gibt nichts Vertrauteres als das eigene Zuhause.

Pearce setzte sich in die Ecke. Er beugte sich vor, zog die Pistole aus dem Gürtel und spannte sie halb, wie Joe-Bob es ihm gezeigt hatte. Er wartete. Er war erstaunlich ruhig.

15:10 Uhr

Robin warf einen Blick auf seinen Mitfahrer, während er durch den Leith Walk flitzte.

Anfangs war Robin verwirrt gewesen, aber inzwischen glaubte er, alles auf die Reihe gekriegt zu haben.

Ursprünglich hatte er gedacht, er hätte Carol umgebracht. Im Rückblick war klar, dass er sich geirrt hatte. Als er kurz vor Verlassen der Wohnung sah, wie sich ihr Bauch bewegte, hatte er gedacht, er hätte es sich eingebildet. Aber es stimmte. Er hatte gesehen, wie Carol einen Atemzug getan hatte. Er hatte sie nicht umgebracht. Sie war bewusstlos, mehr nicht. Und als Eddie dann zurückkam, hatte das verfluchte Schwein sie erwürgt, anstatt den Notarzt zu rufen.

Es gab überhaupt keinen Zweifel. Don hatte ihn dabei gesehen. Bei einer Tasse Kaffee hatte er geschildert, was passiert war. Er hörte nicht auf zu jammern und sich mit der Hand an den Kopf zu fassen und sich für seine mörderischen Kopfschmerzen zu entschuldigen, die Eddie zu verantworten hatte. Robin fragte sich, ob Don vielleicht nur versuchte, die hässlichen Narben zu verstecken. Wie auch immer, weil Don mitbekommen hatte, dass Eddie Carol erdrosselte, versuchte nun Eddie den armen Teufel kaltzumachen. Hatte am helllichten Tag auf ihn geschossen!

Don hatte Angst. Als Robin den Gang wechselte, schaute er ihn erneut an. Er sah ungewohnt aus. Nicht nur die Narben. Es war etwas anderes. Als ob sein Körper flimmern würde. Er machte den Eindruck, als würde er verschwinden, wenn man nicht hinschaute. Vermutlich war der arme Kerl total von der Rolle. Wünschte sich wahrscheinlich, er *könnte* verschwinden. Das war nichts, womit ein normaler Mensch fertig wurde. Er kämpfte, das sah man. Paranoide arme Sau. Nicht wirklich erstaunlich nach allem, was passiert war. Und Robin stand in seiner Schuld. Klar. Brüderliche Zuneigung erfasste Robin, als Don nun erklärte, er sei zurzeit Vertreter für eine Pharmafirma. Er war gekommen, um zu überprüfen, wie Carol auf Sulpirid ansprach. Offenbar, um zu sehen, ob paradoxe Nebenwirkungen auftraten. Robin erzählte ihm, dass er nie so etwas erlebt hatte. Bei ihm wirkte Sulpirid gut. So, wie jedes Antipsychotikum wirken sollte. Unterdrückte die Halluzinationen. So wirksam sogar, dass die Halluzinationen vor etwas weniger als fünf Monaten vollständig aufgehört hatten. Robin erzählte Don, dass er seine Medikamente abgesetzt hatte. Natürlich ließ er sich weiterhin Sulpirid verschreiben, um die Ärzte glücklich zu machen. Aber wenn er nach Hause kam, schüttete er die Pillen ins Klo.

Don war ein guter Zuhörer. Wenn er redete, dann nur, um zu sagen, dass Robin der einzige Mensch sei, dem er jetzt noch vertrauen könne. Er war nicht bereit, zur Polizei zu gehen. Dort würde man Eddies Geschichte glauben.

Eddie hatte den Kopf verloren. Er hatte Carol umgebracht, Scheiße noch mal, und Don vorgeschoben, damit es so aussah, als sei der es gewesen.

Wieso zum Teufel hatte er sie umgebracht? Vielleicht hatte er die Chance gewittert, das erbeutete Geld für sich allein zu bekommen. Vielleicht hatte er vor, Robin als Nächsten umzubringen. Eddie war schon immer ein beschissener Irrer gewesen. Frauenfeindlich. Brutal. Er war aus dem Polizeidienst geflogen, weil er einer Siebzehnjährigen das Schlüsselbein gebrochen hatte. Das arme Mädel war schwanger gewesen, und Eddies Übergriff hatte dazu geführt, dass sie ihr Baby verloren hatte. Er hatte behauptet, sie hätte sich der Festnahme widersetzt. Eddie, dieses kranke Schwein, nannte den Vorfall einen Justizirrtum. Der Schaltknüppel zuckte in Robins Hand. Er drückte ihn, bis er nachgab. Als er sanft zwischen seinen schmerzenden Fingern pulsierte, ließ er ihn los und wischte sich den Rotz an der Hose ab.

Das Auto rollte auf einen Parkplatz, und er würgte den Motor ab.

»Warten wir hier, oder gehen wir rein?«, fragte Don.

»Wir gehen rein«, sagte Robin.

»Und die Polizei?«

»Ich seh keine.«

»Die kommen schon noch. Die finden auch ohne den Ausweis Carols Namen raus und bringen sie mit dir in Verbindung.«

»Wir haben unterschiedliche Nachnamen. Da werden sie eine Weile brauchen.«

»Angenommen, wir gehen rein. Was dann?«

Robin schaute auf die Uhr. »Wenn Eddie um halb vier kommt, versteckst du dich. Ich lass ihn rein, als wär nichts. Und nach 'ner Weile springst du raus und sagst's ihm ins Gesicht.«

»Er hat 'ne Kanone. Was, wenn er auf mich schießt?«

»Die nehm ich ihm vorher ab.«

»Und dann?«, sagte Don.

»Dann bring ich ihn um.«

»Nein.«

»Warum nicht? Hör zu, wir können ihn mit vorgehaltener Pistole zu 'ner abgelegenen Stelle bringen und ihn dort loswerden. Da haben wir beide was von.«

»Das kann ich nicht.«

»Wieso nicht?«

»Es ist einfach nicht recht, Robin.«

»Du bist ein ehrlicher Mensch, Don. Das bewundere ich.« Er versuchte, das Gesicht nicht zu verziehen. »Willst du ein Geständnis aus ihm rausprügeln?«

»Er wird's nicht zugeben.«

»Hoffentlich nicht.« Robin sah Dons Adamsapfel auf- und niedergehen. »Der Wichser hat meine Frau kaltgemacht und es dir in die Schuhe geschoben.« Robin schlug mit der Hand aufs Steuer. »Wir hängen da beide mit drin.«

»Bis zum Ende.« Don fasste sich an den Kopf und verzog das Gesicht. »Wie richtige Brüder.«

Robin öffnete die Autotür. Im Wind fror er sofort. Er stieg aus und knallte die Tür zu. Sekunden darauf schloss Don die Beifahrertür. Robin ging zu seiner Wohnung voran und entschuldigte sich für das hässliche Gerüst. Er schaute nach oben. Es wurde schon finster. Er ging zur Haustür und erzählte von Edinburghs Problem mit herabstürzendem Mauerwerk, während er den Schlüssel ins Schloss fummelte. Don schlug die Hände gegeneinander.

Robin drückte die Tür auf. Das Treppenlicht brannte noch nicht. Robin und Don schoben sich durch fast völliges Dunkel zur Treppe, wo Fetzen silbrigen Lichts auf den Stufen schimmerten. Auf dem ersten Treppenabsatz sammelten sich dämmrige Lichtpfützen. Einen Absatz weiter oben war das Licht heller, einen Ton dunkler als das Licht des Vollmonds.

Robin steckte den Schlüssel ins Schloss.

Schritte kamen auf ihn zugestürmt, und etwas Schweres rammte sich ihm in den Rücken. Sein Gesicht knallte gegen die Tür. Seine Nase tat weh. Seine Unterlippe fing an zu bluten. Fast hätte er den Schlüssel fallen lassen. »Eddie?«

»Wer sind Sie?«, hörte er Don sagen. Also nicht Eddie. Sie kannten sich schon. »Okay, okay, okay«, sagte Don.

Etwas Kaltes presste sich ihm in den Nacken. Eine Stimme flüsterte in sein Ohr: »Mach die Tür auf.« Die Stimme kam ihm bekannt vor. Er konnte sie allerdings nicht unterbringen.

Er erwartete, dass Don wegrannte, aber er hatte sich nicht gerührt. Vielleicht war er gelähmt. Der arme, alte Don geriet immer tiefer in die Bredouille. Wer der Witzbold hier auch sein mochte, zum Spaß war der nicht hier.

Robin drehte den Schlüssel, und die Tür schwang auf.

»Mach das Licht an«, flüsterte die Stimme.

Als Robin den Schalter drückte, ergoss sich helles Licht in den Flur, und er brauchte einen Moment, bis seine Augen sich nach der Finsternis im Treppenhaus daran gewöhnt hatten. Wenn Robin überhaupt eine Chance gehabt hatte, die Überraschung seines Gegners auszunutzen, dann verpasste er sie, als er sich zu ihm umdrehte. Er erkannte ihn sofort. Den Sohn von Hilda Pearce vergaß man nicht so leicht. Popeye-Arme, kurz geschorene Haare, Stiefel, Jeans. Das T-Shirt hatte er gewechselt. Das hier war nicht blutgetränkt.

Er hatte eine Kanone, und die zielte auf Robin.

Pearce schloss die Tür mit dem Fuß. »Sei ein braver Junge, und setz dich.«

»Wer zum Teufel bist du?«, fragte Don.

»Du weißt, wer ich bin.«

»Ich weiß nicht, für wen Sie mich halten«, sagte Robin, »aber Sie haben den Falschen erwischt.«

»Du bist Robin Greaves. Das hier ist seine Wohnung. Du hast seine Schlüssel. Ich hab vielleicht nicht dein Gesicht unter der Skimaske gesehen, aber ich erinnere mich an deine Stimme.«

Robins Gedanken schwirrten um seinen Kopf wie ein Schwarm Schwalben. Er streckte die Hand aus und fing eine am Flügel. Sie wäre ihm fast entkommen. »Ich bin sein Bruder. Deshalb hören wir uns gleich an. Sag's ihm, Don.«

»Mit wem redest du da?«, fragte Pearce.

»Mit mir«, sagte Don.

»Hör auf mit dem Scheiß«, sagte Pearce. »Bist du Robin Greaves oder nicht?«

»Wieso wollen Sie das wissen?«

»Weil ich nicht den Falschen abknallen will.«

15:18 Uhr

Kennedy stand auf den Bohlen, die die unterste Ebene des Gerüsts vor dem Mietshaus von Robin Greaves bildeten. Ihm schwirrte der Kopf, und ihm war schlecht. Nun, da er es geschafft hatte, an einem Pfosten hochzuklettern, das Bein auf die Bohlen zu schwingen und sich auf die erste Ebene zu ziehen, wünschte er sich inständig, es wäre ihm nicht gelungen. Er saß da, den Rücken an die Hauswand gepresst, die Knie an die Brust gezogen, und atmete langsam, tief und regelmäßig ein und aus. Es gab kein Sicherheitsnetz. Nicht mal ein paar Planken längs zur Kante. Die sowieso nur eine sehr trügerische Sicherheit geboten hätten. Er nahm an, Gerüstbauer legten solche Querplanken nur, damit ihre Werkzeuge nicht runterrollten, denn eine zwanzig Zentimeter hohe Wand aus Holzplanken würde einen menschlichen Körper nicht daran hindern, aufs Pflaster zu donnern. Zugegeben, es war nur ein Sturz von etwas über zwei Metern, aber als er vorhin über den Rand geblickt hatte, waren ihm zwei Meter als verdammt weiter Weg nach unten erschienen. Und er musste noch höher hinauf. Viel höher.

Er sollte nicht hier sein. Es war eine schlechte Idee. Was hatte er sich dabei gedacht, an einem Gerüst vor einem Wohnblock hochzuklettern, wo wahrscheinlich jemand ermordet werden würde? Damit forderte man den Ärger doch geradezu heraus, Scheiße noch mal. Gott verdamm mich. Okay, er hatte gekündigt, das war schon mal was Positives. Bitte schön, es ging darum, entweder zu kündigen oder rauszufliegen. Gleich nach dem Treffen mit Pearce – als Kennedy dem bescheuerten Macker alle Informationen, die er brauchte, gegeben und ein LMA dafür bekommen hatte – hatte Kennedy sich zu seinem Boss gewandt und gesagt: »Ich hau ab.« Es war ein gutes Gefühl, wenigstens für zwei Sekunden.

»Bis dann«, sagte sein Boss.

Dabei konnte Kennedy es nicht belassen. Er musste das letzte Wort haben. »Ich meld mich. Wegen meiner Kohle.«

Sein Boss hatte die Hand auf die Nase gelegt. Okay, sein Exboss, genauer gesagt, hatte die Hand auf die Nase gelegt. Als er nickte, klappten seine Augen zu, und er schrie vor Schmerz auf. Kurz darauf sagte er: »Das Schwein bring ich um.«

Kennedy lachte ihm ins Gesicht.

Jetzt lachte er nicht mehr. Er rappelte sich auf, was angesichts der Umstände eine beachtliche Leistung war. Die nächste Aufgabe war, die Leiter freizubekommen, die an allen Enden an drei separate senkrechte Pfosten gebunden war. Erst dann konnte er riskieren, auf die nächste Ebene zu klettern. Er versuchte, nicht nach unten zu schauen, und machte sich an die Arbeit mit den Seilen.

Sie waren mit einem Spezialknoten verschnürt, und er brauchte eine ganze Weile, bis er heraushatte, wie er sie am besten aufkriegte. Es half dabei nicht, dass seine Finger so geschmeidig waren wie gefrorene Würstchen. Es war eine harte, schmerzhafte Arbeit, aber irgendwann hatte er es geschafft. Nach dem ersten waren die anderen relativ einfach. Dennoch brauchte er einige Minuten, um alle sechs Knoten zu lösen.

Er schleppte die Leiter in Position unter dem Durchstieg zur nächsten Ebene. Er hob sie an und schob nach, bis die Spitze durch das Loch über ihm ragte. An die Seite gerammt, wirkte die Leiter ziemlich stabil. Er ließ los und vergeudete ein paar Minuten damit, dass er ein junges Paar auf der anderen Straßenseite beobachtete. Den Blick starr auf das Pflaster vor ihnen gerichtet, schleppten sie ein Dutzend Plastiktüten nach Hause. Sie ließen ihre Füße nicht aus den Augen. Wenn man das hier machte, trat man unweigerlich in Hundekacke. Sie verschwanden um eine Ecke, und Kennedy wandte seine Aufmerksamkeit einem Ford-Escort-Kombi zu, dessen Heckklappe mit einem orangen Strick zugebunden war. Okay, er sah orange aus. Vor einer Viertelstunde hatte sich der Himmel zugezogen, und das Licht war nicht sehr gut. Aus allem war die Farbe verschwunden, und es sah aus, als würde es regnen, vielleicht sogar schneien.

Er musste das hier tun. Und er musste es sofort tun. Er konnte es nicht weiter aufschieben.

Oben war die Leiter einigermaßen stabil. Allerdings war der Fuß ein Problem. Es gab nichts, um sie am Wegrutschen zu hindern, wenn sein Gewicht darauf lastete, und es war niemand in der Nähe, den er hätte bitten können, sie festzuhalten. *Na denn.*

Als er den Fuß auf die unterste Sprosse setzte, neigte sich die Leiter zur Seite. Sofort zog er den Fuß zurück. Er rückte die Leiter zurecht, bis sie stabiler wirkte, und versuchte es erneut. Diesmal rührte sie sich nicht, als er sie belastete. Er zog den anderen Fuß auf die nächste Sprosse nach. Er atmete jetzt hastig, und seine Finger krallten sich viel zu fest um die Leiter. Er befahl sich, sich zu beruhigen. Noch war er nicht weit oben. Selbst wenn er stürzte, was er nicht würde, konnte er sich nicht wehtun. Es sei denn, er stürzte unglücklich und landete auf dem Kopf oder so, wobei er sich dann wahrscheinlich den Hals oder den Schädel oder das Rückgrat brechen und wahrscheinlich sterben oder den Rest seines Lebens im Rollstuhl zubringen würde.

Er quälte sich zur nächsten Ebene hinauf. Und dann zur nächsten. Ein Windstoß wehte die Haare aus seiner Stirn. Sie fielen zurück. Wurden angehoben. Fielen zurück. Ihm war nicht mehr kalt. Schweiß brannte ihm in den Augen. Wenn überhaupt, dann war ihm zu heiß, und der Wind kühlte ihn ab. Er lehnte die Stirn an die Leiter. Noch zwei Schritte, und sein Kopf würde zur nächsten Ebene durchstoßen. Eins. *Jawoll.* Und zwei. *Na los.* Er schaute nicht nach unten. Wieso war es angeblich so schwer, *nicht* runterzuschauen? Ja. Er hatte es geschafft. Er war auf der nächsten Ebene. Zugegeben, nur vom Hals aufwärts.

Er fragte sich, ob sein Boss, Scheiße, Exboss diesmal ins Krankenhaus gegangen war. Kennedy war nicht lange genug geblieben, um es zu erfahren. Nachdem sein Exboss – scheiß drauf, nenn den Mann bei seinem Namen –, nach Greys lachhafter Drohung, Pearce umzubringen, hatte Kennedy sich den ganzen Weg nach unten und bis zu der lachsroten Haustür raus schlappgelacht. Draußen auf der Straße beschloss er, noch einen Versuch zu machen, an das Geld zu kommen.

Und deshalb war er hier und kletterte eine wacklige Leiter fünf Meter hoch in die Luft und musste noch sechs Meter weiterklettern.

Greaves' Adresse war die einzige Information, die Pearce bekommen hatte. Es war nicht nötig gewesen, ihn zu beschatten, da er irgendwann hier auftauchen musste. Er brauchte nur zu warten, und darin hatte Kennedy jede Menge Übung. Und wie nicht anders zu erwarten, war Pearce kurz vor zwei aufgekreuzt. Er versuchte es mit Greaves' Klingel und machte ein paar Anrufe. Er trieb sich eine Weile herum, verschwand für zwanzig Minuten und kam mit einem Blumenstrauß zurück. Dann ließ ihn jemand ins Haus, und seither war er nicht mehr aufgetaucht. Gerade vor wenigen Minuten war Greaves aus seinem Clio gestiegen.

Das war Kennedys große Chance. Er musste es tun. Das war er sich schuldig.

Er zog sich die letzte Sprosse hoch und fiel auf die Holzbohlen. Er musste weitermachen. Wenn er es nicht schaffte, in Greaves' Wohnung zu gelangen, würde er für immer hier oben festsitzen. Er drehte sich um, packte die Leiter und zog sie durch die Öffnung. Halb trug, halb schleifte er sie auf das Loch über seinem Kopf zu. Er drehte die Leiter aufrecht und brachte sie in Stellung. Erst als er den Fuß auf die unterste Sprosse setzte, merkte er, dass er direkt vor einem Fenster stand. Zum Glück was das Licht nicht an. Aber konnte er sich darauf verlassen, dass niemand zu Hause war? Er kletterte schneller. Er kam oben an, zog die Leiter hinter sich hoch und legte sich flach hin, reglos und schnaufend wie ein Hamster im Laufrad. Er schaute über den Rand und wurde fast ohnmächtig.

Er konnte sich nicht entsinnen, dass die hartgesottenen Privatdetektive je ein Gerüst hatten erklimmen müssen. Aber er war sich sicher, dass seine fiktiven Helden – gesetzt den Fall, sie waren dazu gezwungen – es mit Eleganz und ohne Theater machten. Und ganz gewiss ohne Zuhilfenahme einer Leiter. Lichtgestalten, die sich allen

Herausforderungen mit störrischer, überheblicher Selbstsicherheit stellten. Kennedy kam sich im Vergleich dazu klein und total unfähig vor. Er erwog, einfach eine Weile an Ort und Stelle zu bleiben, zumindest bis seine Eingeweide sich nicht mehr ganz so schlabbrig anfühlten.

Das Geräusch von Schüssen schreckte ihn auf. Es kam von oben. Zuerst dachte er, es sei Pearce. Nach einer Weile wurde ihm klar, dass es unwahrscheinlich war, dass Pearce, selbst wenn er eine Pistole hatte, auch über so viele Kugeln verfügte. Und selbst wenn er sie hatte, würde er irgendwann nachladen müssen. Die Schüsse kamen natürlich aus einem Fernseher, und es hörte sich an, als kämen sie aus einem Zimmer im zweiten Stock – wo Greaves wohnte.

Noch eine Ebene. Schnell die Leiter raufgeflitzt, und das war's. Ganz einfach.

Erneut stellte er die Leiter an. Wieder kippte sie, als er den Fuß darauf setzte. Er rückte sie zurecht. Sie kippte immer noch. Er glich das Ungleichgewicht aus, indem er seinen Schwerpunkt bei jeder Sprosse auf die linke Seite verlagerte. Fünf Sprossen weiter begann die Leiter nach hinten wegzurutschen. Nur zwei, drei Zentimeter. Hastig erklomm er die nächste Sprosse. Und die nächste. Die Leiter rutschte unter ihm weg. Er verfehlte die nächste Sprosse. Er schaute hoch und sah zu seinem Entsetzen, dass die Leiter von der Kante wegschrammte, an der sie lehnte. Er warf einen Arm nach vorn. Seine Finger krallten sich in eiskaltes Metall, als die Leiter auf die untere Ebene krachte. Er hing an einer Hand und drehte sich langsam. Er trat mit den Beinen um sich, in der Hoffnung, festen Untergrund zu finden, traf aber nur auf Luft. Er riss die andere Hand nach oben. Konnte die waagrechte Strebe nicht finden, an die er sich mit der ersten Hand klammerte. Er versuchte es noch einmal. Wieder nichts. Sein Handgelenk schmerzte. Wenn es ihm gelang, sich festzuhalten, bis er sich nicht mehr drehte, konnte er sich vielleicht hochziehen, mit der anderen Hand Halt finden und ein Bein hochschwingen, es vielleicht um die Strebe haken. Er musste einfach nur festhalten. Er drehte sich weiter, und seine Finger wurden taub. Er rutschte ab. *Nicht runterschauen.* Er schaute runter. *Verdammte Kacke.* Er baumelte über der Kante. Zwischen ihm und der Straße war nichts als Luft. Wenn er sich nur noch ein klein bisschen länger festhalten konnte.

Er holte noch einmal mit der freien Hand aus und erwischte endlich die Strebe. Er hörte auf sich zu drehen. *Scheiße sei Dank.* Er hing da und fing an zu lachen. Er hätte sich vor Angst in die Hosen scheißen können. Der Versuchung, loszulassen und es hinter sich zu bringen, war kaum zu widerstehen. Er schloss die Augen und betete, was nichts half. Er öffnete die Augen, biss die Zähne zusammen und schaffte es in einer letzten Anstrengung, seine Hände in Position zu bringen. Er zog die Knie an und hakte einen Fuß um die Strebe. Der andere Fuß folgte. Dann verschwamm alles, und sein Verstand setzte kurz aus. Auf der Schwelle zur Bewusstlosigkeit riss er sich zusammen, bis ein Adrenalinstoß ihn hellwach machte. Mit der rechten Hand ließ er den Pfosten los und packte die waagerechte Strebe direkt hinter sich. Er zog, bis die Muskeln in seinem Arm zu reißen drohten. Er spannte die Beine an und drehte sich. Er ließ mit der linken Hand los und packte sofort die Strebe unter seinem Bauch. Dann streckte er den Arm und tastete mit der anderen Hand nach dem Rand der Plattform. Als er ihn gefunden hatte, schlug er das Bein darüber. Kurz darauf schob er die Hand nach. Ohne auf das Dröhnen in seinen Ohren zu achten, hangelte er sich zentimeterweise auf den Bretterboden hinauf.

Als nur noch sein Fuß über die Kante hing, blieb er reglos liegen. Nach einer Weile drehte er sich auf den Rücken und wischte sich den Schweiß aus den Augen. Ihm war schwindlig. Aber er hatte es geschafft. Kein verfluchtes Scheißgerüst würde sich je wieder mit ihm anlegen. Vielleicht waren Max und Johnny ja doch nicht so was Besonderes.

15:19 Uhr

Pearce musterte den Mann, der behauptete, der Bruder von Robin Greaves zu sein. Er wischte sich nervös die Hände an der Hose ab. Aber das war nicht verwunderlich. Wenn einem jemand uneingeladen in die Wohnung platzte und eine Knarre vor die Nase hielt, dann wurde jeder nervös. Schlechte Nerven bewiesen überhaupt nichts.

»Ich hab's satt, zu warten«, sagte Pearce. Reste von getrocknetem Blut klebten in den Haaren des Mannes. Irgendwer hatte ihn schwer angeschlagen. Und zwar allem Anschein nach erst kürzlich. Er sah richtig elend aus. »Wirst du meine Frage jetzt beantworten?«

»Sie irren sich. Ich bin nicht Robin. Ich bin sein Bruder.«

»Na klar. Wir schauen uns deine Brieftasche an, und dann sag ich dir, wer du bist, Scheiße noch mal.«

Greaves' Augen zuckten hin und her. Ansonsten rührte er sich nicht. Kein winziges bisschen.

»Sofort«, sagte Pearce. Er ließ Greaves nicht aus den Augen. »Brieftasche bitte.«

Greaves steckte die Hand in die Tasche. »Was soll das?« Er zog die Hand wieder heraus. Sie war leer. »Wollen Sie mich abknallen?« Er schlug sich mit der Faust an die Brust. »Na los. Erschießen Sie mich.«

»Okay«, sagte Pearce. Er trat näher und richtete die Pistole auf Robin Greaves. Zielte mit der Pistole auf den Mann, der seine Mutter umgebracht hatte. Hielt die Mündung direkt über sein linkes Auge.

Greaves starrte mit aufgerissenen Augen in den Lauf. Sein Anfall von Tapferkeit war vorüber. Er murmelte etwas, während sich in seinem Schritt ein Fleck ausbreitete. Aus seinem Hosenbein rann Urin. »Meine Hände tun weh«, sagte er. »Ich hab Schmerzen in den Händen.« Er sank auf die Knie. Pearce hielt die Pistole weiter auf sein Auge gerichtet. Greaves verschränkte die Hände und fing an, sie sachte zu reiben, als würde er sie waschen. »Echt schlimm.« Er löste sie voneinander, um Pearce seine Handflächen zu zeigen. »Sie funktionieren nicht, verstehen Sie?«

»Ich scheiß auf deine Hände«, erklärte Pearce ihm. »Wieso erzählst du mir was von deinen Scheißhänden?«

»Sie sind jetzt überall«, sagte Greaves.

»Was?« Pearce schüttelte ungeduldig den Kopf. »Wer?«

»Sie sind von Ihrer Mutter gekommen.«

»Von was zum Teufel redest du überhaupt?«

Greaves rollte sich nach vorn auf dem Fußboden zusammen, nahm eine fötale Haltung ein und steckte die

Hände zwischen die Knie. »Sie sind überall«, sagte er. »Blutegel. Grade jetzt kriechen sie mein rechtes Bein runter.« Er fing an zu summen. »Sag's ihm, Don.«

»Hör auf«, sagte Pearce. Greaves hörte nicht auf. Das Summen wurde lauter. Greaves öffnete den Mund und fing an zu singen. Keine Worte. Irgendwas Klassisches. Was es auch war, es hörte sich qualvoll an. Seine Tenorstimme übertönte den Fernseher von nebenan. Pearce wusste nicht, was er machen sollte. Er war hergekommen, um einen Mann zu töten, nicht, sich mit diesem Schwachsinnigen herumzuschlagen, der mitten im eigenen Urin lag und irgendeine Klassikschnulze trällerte und behauptete, dass Blutegel über sein Bein kriechen, und mit jemandem namens Don redete, der überhaupt nicht da war. »Hör auf.« Er rammte Greaves die Pistole in die Wange. »Hör auf.« Greaves plärrte nur noch lauter.

Pearce ging zum Klavierschemel und setzte sich. Das hier war kompliziert. Er musste nachdenken. Er schaute zu Greaves.

»Ich weiß nicht mehr, was abgeht«, sagte Greaves.

»Welches Mitglied der Familie Greaves hat das gesagt?«

»Ich. Don.«

»Na schön, Don. Ich dachte, dass dieser Chorknabe von Robin meine Mutter in den Hals gestochen hat. Inzwischen bin ich mir nicht mehr so sicher. Warst du's?«

»Ganz bestimmt nicht. Und ich finde es schwer, zu glauben, dass Robin so etwas tun würde.«

»Ich auch«, sagte Pearce. »Wenn das alles nur ein raffinierter Trick ist ...«

»Es ist echt.«

Pearce zögerte. Er nickte. »Das sehe ich. Ist Robin gegangen?«

»Im Augenblick«, sagte Don. »Werden Sie mich erschießen?«

Bevor Pearce antworten konnte, klingelte es.

15:26 Uhr

»Erwartest du jemanden?«

Robins Hals schmerzte. Er hörte auf zu singen und versuchte, sich aufzusetzen. Er fiel nach hinten und versuchte es erneut. Diesmal hatte er Erfolg. Seine Augen brannten und waren geschwollen und seltsam feucht, als ob er geweint hätte. Es klingelte wieder. Er blinzelte und wischte sich die Augen mit den Handrücken. Blinzelte noch einmal. Seine Nemesis saß auf dem Klavierschemel, in der schaufelartigen Hand eine Pistole. Es klingelte ein weiteres Mal. Das Telefon läutete. Kontrapunkt. Bach.

»Nicht rangehen«, sagte Pearce.

Etwas bewegte sich über Greaves' Oberschenkel. Er hatte gedacht, sie seien alle verschwunden, aber er konnte die dunklen Umrisse durch die Hose sehen. Er schlug sich aufs Bein, so fest er konnte. Das Ding blieb stecken. Er nahm es zwischen Daumen und Zeigefinger und drückte zu. Schmerz sang in seinen Fingern, schuf Harmonien. Reine Quinten und große Terzen schwebten über der Woge aus Tönen. Er zog das verfluchte Ding von seinem Bein, doch es flutschte ihm durch die Finger, und er konnte es nicht wiederfinden. Vielleicht war es ja das letzte. Er hoffte es. Er stand auf und schüttelte sein Hosenbein aus.

»Lass das«, sagte Pearce.

Ostinater Kontrapunkt. Robin erinnerte sich. Sie dachten, er würde nicht aufpassen. Sie dachten, er sei nicht richtig da. Ha! »Das Telefon?«, sagte er. »Oder die Tür?«

Pearce antwortete nicht.

»Das wird Eddie sein«, sagte Robin. »Ich bin um drei Uhr mit ihm verabredet. Er wird nicht weggehen, verstehen Sie.« Robin machte einen Schritt auf die Tür zu. Er schien sich nass gemacht zu haben. Er spürte, wie er rot wurde.

»Lass es«, sagte Pearce.

Robin blieb stehen. Sein Gesicht war heiß, aber von der Hüfte abwärts war ihm eiskalt.

Nach dreißig Sekunden hörte das Telefon auf zu klingeln. Zehn Sekunden später drückte Eddie, oder wer immer da unten am Eingang war, erneut auf die Klingel und ließ den Finger liegen. Es gab ein langes, stetiges Klingelgeräusch. Es hielt an. Und an. Und an. Dann kam das Telefon dazu.

Robin erschauerte. Er hätte gern etwas gespielt. Etwas Schnelles. Vielleicht eine Chopin-Etüde. Er blickte auf die Tasten und fing an zu summen.

»Um Himmels willen«, sagte Don.

»Okay«, rief Pearce. »Geh ans Telefon.«

Robin schaute ihn an.

»Na los.«

Robin humpelte zum Telefon und nahm den Hörer ab.

»Was soll 'n der Scheiß?«, herrschte Eddie ihn an.

Robin legte die Hand über die Sprechmuschel. »Es ist Eddie, wie ich's gesagt habe«, sagte er zu Pearce. Eddie hatte Carol umgebracht, oder? Robin konnte sie sich vorstellen, wie sie ausgesehen hatte, mit offener Bluse, nacktem Bauch, ein Buchstabe in ihre Haut geritzt. Wie hatte er das tun können? Man dachte, man kennt jemanden und dann … Na ja, gleich würde es sich herausstellen. »Er will rein.«

»Sag ihm, es passt jetzt nicht«, sagte Pearce. »Er soll morgen wiederkommen.«

Robin nahm die Hand vom Hörer. »Es passt jetzt nicht. Komm morgen wieder.«

»Ist die Polizei da?«, fragte Eddie.

»Nein. Es passt jetzt einfach nicht.«

»Ich hab deine Schlüssel«, sagte Eddie, »weißt du noch? Ich komme rein.«

Robin deckte die Muschel wieder ab und gab die Nachricht weiter.

»Scheiße«, sagte Pearce.

»Scheiße«, sagte Robin zu Eddie.

»Wer ist da bei dir?«

»Niemand.«

Eddie legte auf.

Robin starrte den Hörer an. Nichts krabbelte heraus. Er legte ihn auf die Gabel.

Sie warteten, lauschten den Cowboys im Fernseher nebenan. Pearce stand auf und fing an herumzutigern. Don lehnte sich an die Wand. Er sah aus, als wäre ihm übel. Er war grün im Gesicht. Dauernd verlor er sich und fand sich und verlor sich wieder, und an einem Punkt schien er für den Bruchteil einer Sekunde völlig zu verschwinden.

Es klingelte an der Wohnungstür.

»Du kannst genauso gut aufmachen«, sagte Pearce. »Wenn du ihn nicht reinlässt, macht er's selber.«

»Es ist nicht gut, wenn er mich sieht«, sagte Don. »Er hat heute schon mal versucht, mich zu erledigen.«

Pearce rieb sich mit dem Handrücken die Stirn. »Mach auf.«

Robin ging in Richtung Tür. Don wich auf die andere Seite des Zimmers zurück.

»Ein letzter Versuch.« Pearce schloss zu Robin auf und drückte ihm die Pistole ins Kreuz. »Sag ihm, du bist krank.«

Robin trat an die Tür. »Eddie, kannst du mich hören?«

»Lass mich rein, du Blödmann. Carol ist ... Hör zu, lass mich rein.«

»Mir geht's nicht gut. Geh weg.«

»Heilige Mutter Gottes, verdammt noch mal. Ich komm jetzt rein.«

»Mach schon die Tür auf«, flüsterte Pearce.

Eddies Lippe war geschwollen. Er hatte einen dreckigen Verband an der Hand, und etwas Langes, Schwarzes guckte heraus. Seine kornblumenblauen Augen blickten über Robins Schulter. Ohne zu zögern, hob er den Arm, und das Ding in seiner Hand spuckte. Der Krach war fürchterlich.

Der Druck der Pistole gegen Robins Rücken verschwand. Als er sich umdrehte, war Pearce auf dem Boden zusammengebrochen. Etwas hatte den Mann in die Schulter getroffen, und die Wucht des Drucks hatte ihm die Kanone aus der Hand gerissen. Er stöhnte. Robin blieb stehen und hob die Pistole auf.

Er schaute Eddie an. »Warum hast du das gemacht?«

»Das ist der Irre vom Postamt.« Eddie trat ins Zimmer und schloss die Tür. »Der, dessen Mutter du abgestochen hast. Ich hab dir nur einen Scheißgefallen getan, du

Scheißspinner. Wahrscheinlich dein verpfuschtes Leben gerettet. Hast du das Geld?«

»Warum hast du Carol umgebracht?«

»Was für 'n Scheiß redest du da?« Eddie hob den Kopf, das Gesicht zu einer bizarren Grimasse verzerrt. Er sprach durch die zusammengebissenen Zähne. Auf seiner Unterlippe klebte Speichel. Er starrte durch Robin hindurch geradewegs auf Don.

Robin blieb stehen, wo er war, und richtete die Pistole von Pearce auf Eddie. »Gestehe.«

Ohne den Blick von Don abzuwenden, sagte Eddie: »Was?«

»Du hast Carol umgebracht. Gib's zu.«

»Du bist doch total übergeschnappt. Hol das Geld.«

»Gestehe.«

»Verpiss dich und hol das Geld.«

Er würde niemals gestehen.

Robin feuerte. Eddie plumpste gegen die Tür und sackte zu Boden. Ein kornblumenblaues Auge starrte ins Leere, und wo das andere gewesen war, war jetzt ein blutiges Loch. Das schwarze Ding entglitt seiner Hand.

»Robin«, sagte Don. »Gib mir die Kanone.«

Robin grinste ihn nur an. »Moment noch.« Er drehte sich um und beugte sich über Pearce. »Was macht die Schulter?«, fragte er.

Pearce streckte blitzartig die Hand aus und packte Robin am Handgelenk. Robin schrie auf, als Pearce zudrückte. Der Mann hatte eine wahnsinnige Kraft. Gleich würde Robin die Pistole fallen lassen müssen. Er konnte sie nicht länger halten. Wenn er nur den Abzug drücken konnte. Der Schmerz, der ihm durchs Handgelenk schoss, drohte ihm das Bewusstsein zu rauben.

Wenn … er … nur … den … Abzug … drücken …

Pearce bäumte sich auf und ließ los. Ein zweiter roter Fleck erschien auf seinem T-Shirt. Weiter unten. In der Mitte.

Robin ließ die Pistole fallen und kümmerte sich um sein angeknackstes Handgelenk.

Don hob die Pistole auf. »Wo ist das Geld?«

Robin konnte die Hand nicht rühren. Sie war angeschwollen. Vielleicht hatte Pearce sie gebrochen. Na ja, den hatte er erledigt, was? Hatte ihm einen Ersatzbauchnabel verpasst. Der Mistkerl blutete fast so stark wie seine Mum und machte auch genauso viel Krach. Don sagte etwas.

»Was hast du gesagt?«

»Wo ist das Geld, das du geklaut hast?«

Ehe Robin antworten konnte, fiel Eddie zur Seite. Sein Kopf knallte gegen die Wand. Sein Hals knickte ab, und sein Ohr klebte an der Blumentapete. Er sah aus, als würde er dem Fernseher in der Nachbarwohnung lauschen.

Don ging zu Eddie hinüber und durchwühlte seine Taschen.

»Ich glaube, ich hab mir das Handgelenk gebrochen«, sagte Robin.

»Wieder mal, du bescheuerter Hypochonder. Wo ist das Geld?«

Robin schaute Don an, der gerade das Portemonnaie aus Eddies Hosentasche zog. Sein Gesicht hatte eine komische Farbe. Er sah fast so aus wie Dad.

»Du siehst nicht gut aus«, sagte Robin. Don fand einen Schlüsselbund und steckte ihn ein. »Du solltest dich hinsetzen.«

»Letzte Chance«, sagte Don.

Robin wandte sich ab. Er beobachtete, wie auf den Lippen von Pearce ein Blutbläschen platzte. Er schaute Don wieder an. »Wieso willst du mein Geld? Ich dachte, wir sind ein Team. Ich dachte, wir helfen uns gegenseitig.«

Don wechselte die Pistole von einer Hand in die andere und wieder zurück. Er kratzte sich mit der Mündung am Kinn. »Robin, ich brauch das Geld, um abzuhauen.«

»Er ist tot.« Robin zeigte auf Eddie. »Du kannst der Polizei sagen, wie es passiert ist. Er hat Carol umgebracht. Du bist jetzt in Sicherheit.«

»Aber er war's nicht.«

»Ich kann alles bestätigen.«

»Du hörst nicht zu, Robin. Eddie hat Carol nicht umgebracht.«

Robin hielt inne. Er hörte, wie die Worte in seinem Kopf widerhallten. *Eddie hat Carol nicht umgebracht*. Unmöglich. »Du bringst mich ganz durcheinander. Du hast gesagt, dass Eddie sie umgebracht hat.«

»Ich hab gelogen.«

Es wurde dunkel im Zimmer. In die Stille hinein johlten die Kriegsrufe der Apachen von nebenan durch die Wand. Robin roch Pisse, die von seinem Unterleib aufstieg. Er schaute sich um. Vor der Tür lag ein lebloser Körper, dem ein Auge fehlte. Der Liebhaber seiner Frau, Eddie. Ein weiterer Körper lag vor ihm, die Hände auf den blutenden Bauch gepresst. Robin schaute hoch zu dem Mann, der ihn belogen hatte. Don hatte das Gesicht eines Gespensts.

Robin sprach ganz ruhig. »Wenn Eddie sie nicht umgebracht hat, dann muss ich es gewesen sein. Wie ich's ursprünglich dachte. Stimmt's, Don, oder nicht?« Er legte den Kopf zurück und schloss die Augen. »Ich hatte schon geglaubt, ich hätte es mir eingebildet. Es sah so aus, als würde sie einatmen, gerade als ich ging.« Abrupt drehte er den Kopf und öffnete die Augen. Sie bohrten sich in die von Don. »Eine Weile lang wollte ich, dass sie tot ist. Jetzt wünschte ich, sie wär's nicht. Du weißt ja, wir sind verheiratet. Wir haben ein Gelübde abgelegt.« Er wandte den Kopf ab. »Es ist nur so, dass unsere Ehe nie vollzogen wurde.« Er krümmte die Finger. Allmählich kam wieder etwas Gefühl in die Hand zurück. »Ja. Wir haben nie gefickt, ich und meine Frau.« Er gluckste. »Sie konnt's nicht ertragen, wenn man sie anfasste. Sie konnt's nicht ertragen, wenn irgendjemand sie anfasste.« Er hielt inne. »Ich weiß, was du jetzt denkst.« Er schüttelte den Kopf. »Einmal haben wir ihre Mum besucht«, fuhr er fort. »Ihre Mum hatte MS. Schon seit 'ner Weile. Ihre Sehkraft ließ nach.« Robin rieb sich das Handgelenk. »Sie wohnte mit ihrem Freund in so einem neuen Haus. Massenware. Total charakterloser Schuppen. Der Punkt ist jedenfalls, dass es eine Treppe gab, mit der sie schwer zurechtkam. Als wir da waren, blieb sie stecken. Aus Angst, schätze ich. Aus Angst zu fallen. Wenn sie allein gewesen wäre, hätte sie die Angst garantiert überwunden. Oder gewartet, bis ihr Freund von der Arbeit nach Hause kam. Aber weil wir da waren, bat sie Carol um Hilfe. Carol kam ihr den halben Weg entgegen, dann blieb sie einfach stehen und rief nach mir. Sie konnt's nicht. Ihr körperlicher Abscheu war so stark, dass sie sich nicht überwinden konnte, ihrer eigenen Mutter auch nur die Treppe runterzuhelfen. Ist das nicht total verrückt?«

»Die Frau wäre was für mich gewesen«, sagte Don. »Ich hätte mit ihr reden sollen, bevor ich sie erwürgt habe.«

Robin wurde flau im Magen. »Einen Moment lang hab ich geglaubt, ich wäre klar. Bist du real? Ich weiß es gar nicht richtig.«

»Ich bin so real wie du«, sagte Don. »Wie viel Geld hast du?«

»Ungefähr dreißig Riesen.«

»Wunderbar«, sagte Don. »Hol sie.«

»Sag das noch mal«, sagte Robin. Er schmiegte seine schmerzende Hand in die andere. »Das über Carol. Dann geh ich das Geld holen.«

Don seufzte. »Da gibt's nichts weiter«, sagte er. »Du hast gedacht, du hättest sie kaltgemacht. Aber du warst's nicht. Nachdem du weg warst, kam sie wieder zu sich. Ich hab zu Ende gebracht, was du angefangen hattest. Das ist alles.«

»Du hast sie erwürgt?«

»Klar. Und ich hab ihr LOVE in den Bauch geritzt.«

»Aber wieso?«

»Das mach ich nun mal so.«

»Du?« Robin starrte ihn an. »Du siehst nicht aus wie 'n Killer.«

»Doch. Ich seh genau aus wie einer.«

»Wieso Carol?«

»Ich wollte meinem kleinen Bruder helfen. Der ist ja so 'ne Lusche, weißt du. Kriegt nichts von selber auf die Reihe. Hör zu, du wolltest, dass sie tot ist. Du hast versucht, sie abzumurksen. Du hast doch sowieso gedacht, dass sie tot ist. Worüber beschwerst du dich eigentlich, zum Teufel?«

»Hattest du geplant, sie umzubringen?«, fragte Robin.

»Ehrlich gesagt, hast du mich erst drauf gebracht. Ich hab eigentlich versucht, Verbindung zu dir aufzunehmen.«

»Du meinst, ich hätte dich davon abhalten können?« Robin hielt inne. »Ich hätte dich abhalten können?« Er starrte Pearce an. Seine Hand lag auf seinem Bauch, Blut tropfte herunter. Seine Augen waren offen, und er schaute desorientiert. »Carol würde noch leben, und sie müsste mir dankbar sein«, sagte Robin. »Sie hätte mir ihr Leben zu verdanken. Weißt du, was das bedeutet hätte?«

»Dazu wär's nicht gekommen.«

»Möglich wär's gewesen.«

»Im Leben nicht.« Don packte Robin am Ellbogen. »Genug geplaudert. Ich bin auf der Flucht und brauche Kohle. Hol das Geld.«

15:42 Uhr

Im Gefängnis hatte Pearce eine Menge gelesen. Er las allen möglichen Mist. Zum Beispiel erinnerte er sich, irgendwo gelesen zu haben, es sei unmöglich, gleichzeitig in zwei Körperteilen Schmerz zu empfinden. Also, das war absoluter Quatsch. Gerade eben hatte er den Beweis, sofern der notwendig war, dass man nie glauben durfte, was man las. Der Schmerz in seiner Schulter war der geringere der beiden Schmerzen, die er eindeutig empfand, aber der war immer noch ganz schön scheißschlimm. Es war, als hätte jemand eine Stricknadel genommen und sie ihm voll durch den Oberarm gerammt. Der Schmerz in seinem Bauch war eine andere Liga. Der fühlte sich an, als hätte er eine glühende Kohle verschluckt, die ihm jetzt die Eingeweide verbrannte wie Sau.

Was ihm am meisten Sorgen machte, war der Blutgeschmack in seinem Mund.

Wenn er nicht bald in ein Krankenhaus kam, würde er sterben.

Und wenn er bald in ein Krankenhaus kam, würde er vielleicht trotzdem sterben. Wie Mum.

Als Greaves oder Don oder wer immer dieser irre Drecksack war, der da mit sich selbst redete, das Zimmer verließ, versuchte Pearce sich aufzusetzen. Der Schmerz in seinem Bauch haute ihn wieder um. Er schluckte seinen Schrei so weit runter, dass er als ein Wimmern über seine Lippen drang. Okay. Aufsetzen war nicht drin. Er streckte den Arm in Richtung der Leiche bei der Tür aus. Die Pistole, die ihm in die Schulter geschossen hatte, lag an den Füßen des Toten. Etwa einen Meter außerhalb von Pearces Reichweite. Er tastete nach seinem Handy. Sollten alle Stricke reißen, konnte er immer noch die Polizei anrufen. Er hörte ein Geräusch auf der anderen Seite des Zimmers und hob den Kopf. Es tat weh, ihn so zu halten. Er ließ ihn sinken. *Eins, zwei, drei*. Hob ihn noch einmal.

Und wieder dieser Laut. Genau. Jemand öffnete das Fenster. Mit einem dumpfen Klappern glitt es nach oben. Ein Bein kam in Sicht. Ein Körper. Ein weißes Gesicht.

Pearce erkannte ihn. Kennedy. Der Junge von *Eye Witness*. Er machte den Eindruck, als wäre er eigentlich lieber irgendwo anders.

Er kroch zu Pearce herüber und flüsterte: »Sind Sie okay? Sie sehen nicht besonders gut aus.«

»Sie auch nicht«, sagte Pearce. »Ich sterbe. Was ist Ihre Ausrede?«

Der Junge sah angeschlagen aus. »Ich hab 'n Problem mit Höhen.«

»Sie sind jetzt hier«, sagte Pearce. »Wollen Sie mir nun helfen oder was?«

»Ich bin wegen dem Geld hier.«

»Greaves ist ein Irrer, und er ist scheißgefährlich. Ich hab unterschätzt, wie sehr. Wenn Sie ihn nicht kaltmachen, macht er Sie kalt.«

Kennedy stieg über Pearce und nahm die Pistole. »So eine hab ich noch nie benutzt«, sagte er.

»Ich auch nicht. Mein Rat, gehen Sie so nah ran wie möglich, bevor Sie den Abzug drücken.«

»Ich hab Ihnen doch gesagt, dass ich wegen dem Geld hier bin. Ich erschieße überhaupt niemanden.«

Pearce leckte sich die Lippen und schmeckte wieder Blut. »Dann geben Sie mir die Kanone. Ich knall ihn ab.«

»Ich bin wegen dem Geld hier.«

»Alle sind auf das Geld scharf.« Pearce sprach lauter. »Sie können die Scheißkohle haben. Aber geben Sie mir die Kanone.«

15:45 Uhr

»Was war das?«, fragte Don.

Robin reichte ihm die lederne Reisetasche, die er unter einem Stapel Pullover hinter einer der verspiegelten Schiebetüren des Kleiderschranks versteckt hatte. »Ich hab nichts gehört.«

»Pst. Hör doch mal.«

Auf dem Boden lagen verstreut zwischen Glasscherben und zerbrochenen Bilderrahmen Fotos von Carol. Robin bückte sich und hob eines auf. »Du hast sie umgebracht«, sagte er. Es war eine Feststellung, keine Frage.

»Halt's Maul.«

»Du hattest kein Recht dazu, sie umzubringen.«

»Aber du schon?«

»Ich muss eine rauchen«, sagte Robin.

15:45 Uhr

»Besser nicht«, sagte Kennedy. »Niemand braucht zu sterben.«

»So naiv, wie Sie aussehen, können Sie doch gar nicht sein«, sagte Pearce.

15:46 Uhr

»Pst«, sagte Don. Er drückte die Pistole seitlich in Robins Hals und ließ sie dort.

Robin bewegte sich. So leise er konnte, ging er voran ins Wohnzimmer. Don folgte; mit einer Hand rammte er die Pistole in Robins Hals, die andere hielt die Reisetasche gepackt.

Der Raum war eiskalt. Robin warf einen Blick zum Fenster. Es stand weit offen, und davor stand ein junger Mann.

Robin entschloss sich, den Mund zu halten. Wenn Don den Fremden sah, war es in Ordnung. Als Robin den Kopf drehte, scheuerte die Mündung von Dons Kanone an seinem Hals. Robin fluchte.

»Schnauze«, sagte Don und stieß die Pistole nach oben.

Robin tränten kurz die Augen. Als sie wieder klar waren, schaute er sich um. Eddie und Pearce lagen noch immer dort, wo sie hingefallen waren. Daran hatte sich nichts geändert. Robins Blick kehrte zu dem jungen Mann zurück, der von einem Fuß auf den anderen hüpfte. Vielleicht war er drauf und dran, wieder durchs Fenster zu verschwinden. Vielleicht musste er auch nur aufs Klo.

»Tun Sie's nicht«, sagte der junge Mann. »Erschießen Sie sich nicht.«

»Ich erschieße, wen ich will, verflucht noch mal«, sagte Don.

Robin stieß einen Seufzer der Erleichterung aus. Don hatte ihn auch gesehen. Der junge Mann war echt. Robin blickte auf seine Füße und sagte nichts mehr.

»Antworte mir, oder ich blas dir das Hirn raus«, sagte Don. »Wie heißt du?«

Robin spürte, wie die Pistole an seinem Hals abwärts rutschte. Sie erschien über seiner Schulter und zielte auf den Fremden.

»Kennedy«, erwiderte der Fremde.

»Was hast du hier zu suchen?«, sagte Don.

Der Fremde scharrte mit den Füßen. »Gar nichts.«

»Ich muss eine rauchen«, sagte Robin.

Don schaute ihn finster an. »Dann rauch doch eine, verflucht noch mal.«

Robins Hand war geschwollen, das Handgelenk mindestens um ein Drittel dicker, als es sein sollte. Er griff mit der linken Hand in die Hemdtasche und holte ein Päckchen Zigaretten heraus.

In seinem Kopf schwärmten Bienen.

Don ging auf Kennedy zu.

Robin machte den Deckel auf, zog eine Zigarette heraus und ließ die Packung fallen. Er bückte sich, um sie aufzuheben. Dann ließ er das Feuerzeug schnappen. Das Scheißding war leer. »Hat jemand Feuer?« Niemand beachtete ihn. Er warf das nutzlose Feuerzeug auf den Boden. Aus dem Augenwinkel sah er, wie Pearce die Hand bewegte. Er hielt das schwarze Ding, das Eddie mitgebracht hatte. Das Ding hatte in etwa die Form einer Pistole. Wie die schwarze Brocock, die sie bei dem Raubüberfall benutzt hatten. Hatte er Halluzinationen? Nein, Pistolen ringelten sich einem nicht in der Hand. Das Ding hier pulsierte. Es hatte einen Herzschlag. Oder bildete er sich das ein? Das war das Schlimmste, wenn man krank war. Dass man den eigenen Augen nicht trauen konnte. Fast so schlimm wie dem nicht trauen zu können, was man hörte. Aber das wusste er und konnte es ausgleichen. War das jetzt eine Pistole? Hatte Eddie Pearce in die Schulter geschossen? Das würde das Blut erklären. Und wenn ja, dann zeigte dieselbe Pistole jetzt auf Don.

Der Arm von Pearce war alles andere als ruhig.

»Jetzt wäre ein guter Moment«, sagte Kennedy.

Don folgte seinem Blick, indem er den Kopf drehte, bis er über die eigene Schulter schaute.

Pearce drückte ab. Die Pistole heulte auf, und die Kugel schlug etwa eineinhalb Meter links von Don ein Loch in die Wand.

Grinsend machte Don einen Schritt auf Pearce zu. »War ich nicht unvorsichtig?«, sagte er und ließ die Reisetasche fallen.

Robin versperrte ihm den Weg. Seine Hand schoss hervor und traf mit dem Rücken auf Dons Nase. Etwas brach. Auf Dons Gesicht zeichnete sich der Schock ab, und aus seiner Nase sprudelte Blut auf den Teppich. Als er die Pistole hob, packte Kennedy von hinten seinen Arm und verdrehte ihn. Die Pistole feuerte eine Kugel in die Decke.

»Halt ihn fest«, sagte Robin. Mit der guten Hand wand er die Kanone aus Dons Fingern. Sobald er sie richtig gefasst hatte, presste er Don die Mündung zwischen die Beine. »Du kannst loslassen, Kennedy.«

»Was loslassen?«, fragte Kennedy.

»Beweg dich einfach nur«, sagte Robin. »Geh aus dem Weg.«

Don erstarrte. Er stand auf den Zehenspitzen.

Robin klemmte immer noch die unangezündete Zigarette zwischen den Lippen. Er drückte ab.

Don prallte nach hinten in das offene Fenster. Er landete mit dem Rücken an der Fensterbank und gab gurgelnde Geräusche von sich. Er sah aus, als würde er Blut pissen. Wahrscheinlich tat er es auch.

Robin ging zu ihm, packte ihn an den Beinen und kippte ihn über die Kante. Robin stieg ihm durchs Fenster nach.

Don lag auf den Bohlenbrettern, und Reste des Tageslichts ließen sein Gesicht fahl aussehen. Er spuckte Blut. Als Robin seinen Mantel packte, leistete er keinen Widerstand. Robin zerrte ihn an die Kante der Plattform. »Weiter Weg bis unten«, sagte er.

Don spuckte noch mehr Blut. Drehte den Kopf zu Robin. »Kann meine Beine nicht spüren«, japste er.

»Gut zu wissen.« Robin packte Don am Knöchel und

richtete sein Bein an der Kante aus. Er nahm das andere und legte es parallel dazu. »Du hast meine Frau umgebracht, stimmt's?«

Eine jähe Grimasse trat an die Stelle von Dons Lächeln.

»Tut's weh?«

»Revanche, kleiner Bruder«, sagte Don. »Aber das weißt du ja, oder? So gut wie du weißt, dass ich gar nicht hier bin. Alles, was du grade abgeknallt hast, ist ein Stück von deiner Schizovorstellung. Ich bin nicht verletzt. Ich blute nicht wirklich. Ich bin nicht aus Fleisch und Blut. Ich bin nur deine scheißverrückte Einbildung. Mehr bin ich nicht, kleiner Bruder. Scheiße. Außer dir sieht mich niemand. Wir beide sind ganz allein. Soll ich dir ein kleines Geheimnis verraten? Ich hab deine Frau nicht umgebracht. Das warst du. Du hast dir nur meine Persönlichkeit dazu ausgeliehen, weil deine eigene nicht den Mumm dazu hat.«

Robin spürte immer noch die Zigarette im Mund. Immer noch nicht angezündet. »Hast du Feuer?«

»Leck mich.«

Robin klopfte sich auf die leeren Taschen, dann setzte er sich unter das Fenster und streckte die Beine aus. Er nahm die Zigarette aus dem Mund und warf sie über die Kante. Kein Terpentin diesmal. Kein Paraffin. Er würde improvisieren müssen. Seine Füße berührten Dons Arm. Don krallte sich in sein Hosenbein. Robin stemmte sich gegen die Wand und stieß die Beine nach vorn. Don fing an zu lachen. Robin stieß noch einmal zu. Don ließ seine Hose los und klammerte sich an einen Gerüstteil, bis die Knöchel um den Pfosten weiß hervortraten.

Robin stand auf. Er machte einen Schritt auf Don

zu und stieg ihm auf die Hand. Die Finger blieben um den Pfosten geschlungen. Noch einmal, und sie lösten sich etwas, dann krallten sie sich wieder fest. Beim dritten Mal schrie Don. Aber er ließ immer noch nicht los. Robin trat ihn erneut, und endlich gaben Dons Finger nach. Robin legte sich neben ihn hin und hielt ihm die Arme an den Seiten fest. Einen Moment lang lagen sie nebeneinander. Reglos. Dann stemmte sich Robin auf einem Ellbogen hoch und ließ sich auf Don hinabsinken. Don versuchte, ihn wegzustoßen, aber Robin presste den Kopf an Dons Brust und schlang ihm die Arme um den Rücken. Er fing an, »Didos Klage« aus Purcells einziger Oper zu summen und sich im Takt der Musik zu wiegen.

Er öffnete den Mund und sang: »No trouble, no trouble in my soul.« Hielt inne. Sprach. »Bist du dir sicher, dass du kein Feuer hast, Don?« Er wartete die Antwort nicht ab. Er hatte genug Schwung gesammelt, um sich auf den Rücken zu rollen. Er warf sich herum, und dann war nur noch Luft unter ihm. Don existierte nicht? Nicht mehr lange jedenfalls. Robin starrte in Dons blutiges Gesicht. Den ganzen Weg bis unten auf die Erde.

15:54 Uhr

Wenige Schritte links von ihm häuften sich Müllsäcke. Die weiche Landung, die er nie erleben sollte. Er drehte den Kopf. Starrte Robin an. Landete obendrauf auf dem selbstmörderischen Wichser. Prallte ab von der Wucht. Brach wahrscheinlich jeden Knochen in Robins verrücktem Leib.

Und seinem eigenen.

Von der Hüfte abwärts spürt Don nichts mehr. Sein rechter Arm liegt verdreht unter seinem Rücken. Wenn er versucht, die andere Hand zu bewegen, zuckt nur der kleine Finger. Jemand greift in seinen Kopf und zerquetscht ihm das Hirn. Stählerne Finger senken sich in seine Brust. Grelle Lichter zerplatzen in seinem Schädel.

Etwas Komisches passiert: Don kann nicht atmen.

Über ihm kreist ein Vogelpärchen. Der eine Vogel heißt Don, der andere Donald.

Donald ist in der Garage und spielt mit Terptin, obwohl er weiß, dass Mummy das nicht mag. Er hat es schon mal getan, und sie sagte, es sei sehr, sehr gefährlich. Sie hat ihm mit der Haarbürste den blanken Hintern versohlt, bis ihr der Arm wehtat und sie aufhören musste.

Robin zupft Donald am Arm, und Donald sagt: »Hau ab.«

Donald ist acht. Robin ist sechs. Er zieht Donald wieder am Ärmel und sagt: »Was machst du da, Donald? Darf ich zugucken?«

Donald seufzt schwer, als sei es eine Riesensache, und sagt: »Hau ab.« Er stößt mit dem Ellbogen in Robins Richtung und trifft ihn am Kinn.

»Das tut weh«, sagt Robin. Wenn Mummy da wäre, würde er heulen. Aber er weiß, dass es keinen Zweck hat. Donald würde ihn nur auslachen. Es vielleicht sogar noch mal tun.

»Tut mir leid«, sagt Donald mit der komischen Stimme, für die Mummy ihn immer ausschimpft. Er zieht ein Gesicht.

Robin linst Donald über die Schulter und sieht, wie er ein altes Höschen von Mummy tränkt, das sie zum Abstauben benutzt. Donalds Zunge hängt ihm aus dem Mund, wie wenn er einen Anfall hat. Donald ist nämlich Pleptiker.

»Wenn Mummy das rausfindet, dann kriegst du Haue.«

»Na, sie findet's ja nicht raus, oder?«

»Was machst du damit, Donald?«

»Eine Leuchte.«

»Da braucht man doch Batterien.«

»Doch nicht so eine Leuchte, du Blödmann. Eine Leuchtfackel.«

»Eine Leuchtfackel? Manno. Krieg ich auch eine?«

»Dazu bist du zu klein.«

»Zeig mir, wie man eine macht.«

Donald schreit ihn an: »Lass mich in Ruhe.«

Robin wartet, bis Donald wieder ein normales Gesicht macht, und dann zupft er an seinem Pullover. »Darf ich mal riechen?«

Seufzend lässt Donald ihn näher kommen und an dem nassen Lumpen schnüffeln.

»Darf ich auch mal an der Flasche riechen?« Das Terptin ist in einer Wasserflasche, die Mummy immer in einem hohen Schrank in der Küche versteckt. Sie weiß nicht, dass Donald an sie rankommt, wenn er auf die Mikrowelle klettert.

»Na schön.« Donald schraubt den Deckel ab, und Robin atmet tief ein. Ihm wird ein bisschen schwindlig davon. Er riecht noch mal. Donald schraubt den Deckel wieder auf und stellt die Flasche auf die Bank neben der Schachtel mit den langen Streichhölzern.

Donald lässt den Lumpen fallen. Er guckt ganz komisch.

»Hör auf, Donald.«

Donald fällt auf den Boden, und seine Beine fangen an zu zucken.

»Hast du ’nen pleptischen Anfall?«, fragt Robin ihn. Donald tritt weiter um sich. Robin weiß, dass er Mummy von Mrs. McRobb nebenan herrufen müsste. Aber zuerst will er noch mal an dem Terptin riechen. Er nimmt die Flasche und schraubt den Deckel ab. Es riecht wirklich gut, und er denkt, Donald möchte vielleicht auch mal riechen. Aber im Augenblick kann Donald überhaupt nichts riechen. Er ist viel zu sehr damit beschäftigt, sich auf dem Boden der Garage rumzuwälzen.

Robin hat eine Idee. Er gießt seinem Bruder ein bisschen Terptin aufs Gesicht. Er zielt auf seine Nase, aber es kommt ihm etwas in den Mund und mischt sich mit der Spucke in den Mundwinkeln. Robin gießt ihm etwas in die Haare. »Shampoo.« Er gießt weiter. »Für dich.« Er muss immer lachen, wenn Mummy das sagt. Er gießt immer weiter. Er beugt sich runter, um es zu riechen. Er reibt es mit den Fingern in Donalds Haare. Er schäumt gar nicht wie Shampoo. Seine Finger riechen nach Terptin. Er wischt sich die Hand an der Hose ab. Schüttelt die Flasche. Weil nicht mehr viel übrig ist, lässt er etwas auf Donalds Pullover tropfen und leert den Rest über seine Jeans. Es sieht aus, als hätte sich Donald in die Hosen gepinkelt. Ha, ha.

Er hat schon mal Streichhölzer angezündet. Die hier gehen ganz einfach. Das sind große. Er öffnet die Schachtel und holt eins raus. Das Ende ist rot. Manchmal sind sie auch braun. Und einmal hat er ein blaues gesehen.

Er reibt es an der Seite der Schachtel, und nichts passiert. Er versucht es noch mal, und die Flamme zischt hoch. Er lässt es eine Weile brennen und hält es dann Donald an den Kopf. Die Haare von seinem Bruder glühen blau auf, dann flackern sie orange und fangen an zu knistern. Er lässt das Streichholz fallen und stellt die Terptinflasche und die Streichholzschachtel wieder auf die Bank.

Donald schreit. Er tanzt auf dem Rücken wie ein Käfer und schreit dabei. Seine Haare sind eine einzige große Flamme, und die Haut auf seiner Wange brennt. Eins seiner Augenlieder sieht aus wie geschmolzen. Robin klatscht in die Hände und gluckst begeistert. Er nimmt die Streichhölzer von der Bank und zündet noch eins an. Er lässt es seinem Bruder auf die Brust fallen, und sieht zu, wie der Pullover zu brennen beginnt. Er zündet noch eins an und lässt es fallen. Dann lässt er die ganze Schachtel fallen.

Er wartet und guckt zu. Er bekommt Angst. »Donald«, sagt er. »Hör jetzt auf.« Als alles brennt bis auf Donalds Schuhe, fängt er an zu rufen. »Mum.« Er rennt hinaus und in den Garten nebenan und die Stufen hinauf und trommelt so fest gegen die Tür, dass ihm die Faust wehtut. »Mum. Mum.«

Sie kommt an die Tür und sieht sein Gesicht und sagt: »Was ist denn, mein Schatz?«

Er packt ihre Hand und zieht sie über den Weg zurück durch den Garten und in die Garage.

»Oh, mein Schatz«, sagt sie. Sie schlägt die Hand vor den Mund. Ihr Gesicht ist ganz weiß. »Oh, mein Schatz«, sagt sie. Sie rennt zu Donald hin, der aufgehört hat, sich zu bewegen. »Mein Schatz.« Sie fängt an, die Flammen mit den Händen auszuschlagen. Der Qualm bringt sie zum Husten. Sie keucht. Tränen strömen ihr übers Gesicht. Sie kreischt. »Mein Schatz.«

15:54 Uhr

Pearce hörte den Gesang. Hörte den Schrei. Er sah, wie Kennedy durch das offene Fenster stieg und kurz darauf, die Hand vor den Mund geschlagen, wieder hereinkam.

»Alles klar?«, sagte Pearce.

Kennedy hob die Augen und nickte kaum merklich.

Mit geschlossenen Augen sagte Pearce: »Tot?« Die Erschöpfung steckte ihm in allen Knochen.

Kennedy nahm die Hand vom Mund und sagte: »Ich glaube.« Er schloss das Fenster.

»Sie machen besser, dass Sie hier rauskommen«, sagte Pearce. Der Mörder seiner Mutter war tot. Er hatte sich selbst umgebracht und Pearce damit auf seltsame Weise gerettet. Pearce fror. Er fror nie.

Der junge Mann nahm die Reisetasche und öffnete sie. »Junge«, sagte er und schloss sie wieder. Er ging zu Pearce. »Geben Sie mir die Pistole.«

»Auf keinen Fall.« Pearce hob den Arm. Es war anstrengender als fünfzig Liegestütze. Die Kanone wackelte in seinen Händen. »Nimm das Geld und mach, dass du rauskommst, sonst knall ich dich ab, wo du grade stehst.«

»Ist das der Dank für alles?«

»Du warst 'ne große Hilfe«, sagte Pearce. »Und jetzt verpiss dich.«

»Ich fass es nicht. Sie leben doch nur noch meinetwegen. Wenn ich nicht das Gerüst hochgeklettert wäre, dann wären Sie tot.« Die Tasche schwang in seiner Hand. Er sah aus wie ein Fünfzehnjähriger.

»Was willst du? Einen Kuss?« Pearce seufzte. Ganz schlecht. Es setzte seinen Magen in Flammen. Er kniff die Augen zusammen. Der unglaubliche Schmerz brachte ihn fast zum Lachen. »Ich *werd* dich erschießen.« Er öffnete die Augen und suchte nach denen von Kennedy.

»Wem wollen Sie hier was vormachen?«, fragte Kennedy. Die Muskeln um seinen Mund wurden nach und nach schlaff. »Sie würden kein Scheunentor treffen, selbst wenn Sie direkt davor stünden.«

Pearce konnte die Hand nicht oben behalten. Er ließ sie sinken. Sie war noch um die Waffe geklammert. »Was willst du?«

»Die Pistole«, sagte Kennedy.

»Wozu?«

»Ich hatte noch nie eine, und Ihnen nützt sie nichts. Denken Sie, ich wollte Sie erschießen?«

»Kann sein«, sagte Pearce. »Vielleicht denkst du, ich erzähle den Bullen von dem Geld.«

»Das tun Sie nicht.«

»Bist du bereit, das Risiko einzugehen?«

»Das ist kein Risiko.«

Pearce runzelte die Stirn. »Wie meinst du das?«

»Sie nehmen auch was davon.«

»Von dem Geld? Ach ja? Und was ist mit deinem Boss?«

»Ich hab keinen Boss. Ich hab heute gekündigt. Das hier«, Kennedy schwenkte die Reisetasche, »war alles meine Idee. Er hat keine Ahnung davon.«

»Und jetzt hast du die geniale Idee, die Kohle mit mir zu teilen?«

»In zwei Teile, genau in der Hälfte.«

»Ich will's nicht.«

»Darauf kommt's nicht an.«

»Ich weigere mich, es zu nehmen.«

»Dann muss ich Sie möglicherweise umbringen.«

»Spiel nicht den harten Burschen«, sagte Pearce. »Das steht dir nicht.«

»Ich kann Ihnen nur trauen, wenn Sie mit drinstecken. Verstehen Sie das nicht?«

Pearce dachte einen Moment nach. »Mein Wort reicht dir nicht?«

»Das kann ich nicht entscheiden. Ich kenne Sie gar nicht.«

»Okay«, sagte Pearce. »Dann geh zu 'nem Typen. Er heißt Cooper. Er hat auch 'nen Vornamen, aber den kennt keiner. Du solltest ihn mit Mister ansprechen.« Er nannte Kennedy die Adresse. »Ich schulde ihm Geld. Er wird dir sagen, wie viel.«

»So in etwa?«

»Nicht ganz 'nen Riesen.«

»Sie müssen mehr nehmen ...«

»Ist egal, ob's zehn Pfund sind oder zwanzigtausend. Geteilt ist geteilt, wie, spielt keine Rolle.« Pearce hielt einen Moment lang inne, um gegen den Schmerz anzukämpfen. Er fuhr fort: »Entweder es ist geklaut oder eben nicht. Und jetzt hilf mir.« Seine beiden Hände waren blutüberströmt, und er kriegte das Handy nicht vom Gürtel los.

Kennedy half ihm, es herauszuholen. »Brauchen Sie was? Eine Decke?«

»Hau einfach ab, bevor die Polizei hier ist.«
»Kann ich die Pistole haben?«
»Verpiss dich.«

15:56 Uhr

Pearce fühlte sich betrogen. Rache war nicht süß. Er leckte sich die ausgetrockneten Lippen. Sie schmeckten nach Metall. Er wählte 999. Man erklärte ihm, ein Krankenwagen sei unterwegs. Er legte auf.

Er war fix und fertig. Er wählte ihre Nummer.

»Hallo«, sagte sie.

Er wusste nicht, was er sagen sollte. Nach einer Weile sagte er: »Hallo.«

»Sie atmen so komisch.«

»Ach ja?«

»Sind Sie in Ordnung? Pearce, was ist passiert?«

»Wollen Sie die guten Neuigkeiten hören?« Er hielt inne. Hustete. »Oder die schlechten?«

»Hören Sie auf mit dem Quatsch.«

»Ver…«, sagte er, »…zeihung, untertänigst.«

»Zicken Sie nicht rum.«

»Okay.« Er hielt inne. Schloss die Augen. Kalt. Scheiße, war ihm kalt. »Er ist tot.«

Sie schrie ihm direkt ins Ohr. »Allmächtiger!«

Er ließ das Handy fallen. Hörte sie immer noch schreien. Keine Worte. Nur ein langer gequälter Schrei. Er tastete nach dem Telefon. Hatte es. Hielt es ans Ohr. Es war so schwer wie ein fettes Baby.

»Wieso erzählen Sie mir das?«, fragte sie.

»Das waren die guten Neuigkeiten.«

»Aufhören.«

»Aufhören?«

»Aufhören.«

»Aufhören.« Er hielt inne. Tränen stiegen ihm in die Augen. Er drängte sie zurück. Was war nur mit ihm los? Seine Stimme klang brüchig, als er sagte: »Ich hab ihn nicht umgebracht.«

»O Gott«, sagte sie. »O Scheißallmächtiger, Gott sei Dank.«

»Ailsa, kann sein«, sagte er, »ich kipp gleich um.«

»Was? Ist etwas nicht in Ordnung?«

»Bin müde.« Seine Stimme war schwach. »Die schlechten Neuigkeiten.« Er leckte sich die Lippen. »Ich hab 'nen Schuss abgekriegt.«

»Um Himmels willen. Wo? Wo sind Sie verletzt?«

Er versuchte zu lachen, aber es ging nicht. Er hörte das Geräusch einer Sirene und fühlte, wie ein überwältigendes Gefühl der Trauer sich in ihm ausbreitete. Es ließ sein Blut zäher fließen. Grub sich in seine Haut. Hüllte ihn ein von Kopf bis Fuß. »Mir geht's gut«, sagte er.

»Pearce«, sagte sie. »Sind Sie okay? Pearce, sind Sie noch da? Pearce! Sag was, du blöder Wichser!«